TOPOGRAPHIE

HISTORIQUE, PHYSIQUE, STATISTIQUE ET MÉDICALE

DE LA VILLE ET DES ENVIRONS

DE CASSEL.

(Département du Nord.)

TOPOGRAPHIE

HISTORIQUE, PHYSIQUE, STATISTIQUE ET MÉDICALE

DE LA VILLE ET DES ENVIRONS

DE CASSEL.

(Département du Nord.)

AVEC CARTES GÉOGRAPHIQUES EN TAILLE-DOUCE ET VUES LITHOGRAPHIÉES.

Par **P.-J.-E. DE SMYTTÈRE,**

Docteur en médecine de la Faculté de Paris, ex-Pharmacien-Juré au département du Nord, ex-Pharmacien des Hôpitaux royaux et militaires d'Instruction, Professeur autorisé de Botanique, Membre de plusieurs Sociétés savantes.

> In montis supercilio *Casletum* eminebat ingenti populo et impervia munitione, quasi totius regionis specula et præsidium : ideòque olim *Castelli* nomine apud romanos cognitum.
> BUZELIN, Lib. I, Annal. Gall. Fland.

A PARIS,

CHEZ L'AUTEUR, PLACE SAINT-ANDRÉ-DES-ARCS, N.° 26;

A LILLE, CHEZ MM. VANACKERE PÈRE ET FILS,

Et chez les principaux Libraires des Départemens du Nord et du Pas-de-Calais.

DE L'IMPRIMERIE D'ADRIEN MOËSSARD.

1828.

A MON PAYS NATAL,

ET A SES BIENFAITEURS!

Pius est patriæ facta referre labor,
OVID. *Trist.* L. II.

ELOGIUM CASLETI,

1732.

Alpes Flandrorum, cœlo conterminus Aon,
Et fons Castaliis qui salit uber aquis,
Musarum mystæ, phæbique, patrisque lyæi
Orgia, templorum culmina digna Deo,
Consedisse simul Casleti in monte videntur,
Vallibus insedit Chloris et alma Ceres.
Pindum alibi quæras et inania nomina tempe,
Quin tibi CASLETUM verius illa dabit.
Et Martis dabit ille viros, veneresque puellas
Vestalesque dabit, sacrificosque numas.
Si condenda forent veterum nova regna quiritum,
Hunc etiam montem cingere Roma queat.

                              MAX. VRIENTIUS POS.

PRÉFACE.

L'AMOUR de la patrie est un sentiment dominant chez la plupart des hommes. Nous nous attachons d'abord par habitude, ensuite par reconnaissance, aux lieux qui nous ont vus naître et qui nous ont nourris. On ne reste guère indifférent aux objets qui nous environnent et qui frappent chaque jour nos regards : une sorte de penchant nous porte à vouloir connaître l'histoire de cette terre sur laquelle nous vivons. Les peuples qui l'ont habitée avant nous, et qui l'ont modifiée par leurs travaux, sont nos pères : qui ne veut savoir sa généalogie ? Enfin ce climat même, dont l'influence incontestable se fait sentir à tout notre être, à qui nous devons peut-être la plupart de nos inclinations ; comment ne pas désirer d'en étudier la nature, surtout quand l'étude du monde physique a été la principale occupation de notre vie ? Tant de causes, en un mot, nous sollicitent à l'observation du pays natal, qu'il est peu d'hommes qui n'ait aimé à recueillir quelques traditions de son histoire, quelques particularités de son sol.

Telle est l'origine de la Topographie que je pu-

Heureux si ce travail, dont le style peut décéler une plume jeune encore, me fait mériter les suf-frages des gens de bien. J'aime à croire, avec La Bruyère, que « celui qui n'écrit que pour satisfaire » à un devoir dont il ne peut se dispenser, à une » obligation qui lui est imposée, doit avoir sans » doute de grands droits à l'indulgence de ses » lecteurs ».

Da veniam scriptis quorum non gloria nobis
Causa, sed *utilitas*, *officiumque* fuit.

OVIDE.

TABLE GÉNÉRALE.

PREMIÈRE PARTIE.

Étude de la Ville et de la Montagne de Cassel.

xiv

SECONDE PARTIE.

Étude des Environs de Cassel.

TROISIEME PARTIE.

Histoire naturelle de Cassel et de ses environs.

FIN DE LA TABLE.

TOPOGRAPHIE

HISTORIQUE, PHYSIQUE, STATISTIQUE ET MÉDICALE

DE LA VILLE ET DES ENVIRONS

DE CASSEL.

(Département du Nord.)

~~~~~~

PREMIÈRE PARTIE.

VILLE ET MONTAGNE DE CASSEL.

In editissimo Flandriæ occidentalis monte
positum *Casletum*, amœnissimæ et uber-
rimæ regiunculæ caput est. SANDERUS.

VILLE ET MONTAGNE

DE

CASSEL.

CHAPITRE PREMIER.

HISTOIRE ET DESCRIPTION

DE CASSEL ANCIEN.

In montis supercilio *Casletum* eminebat ingenti
populo et impervia munitione.   BUZELIN.

§ I. Position géographique de Cassel.

LA ville de Cassel (*Casletum* ou *Castellum morinorum*) est bâtie au sommet d'une montagne conique, isolée, au milieu d'une vaste et riche plaine,
dans le département du Nord, arrondissement
d'Hazebrouck.

1*

Cette montagne a son sommet de 165 mètres 66 centimètres (85 toises ou 510 pieds) d'élévation au-dessus des laisses de la basse-mer à Dunkerque (1), et sa base est d'environ 2,000 mètres de circonférence.

Cassel est de 20^d 9' 9" de longitude, et 50^d 47' 54" de latitude, ancien style, ou bien, selon le nouveau système métrique, de 6^d 44' 9" est, et de 50^d 47' 57" $\frac{9}{10}$ de latitude.

Cette ville est distante de la mer à-peu-près de 3 myriamètres; il est midi 3' à Cassel lorsqu'il est midi au méridien de Paris.

Cassel est à 5 lieues de poste de Bergues, 7 de Dunkerque, 3 d'Hazebrouck, 12 de Lille, 61 de Paris, 5 d'Aire, 4 de Saint-Omer, 8 de Furnes, 6 d'Ypres, 4 de Poperingue.

§ II.   Origine de Cassel.

Il n'est guère possible d'assigner l'époque précise de la fondation de Cassel; elle remonte à un temps si reculé, que ceux qui ont cherché à démêler les faits capables de l'indiquer, se sont perdus dans l'obscurité des siècles; cependant nous pouvons avancer avec quelque certitude que la montagne fut fortifiée vers l'époque de l'établissement des Morins; et l'on sait que ce peuple, compris dans la

---

(1) Ozanam dit qu'elle avait 200 mètres d'élévation.

division de la Gaule-Belgique (Gallia-Belgica secunda), par Jules-César, existait bien avant
l'ère chrétienne.

Les Morins, forcés de construire des forteresses,
afin de se défendre contre les incursions de certains peuples du Nord (les Bretons entr'autres), qui
tous les ans venaient dépouiller et massacrer cruel-
lement ceux qui vivaient autour des marécages du
bas de la montagne, bâtirent un fort au sommet du
mont Cassel; et c'est dans ce château-fort, regardé
à juste titre comme une des plus anciennes places
de la Gaule-Belgique, que le peuple Morin se re-
tranchait, lorsque le sort des combats lui avait
été contraire.

Le chroniqueur Ferroleûs Locriûs veut que cette
forteresse ait été bâtie par *Odoacer*; mais celui-ci
n'en a été que le restaurateur : « Est tamen anti-
» quior (dit Sanderus), forsan prius structam
» Odoacer restauravit ».

L'auteur de la Chronique d'Aldembourg émet
la même opinion que celui de la *Flandria illustrata*; il dit : « Est hoc castrûm ab antiquis in
excelso montis cûlmine situm ». Meyrus, (Tome I,
Flandricum rerum), en s'appuyant sur les articles
de l'Itinéraire d'Antonin, prouve du reste assez
que Cassel, à son origine, était un château-fort
des Morins; cet écrivain dit : « Ex his satis opinor,
» liquet magnam Flandriæ partem, vel ante nata-
» lem dominicûm cultam præcipuè à Morinis
» fuisse, et Castellum, hoc est Casletum, fuisse

» Morinorum oppidum haud contemnendûm, dis-
» situm a teroana quatuor duntaxat millibus nos-
» tratis, ex quibus novem facit Antoninus ».

Les Romains, lors de leurs conquêtes dans les
Gaules, s'emparèrent de la forteresse Morine, et
y placèrent une garnison; Jules-César même y
séjourna, après avoir vaincu les Belges, et y laissa
des traces de son génie.

« Castellum hoc autem vel a Romanis condi-
» tum, vel antea per ipsos Morinos tutandis simi-
» tibus suis extructum et a Romanis occupatum,
» præsidiisque suis firmatum, à Julio-Cæsare præ-
» sertim, qui victos a se Belgarum populos, Mo-
» rinos præcipuè hic agentes, in officio hac ratione
» poterat. (Sanderus. Fland. illust.) »

Le proconsul Carinas, après la défaite des Morins, y commanda des troupes d'Auguste (Fasti
Julii Capitolini).

Vers le neuvième siècle, Cassel est compris dans
le Pagus Ménapiscus (1), et par-conséquent occupé par les descendans des Ménapiens et des Morins.

Les fortifications de cet ancien château, ajoutées
à la force défensive naturelle de la montagne, qui
est presque à pic dans certains endroits, firent que
Cassel devint un lieu d'habitation et de refuge pour
beaucoup d'étrangers, qui l'embellirent et l'agran-
dirent par leurs travaux successifs; aussi Odoacre,

---

(1) Nommé dans les États de Louis-le-Débonnaire en l'an 847.

septième forestier de Flandre, accorda à cette place le titre de ville, et les prérogatives qui y étaient attachées, en l'année 860 (ère vulgaire).

Cette ville passa ensuite aux comtes de Flandre, qui l'habitèrent souvent.

Enfin Cassel fut de tout temps un lieu forti-fié, et une sauve-garde contre les ennemis de la Flandre, ainsi que le fait connaître le passage suivant de Sanderus : « Præcipùum olim munimen, » ac propugnaculum Flandriæ fuit, contra gallos » præsertim, ac alios provinciæ hostes ».

Avant d'entrer dans de plus amples détails sur cette ville intéressante, il convient de parler des noms employés pour la désigner, et de leur étymologie.

§ III. Etymologie.

Le château-fort des Morins reçut le nom de *Castel* ou *Qastel*, signifiant forteresse en langue celte ; et l'on ajouta la spécification *der Moringen, des Morins,* pour le distinguer de ceux des Ména-piens et autres peuples du voisinage.

Au sixième siècle, les conquérans transalpins l'appelèrent Castellum, soit en prenant ce mot de leur langue, soit en latinisant le mot Castel (1).

(1) Faut-il croire que les Cassel, Kessel et Castel de France, d'Allemagne, d'Irlande, de Suède, d'Italie, de Portugal, etc., aient tous leur origine tirée des mots *castrum* et *castellum* des Latins?...

C'est ainsi qu'il se trouve mentionné dans l'Itinéraire d'Antonin, pour la route de Boulogne à Bavai et autres.

Ptolemœus cite aussi ce Castellum de la Gaule-Belgique, et Buzelin (Annal. Gal. Fland.), d'accord avec ces géographes, s'exprimait ainsi à ce sujet : « In montis supercilio Casletum eminebat (ante » Chlotarii secundi videlicet regis Francorum tem- » pora) ingenti populo, et impervia munitione, » quasi totius regionis specula et præsidium : *ideo-* » *que olim Castelli nomine apud Romanos cognitum.* » (Cassel, par son élévation, ses fortifications et le » courage de ses habitans, était regardé comme la » sauve-garde de tout le pays ; *c'est pour cette rai-* » *son que les Romains le connaissaient sous le nom* de *château-fort* (*Castellum*). »)

Quant à Pline, pour désigner ce lieu, il se sert du mot *castelogi,* qui vient du celte ou belge *castel hog,* signifiant forteresse élevée, ou sur une montagne.

Voilà pour le mot générique; mais il se présente une difficulté pour le mot spécifique. Les uns veulent que ce soit *Castellum morinorum* : « *Castellum* » *morinorum Antonino oppidum in monte in Flan-* » *dria occidentali.* » (Scrieckius, Lib. VII, orig. rerum celtiq.)

Dans un ouvrage que j'ai entrepris (*Étude des Étymologies celtiques*), j'aurai occasion de faire remarquer que la plupart des noms de ville des peuples du Nord ont été latinisés par les Romains, lors de leurs conquêtes dans les Gaules.

Les autres veulent que ce soit *Castellum mena-piorum* : telle est, postérieurement à l'*Itinerarius Antoninus*, la carte théodosienne dite de Peûtinger, qui donne à Cassel le caractère des grandes villes, et l'attribue aux Ménapiens : *Castellum Mena-piorum*.

Il faut croire que ces historiens ont tous raison, et que ce n'est que le temps qui a donné le changement observé. En effet, les Morins ayant été les premiers peuples de ces contrées, il était naturel que ce *Castellum* portât leur nom (1), et que les Ménapiens, étendant ensuite leur territoire jusque là, aient à leur tour donné une nouvelle dénomination circonstanciée à la forteresse.

Voici à ce sujet une note intéressante tirée de l'ouvrage du père Wastelain de Lille (2) ;

« M. de Valois et d'autres écrivains croient trou-
» ver une faute dans la carte théodosienne, et cor-
» rigent *Menapiorum* en *Morinorum*. Le *Castellum*
» dont il est question, disent-ils, est dans le terri-
» toire des Morins; c'est Cassel, entre Ypres et
» Saint-Omer. On en tombe d'accord; mais il ne
» suit pas de là qu'il faille corriger ce texte. Les
» Ménapiens, pour des raisons que nous ne con-

---

(1) A cette époque, d'après Ptolémé, un autre *Castellum* ou *Castelium mœnopiorum* (Κ.σ...) existait dans la Gaule-Belgique, mais près de la Meuse; c'était Kessel, chef-lieu du pays de Kessel dans la Haute-Gueldre.

(2) Description de la Gaule-Belgique. Lille, MDCCLXI.

» naissons pas, n'auraient-ils pu bâtir un fort sur
» un territoire étranger? Ou, si les Morins l'ont
» bâti, la peuplade des Ménapiens n'aurait-elle pu
» en avoir fait l'acquisition, soit par la force des
» armes, soit par la voie de la négociation, et lui
» donner ensuite son nom? Car, dans l'Itinéraire
» d'Antonin, plus ancien que la carte théodosienne,
» on lit simplement *Castellum*, sans attribution de
» peuple. Une raison pourrait faire croire que les
» Ménapiens auraient acquis ce château avec ses
» dépendances; c'est qu'au moyen âge, il se trouve
» dans le centre du pays appelé alors *pagus mena-*
» *piscus* ou *mempiscus*, lequel comprenait non-seu-
» lement une partie de la contrée des Ménapiens,
» mais s'étendait encore assez avant sur l'ancien
» territoire des Morins. »

Je terminerai cet article en faisant observer qu'il
est de toute probabilité, que l'étymologie de la ville
de Cassel, *Castletum* ou *Casletum*, n'est pas la
même que celle de la forteresse, *Castellum;* voici
sur quoi cette conjecture pourrait se fonder : en
décomposant le mot *castletum* par *castel leyt* ou
geleyd, on aura la signification celte de *habitation*
ou *village du château;* ce qui pourrait faire présumer que Cassel, ville, était, dans les temps
anciens, le Castel-leyt, *village proche du fort des
Morins* (1).

---

(1) Dans le comté de Derby en Écosse, il existe une forteresse ou
château; le village qui en est le plus voisin porte le nom de Castleton.

Du-moins cette idée est plus admissible que celle de Gramajus, qui prétend que les Latins, pour en rendre la prononciation plus agréable, ont formé le mot *casletum* de *catisletum*, et qui présume ensuite que le mot composé *catisletum*, dérivant de *gatten* Cattes, et *leyt geleyden*, *habitation* ou *colonie*, doit son origine à un peuple de la Germanie (les Cattes), qui y aurait séjourné, selon lui.

Il n'est pas encore prouvé clairement si ce peuple est venu sur le territoire des Morins, quoique Malbranq et d'autres historiens aient voulu le faire croire.

Sanderus, en émettant aussi ses doutes sur ce qu'a avancé Gramajus (Antiq. Fland.), s'exprime ainsi : « Colonia ergo cattorum huc ducta, et » hinc dicta. Sed quando? id non mage notum, » quam cur in itinerario Antonini à tarûana ad » bagacum Castellum vocetur, et an à romanis » structum hoc in monte castellum, et natum ex re » nomen, an potius ab itineraris auctore, vocum » duarum affinitate, et nostri idiomatis ignorantia » decepto. Haud improbabile profectò, locum ita » naturæ beneficio munimentum, ut maleficio vix » humanæ industriæ possit expugnari, nec à romanis, nec à francis habitum neglectui, quidquid » tamen aut mûnimenti, aut monûmenti fuit bar-

---

Ce mot écossais signifie aussi village dépendant du château ou proche le château : ce fait est une seconde probabilité pour ce que j'avance ici, toutes les langues du Nord dérivant du celte.

» baricas sensisse manus, et stirpitus isse in cineres.
» Ita ut inscitiâ rerum, et scriptorum penuria,
» cogamur ferè urbium natales à barbarorum re-
» cessu et auspicari, et metiri. »

Quant au mot français *cassel*, il est le même que celui qui est employé par les Flamands et les Belges d'à-présent, et il serait inutile de dire de quelle manière il dérive du *castel* des Anciens.

§ IV. État de Cassel dans les siècles passés; Malheurs dont ses habitans eurent à gémir.

Sans ses désastres, Cassel eût été une ville considérable, dont la puissance se serait de plus en plus agrandie.

« Magna et potens admodum urbs, indubiè » aliquando futura erat, si vicissim ipsa, ut Gra- » majus aliique notarunt, graves ac frequentes mar- » tis et vulcani injurias passa non fuisset. » (San- derus.)

Voici le résumé de tout ce qui est arrivé à cette ancienne place de guerre :

Vers l'année 396, sous le règne des deux fils de l'empereur Théodose, Arcadius et Honorius, des brigands, qui avaient leur retraite dans les marais aux environs de Cassel, ravagèrent Cassel, ainsi que les bourgs et villages des Ménapiens et des Nerviens, qui étaient déjà fort peuplés et en assez grand nombre. (Faulconnier, Hist. de Dunkerque.)

En 928, Sifride, roi de Danemarck, saccagea, pilla Cassel, et détruisit les forts de la Flandre. (Chronique Van Vlaenderen.)

Cependant, Arnould-le-Grand, comte de Flandre, releva cette ville, la fortifia de nouveau contre les attaques et les incursions de ces Barbares, qui se tenaient alors dans Guines.

« Mox idem oppidum ab Arnulpho comite, ve- » rum magni nomen adepto, restauratum fuit, arx » et munimentum futurum contra barbaros illos » gisuarum in morinis occupatores. » (Sanderus.)

Après Arnauld, les souverains de la Flandre, aux- quels cette place a successivement appartenu , et qui se plaisaient à l'habiter, continuèrent à veiller à sa conservation.

En 1071, Cassel était entouré d'épaisses mu- railles, de bastions; et cinq portes (1) en fermaient l'enceinte, lorsque Philippe I.er, roi de France, se présenta avec son armée devant cette ville, afin de combattre Robert-le-Frison, frère cadet de Bau- douin VI, qui avait usurpé le comté de Flandre sur Arnauld III, dit le Malheureux, vassal du roi de France, et fils de Baudouin. La ville eut à souffrir de cette attaque.

En 1131, la plupart des maisons de Cassel furent consumées par les flammes.

En 1213, sous le comte Ferdinand , Cassel fut

(1) Ces portes étaient celles de Bergues, d'Ypres, d'Aire, de Saint-Omer, et celle dite Occidentale.

pris par Philippe-Auguste, roi de France, et le prince Louis mit en cendres tous ses environs.

En 1328, les Flamands se révoltant contre leur comte, Louis dit de Nevers et de Crécy, le chassèrent de ses États ; celui-ci, après avoir rendu hommage à Philippe VI, depuis peu successeur de Charles-le-Bel, implora sa protection contre la révolte de ses sujets. Après la victoire remportée par celui-ci, Cassel fut mis à feu et à sang. Le connétable Gaucher de Châtillon, âgé de 80 ans, se trouva à cette journée.

En 1346, Guido de Nesle et quelques-uns de ses amis parcoururent toute la châtellenie de Cassel et y pillèrent ; ils furent chassés par Odoard de Renti, exilé de France par le roi Philippe, et qui avait reçu le gouvernement de Flandre.

A la même époque, ou un peu plus tôt, en 1340, Cassel fut en partie incendié par des traits de feu que la garnison de Saint-Omer, en course dans les environs, y lançait après la défaite de Robert d'Artois, qui commandait les Flamands contre le duc de Bourgogne.

Les Anglais ravageaient la Flandre en 1383, au point que les habitans consternés enfouissaient leurs effets précieux, et cherchaient leur salut dans la fuite. Louis de Mâle, alarmé de la rapidité de ces conquêtes, s'arracha aux délices qui l'efféminaient à Lille : il arma les peuples de Bergues, Cassel, Bailleul, etc. ; mais ils furent taillés en pièces sur le chemin de Gravelines.

Alors, Philippe-le-Hardi, duc de Bourgogne, renforça les troupes des garnisons de Cassel et de toutes les châtellenies ; mais les troupes victorieuses fondirent sur cette ville, la ravagèrent, y laissèrent une forte garnison, et se dirigèrent ensuite vers Ypres.

Dans la crainte de perdre Ypres, Louis de Mâle, comte de Flandre, implora le secours de Charles VI, intéressé à ne point souffrir que la Flandre tombât au pouvoir des Anglais : ce roi se mit à la tête d'une armée de cent mille hommes, et il ordonna à ses maréchaux de s'emparer de Cassel ; le général de cavalerie, Clisson, chassa les Anglais qui gardaient cette place : ceux-ci s'enfuirent à Bergues, en l'abandonnant au pillage des Français, qui y mirent le feu.

En 1436, les Anglais ravagèrent les environs de Dunkerque, et exercèrent, vers le mois de mai, les mêmes hostilités dans la châtellenie de Cassel (1).

Le mois d'août suivant, les ducs de Glocester et

---

(1) Voici, d'après Faulconnier, à quel sujet :

Le duc de Bourgogne, devenu comte de Flandre, se raccommodant avec Charles VII, lui fit rompre le traité fait avec l'Angleterre. Il assiégea Calais avec des troupes mal disciplinées, qui le forcèrent à lever le siége.

Les Anglais se vengèrent bientôt de cette insulte : ils firent une descente en Flandre par Calais ; ils se rendirent auprès de Dunkerque, et en ravagèrent tous les environs.

d'Yorck vinrent ravager la Flandre avec une nouvelle flotte.

En 1477, Louis XI, roi de France, irrité contre
les Flamands de ce qu'ils avaient fait décapiter un
de ses espions à Bruges, se jeta, par vengeance, sur
Cassel, fit piller cette ville, et mettre le feu à
tous les édifices, sans avoir égard aux couvens et
aux églises. Les habitans qui n'avaient pas la force
de fuir furent passés au fil de l'épée.

En 1631, à la fête de saint Jérôme, la maison-
de-ville, le grand marché couvert, ou halle, qui
y était attenant, ainsi qu'une grande partie de la
ville, furent, par accident, entièrement consumés
par les flammes. Des Espagnols, qui habitaient
alors Cassel, construisirent, à la même place qu'occupait la maison-de-ville incendiée, celle qui existe
encore aujourd'hui.

L'inscription sur la cloche de son beffroi atteste
cet évènement; la voici :

IAN. BLANPAIN. M'AT. FONDVE. L'AN 1632
POVR. LA. VILLE. DE. CASSEL. AV. LIEV. D'VNE. BRVSLÉE
LE. DERNIER. DE. 7BRE 1631. AVECQ. PRESQVE
LA MOTIE. DE. LA. SVSDICTE. VILLE.

En 1658, Cassel fut pris par les Français; mais
cette ville ne souffrit rien de ce changement (1).

___

(1) Cette année, les Français étaient en guerre contre les Espagnols, qui occupaient toute la Flandre. Le maréchal de Turenne se

En 1677, le duc d'Orléans, Philippe de France, frère unique de Louis-le-Grand (pendant que ce roi faisait le siége de Cambrai), défit, près de Cassel, toute l'armée de Guillaume III de Nassau, prince d'Orange, depuis roi d'Angleterre, qui commandait les armées d'Espagne et de Hollande.

En 1678, Cassel passa définitivement à la France par le traité de Nimègue, et ses habitans, fidèles à leur nouvelle patrie, lui ont plus d'une fois donné des preuves de leur dévouement.

On ne s'est cependant, depuis cette époque, que faiblement occupé de cette place, restée sans défense, et qui n'a qu'une lieue et demie d'éloignement des frontières de la Belgique-Hollandaise (Pays-Bas). Néanmoins, les anciens fondemens des remparts existent, et la restauration de cette forteresse ne demanderait que des dépenses assez modiques.

Il est à espérer que le Gouvernement ne laissera pas toujours dans l'abandon cet endroit, qui en imposa si fort dans les siècles passés, et que les Romains jugèrent si important !.....

---

disposa à faire le siége de Dunkerque; dans la marche, on lui donna avis que les généraux d'Espagne avaient posté cinq cents hommes dans Cassel; il crut que ces derniers pourraient inquiéter son armée, s'il les laissait en possession de ce poste. Cette considération fut cause qu'il fit détacher un gros corps de cavalerie et d'infanterie, sous les ordres du marquis de *Créqui*, pour les aller attaquer. Celui-ci commanda huit cents hommes des Gardes-Françaises, sous les ordres du comte de *Guiche*, pour donner l'assaut général. Les Espagnols parurent d'abord fort résolus; mais à-peine eurent-ils vu la contenance de ces gardes, qu'ils se rendirent prisonniers de guerre.

Si l'instabilité de la fortune a fait perdre à la ville de Cassel les avantages dont elle jouissait, des temps plus heureux de calme et de paix ont enfin permis à ses habitans d'attendre un meilleur avenir.

§ V. Détails sur les trois Batailles mémorables qui se livrèrent sous les murs de Cassel. (1071, 1328 et 1677.)

Notice sur le Comte Robert I.ᵉʳ, et sur la Bataille qu'il gagna près Cassel, en 1071.

Robert (1), surnommé le Frison, ou parce qu'il ressemblait à ces peuples par la hauteur de sa taille et par sa force, ou parce qu'il les battit en plus d'une occasion, était fils cadet de Baudouin V, comte de Flandre et régent de Philippe I.ᵉʳ, roi de France.

Il se maria à Gertrude, régente de Hollande, mère de *Théodoric*, comte de Hollande, et de *Berthe*, mariée plus tard à Philippe, roi de France. Le vieux comte de Flandre, son père, étant mort, Baudouin VI, son successeur, profita du séjour que Robert faisait dans la Hollande, pour rentrer dans

(1) Nous donnons ici une notice sur Robert, parce que ce comte est celui qui fit le plus de bien à Cassel, qu'il habita souvent, et où il fut enterré. D'ailleurs son histoire est pour ainsi dire liée à la bataille de 1071.

le pays que leur père avait donné au dernier, en faveur de son mariage avec Gertrude. Ce prince, après avoir épuisé toutes les voies de conciliation, et même les prières, accourut à la défense de ses possessions. La bataille se donna le 16 juillet 1070, et Baudouin y fut tué.

Le comte laissa deux fils mineurs; *Arnould* eut la Flandre pour partage, et *Baudouin* hérita du Hainaut. Mais Robert, fier de sa victoire, entreprit de les exclure de la succession paternelle. La résistance qu'il trouva dans la noblesse et dans les villes, l'obligea d'abandonner ses prétentions, et de se borner à demander la régence jusqu'à la majorité de ses neveux; cependant Richilde, leur mère, fut préférée.

Quelque temps après, les Flamands ne pouvant s'accoutumer au despotisme que Mailly et Créqui, qui gouvernaient Richilde, voulaient introduire, firent éclater leur mécontentement, et envoyèrent secrètement vers Robert pour le prier de venir les délivrer. Ce prince ayant rassemblé ses Hollandais, auxquels son beau-père joignit un bon corps de Saxons, entreprit de secourir la Flandre.

Partout où il se présenta, on le proclama prince légitime; on lui ouvrit les portes en jurant de lui obéir. Comme il avait de même soumis le *West quartier* (Flandre-Occidentale), Cassel, en cas d'échec, lui offrait une retraite assurée, et il le fit fortifier.

2*

Cependant Richilde attendait du secours de
Philippe I.er; celui-ci fit entrer son armée en
Flandre au commencement de février 1071; son
dessein était d'attaquer avant que Robert se fût
mis en état de défense. Les Hennuyers et les habitans de la Flandre-Française formaient le premier
corps de bataille; suivaient ensuite les Français :
on parvint dans cet ordre à Bavinckove (village au
bas du mont Cassel).

Quant à Robert, il prit son poste au pied du
mont Cassel, et, suppléant au nombre par l'avantage du lieu, il distribua sa cavalerie sur les ailes,
jeta ses archers et ses troupes légères sur son front,
et se mit au centre avec ses Hollandais et ses
Saxons.

Philippe, imaginant que l'ennemi n'osait l'attendre, marchait en désordre, lorsqu'il se vit
chargé dans les défilés de la montagne, avec tant
de vigueur, que les Hennuyers, qui menaient
l'avant-garde, furent renversés du premier choc
sur son front de bataille. Richilde, abandonnée,
fut prise et emmenée à Cassel, qui lui servit
de prison. La cavalerie française fit plus de résistance; mais Robert l'ayant chargée à la tête
d'une troupe d'élite, lui fit tourner tête et la
poursuivit si vivement, qu'Eustache, qui s'aper-
çut que Robert était mal accompagné, revint
à la charge, et le fit prisonnier; le désordre
dans lequel il était lui-même ne lui permettant
pas de le garder, il le remit à l'évêque de Saint-

Omer, avec ordre de le mener en diligence dans sa cathédrale pour s'en assurer. La noblesse hollandaise ayant appris qu'on emmenait le comte, courut après, joignit l'évêque et reprit le prisonnier. Cependant l'infanterie était aux mains : les Hollandais voyant revenir leur général à la tête de la cavalerie victorieuse, firent les plus grands efforts. Arnould, qui avait été deux fois démonté, ayant été tué dans cette charge, avec tous les seigneurs du parti de sa mère, les Français prirent la fuite ; Philippe se réfugia dans Montreuil, et le jeune Baudouin, frère d'Arnould, gagna le Hainaut.

Malbranq évalue à plus de 40,000 hommes la perte des deux armées. Cette bataille fut regardée comme une des plus sanglantes de cette époque ; le carnage fut tel, disent les écrivains du temps, que des torrens de sang arrosaient le pied de la montagne.

Le Roi de France, irrité de sa défaite, revint l'année suivante avec de plus grandes forces ; mais Robert attaqua son camp, mal gardé, à la pointe du jour, avec tant de vigueur, qu'il mit les Français en fuite sans leur donner le temps de se reconnaître.

Ainsi la victoire complète de Robert le rendit maître absolu des deux Flandres, et il fut reconnu comte par le Roi, qui reçut quelque temps après son hommage.

Après quelques combats de moindre importance, le Frison fit la paix avec Baudouin, fils le plus jeune de Baudouin de Mons, et lui abandonna le Hainaut. Il se crut obligé ensuite de faire un pélerinage vers Jérusalem, afin de se purger du crime d'avoir fait périr son neveu, et d'avoir usurpé ses États. De retour de ce pélerinage dangereux, il réclama du Roi d'Angleterre le paiement des trois cents marcs d'argent que celui-ci devait donner annuellement aux comtes de Flandre. Guillaume *le Bâtard* ou *le Conquérant* lui répondit que cette pension n'était due qu'aux Comtes légitimes, et non à un usurpateur. En conséquence Robert-le-Frison rassembla une flotte nombreuse, dans l'intention de faire une descente en Angleterre; mais la mort le surprit au milieu de ces préparatifs guerriers, et il fut enterré à Cassel (1).

---

(1) Une des filles du comte Robert avait été mariée à Canut, roi de Danemarck, qui fut tué par ses sujets payens; elle revint en Flandre avec son fils, qui, du droit de sa mère, hérita plus tard du comté. Il portait le même nom que son père, et fit la guerre des Croisades avec Godefroy de Bouillon, où il se distingua, ainsi qu'au siége de Jérusalem. Ce Robert II était père de Baudouin Hapkin, dernier comte de la première maison.

Bataille gagnée en 1328, par Philippe VI, roi de France, près de Cassel.

Le Roi de France prit l'oriflamme à Saint-Denis; accompagné du Roi de Navarre et de grands seigneurs, il dirigea sa route vers la ville d'*Aire*, avec le projet d'attaquer la Flandre-Occidentale : son camp, placé près de l'abbaye de Woostines, fut transféré vers Cassel, sur la rivière de Pèene, d'après le rapport que les ennemis s'y rassemblaient.

L'armée des rebelles, qui était beaucoup moins nombreuse que l'autre, se retrancha sur une éminence où il était très-difficile de l'inquiéter ; c'est pourquoi, se croyant inattaquables, ils firent insolemment peindre un grand coq sur une espèce d'étendard, avec cette inscription :

> Quand ce coq chanté aura
> Le Roi Cassel conquètera.

Ces troupes tentèrent d'enlever le Roi avec tout son quartier : ayant à leur tête l'intrépide Zennequin, simple tisserand, ils percent jusqu'à sa tente par des détours et des lieux couverts. On les prend d'abord pour des Français ; mais bientôt après, Renaud-de-Lor, renversé par un coup mortel, répand l'alarme dans le camp. Cependant Philippe, monté à cheval, et s'armant avec empressement, encourage les siens contre les ennemis, qui, entourés de toutes parts, malgré leur vigoureuse défense, succombent sous les lances ensanglantées des Français : le peu qui échappe prend la fuite vers la montagne. Seize mille périrent, dit Froissard (1), et la ville de Cassel fut saccagée et brûlée. Pas un seul Flamand ne demanda quartier.

Dans un passage de l'Histoire de Dunkerque, on trouve à ce sujet ce qui suit :

« Retournant ensuite à son royaume, Philippe
» entra, à cheval et armé de toutes pièces, dans
» l'église de Notre-Dame, à Paris, où il fit l'offre
» de son cheval et de ses armes, en reconnais-
» sance de la victoire qu'il avait gagnée par la
» protection de la Vierge, et il fit constituer une
» rente de cent livres, pour être payée annuelle-
» ment à cette église, dans laquelle on mit, près
» du chœur, contre le premier pilier de la grande
» voûte, la statue de ce même roi, armé, à cheval,
» comme il y était entré à son retour de Flandre. »

Bataille de 1677, gagnée, près de Cassel, par Philippe, duc d'Orléans, sur les Hollandais et les Espagnols, commandés par Guillaume III, prince d'Orange.

Philippe de France, pendant que son frère

---

(1) Jean Froissard, historien du quatorzième siècle, né à Valenciennes.

unique Louis-le-Grand faisait le siége de Cambrai, défit, près de Cassel, toute l'armée que Guillaume de Nassau, prince d'Orange, depuis roi d'Angleterre, conduisait au secours de Saint-Omer.

Cette bataille fut livrée dans la plaine de Pêene, le 11 du mois d'avril (dimanche des Rameaux); le duc d'Orléans était avec l'armée d'observation, et le prince d'Orange était avec trente mille hommes.

Les chroniqueurs de ce temps assurent que jamais victoire n'a été plus complète. Les Français firent deux mille cinq cents prisonniers, prirent soixante étendards et drapeaux, treize pièces de canon et deux mortiers; les Espagnols et Hollandais laissèrent plus de quatre mille cinq cents hommes sur la place.

On dit que le prince d'Orange, outré de colère pendant le combat, coupa le visage à un des siens qui fuyait, en criant à haute voix : *Coquin, je te marquerai du-moins afin de te connaître, pour te faire pendre après la bataille.*

La prise de Saint-Omer, qui se rendit peu de jours après au duc d'Orléans, fut le fruit principal de cette victoire.

Voici l'inscription présentée par le baron de Vuorden, à Philippe, duc d'Orléans, pour marquer la gloire qu'il avait acquise dans la bataille de Cassel :

Bella Belgica, fasti Gallici, gesta Borbonica. *Philippi ducis Aurelianensis.*

Pugnam ad Casletum , decretoriam.
AEquo primum et cruento marte fluctuantem,
Plenam dein cæso , capto , fugato hoste victoriam
Nulla non ætate
Immortali certe laude jactabunt.
Triumphum omni ævo celebrandum !
Intra hujus accerrimi certaminis eventum ,
Galliæ decus , Gallo-Belgicæ salus,
Vindiciæ Hispanicæ ac Bataviæ,
Regnorum suspensio , Europæ expectatio stetere ;
Hæc cuncta *Ludovici Magni*
Frater unicus , imitator strenuus ,
Fraternis auspiciis , suo consilio , ductu , periculo,
Victo principe *Guillelmo Auriaco*
Propriis stimulis , avorum triumphis accenso
Deleto xxx. millium plerumque
Veteranorum exercitu,
Capto post adeptam victoriam audomaro explicuit.

Il existe , dans une des salles de l'hôtel des Invalides , à Paris , un tableau représentant cette bataille , avec une vue du mont Cassel , prise à cette époque.

Lettre de S. A. M. le prince d'Orange à leurs hautes puissances , datée d'Ypre , le 13 avril 1677 , concernant la bataille perdue par lui près de Cassel.

Hauts et puissants seigneurs. Pour informer exactement V. H. P. ainsi que nous y sommes obligés, de ce qui s'est passé dans le dernier combat auprès de Cassel , il leur plaira sçavoir, qu'ayant hasté nostre marche autant qu'il nous estoit possible, pour secourir Saint-Omer , le 9 au soir nous vinsmes camper dans un village nommé Marie Cappel, une démy lieue en deça de Cassel, et y apprismes que les ennemis s'estoient venus poster à une lieue et demy de là, et droit dans le chemin qu'il falloit que nous passassions. Nous résolusmes pourtant à continuer nostre marche, laquelle fut fort fascheuse, à cause de quantité de défilés; de sorte que le lendemain 10, nous ne pusmes avancer que jusqu'à un petit ruisseau nommé Pene, à l'autre bord duquel nous apperceûsmes les ennemis, qui s'estoient mis en bataille sur un terrain qui sembloit assez découvert; et ayant consulté tous les guides et tous ceux qui connoissent le païs, ils nous asseurerent tous, qu'il n'y avoit point d'autre passage pour aller à Bacq, qu'on jugeoit estre la seule place par où St.-Omer pouvoit estre secouru; c'est pourquoi nous résolusmes de passer ce ruisseau, et d'aller attaquer l'ennemy. A cet effet ayant fait faire des ponts et réparé ceux que les ennemis avoient rompus, nous passames ce ruisseau devanthier à la pointe du jour, et cela si promptement que tout estoit passé devant que les François s'en apperceussent; mais lorsque nous fusmes passés, nous fusmes bien surpris de voir qu'il y avoit encore un autre ruisseau entre l'ennemy et nous, couvert de plusieurs hayes, bien que ceux qui connoissent le pays eussent asseuré le contraire, et qu'après avoir passé le ruisseau, nous ne trouverions plus de défilés entre l'ennemy et nous; de sorte que nous nous

trouvasmes fort embarrassés comment passer ce second ruisseau à la veûe de l'ennemy, qui en étoit
toùt proche et en bataille, et fis occuper l'abbaye
de Piènes, qui est à l'autre bord, par mon régiment
de dragons, pour tascher de passer à la droite ; mais
ayant fait reconnoistre le lieu, on trouva que le terrain étoit si fort entrecoupé, qu'on n'y pourroit pas
passer. Peu après nous en vinsmes pourtant aux
mains avec les ennemis, qui attaquèrent l'abbaye
que nos dragons gardoient, qui firent une longue
résistance jusqu'à ce que nous y eussions envoyé
quelques bataillons, qui repousserent l'ennemy.
Ensuite nous fismes retirer les dragons, et mettre
le feu à l'abbaye, de crainte que les François s'en
emparassent, puisqu'ils nous pouvoient fort incommoder de ce costé là ; un moment après l'ennemy fit couler son aisle droite, pour nous prendre
par le flanc de costé gauche, qui étoit couvert de
plusieurs hayes, où l'on avoit posté deux bataillons ;
mais voyant que l'ennemy se renforçoit de ce costé
là, nous fismes avancer encore trois bataillons, et
faire demi-tour à quelques esquadrons, pour faire
face en flanc, et garder l'espace ou plaine qui étoit
derrière les hayes ; mais les deux premiers régiments quitterent honteusement leur poste dès que
les ennemis vinrent à eux ; de sorte qu'on n'eut pas
le temps de poster les trois régiments que nous
avions fait venir pour les soustenir ; tellement que
n'ayant pas encore pris poste, et voyant que les
deux premiers bataillons fuyoient, ils prirent aussi

la fuite, et se renversèrent sur les esquadrons qui étoient là pour les soutenir : ce qui causa beaucoup de confusion ; sur quoi la cavallerie ennemie venant à avancer, et étant soustenue de l'infanterie, qui faisoit un feu continuel, nos esquadrons furent poussés, mais pas loin, s'estant ralliés incontinent ; de sorte qu'ils pousserent les François à leur tour ; mais l'infanterie ennemie s'avançant là dessus, et ayant occupé les hayes où les nostres avoient esté, ils ne purent pas faire longue résistance, ny empescher que le reste de nostre infanterie ne fust attaquée en flanc aussi bien qu'en front. Elle a tres bien fait, mais estant attaquée en mesme temps par devant et à costé, et ne pouvant plus résister, elle quitta son poste, l'on repassa le ruisseau, et nous nous retirasmes à Steenvord et de là à Poperdingue. Aujourd'hui nous avons fait passer les troupes par cette ville. L'ennemy a eu en cette rencontre des forces incomparablement plus considérables que nous ne nous estions persuadés, ayant reçeu, la nuit qui précéda le jour du combat, un grand renfort de l'armée qui est devant Cambray ; de sorte que, selon le rapport de tous les prisonniers françois, il étoit fort de trente-neuf bataillons et de cent esquadrons. Nous avons fait tout ce que nous avons pu et deu faire, et sommes bien marris d'estre obligés de dire à V. H. P. qu'il n'a pas plu à Dieu de bénir cette fois les armes de l'estat sous nostre conduite. Nous ne pouvons pas encore informer exactement V. H. P. de toutes les particularités et de la grandeur de la perte. Nous tascherons de reparer toutes choses du mieux qu'il nous sera possible, et recommandons cependant V. H. P. hauts et puissants seigneurs, etc.

D'Ipre, le 13 avril 1677. (1).

Étoit signé,

G. H. PRINCE D'ORANGE.

§ VI. Extraits de Lettres et Priviléges concernant la ville de Cassel et sa Châtellenie.

Avant de donner ces extraits, il est bon de faire

---

(1) Cette lettre est extraite du Mercure hollandais, imprimé à Amsterdam en 1679.

Dans ce même ouvrage, les curieux trouveront une gravure représentant cette bataille; une relation détaillée de ce qui s'y passa, et les listes des morts et blessés de cette journée, publiées des deux côtés. Tout cela ne pouvait pas prendre place ici.

Il nous reste une remarque à faire au sujet du ruisseau qui séparait les Hollandais des Français, etc., après que ceux-ci avaient déjà passé la petite rivière de Péene, ainsi qu'il est question dans la lettre du prince d'Orange et dans le rapport des Français. Ce ruisseau est appelé aujourd'hui Lynke; il naît des petites collines de la hauteur d'Ebblinghem, et va se rendre, du sud au nord, dans la rivière ou ruisseau de Péene, près du village de Noord-Péene, comme il est marqué sur la carte géographique ci-jointe.

La bataille s'est donc passée du midi au nord, entre les villages Zuyd-Péene et Noord-Péene, et non près du Clairmarais, aux extrêmes limites de l'arrondissement d'Hazebrouck, comme cela a été indiqué par erreur sur toutes les cartes de ce pays.

remarquer que la châtellenie ou seigneurie de Cassel, qui s'étendait en longueur depuis Estaires jusqu'à Watten, fut de tout temps du domaine des forestiers, puis des comtes de Flandre de la première maison.

Le comte *Robert de Béthune*, qui mourut en 1322, donna cette seigneurie en partage à son fils *Robert*, qui n'eut qu'une fille nommée *Yoland*; celle-ci, vers l'an 1378, apporta en dot à son mari *Henry*, comte de *Bar*, tous ses biens, et entr'autres la seigneurie de *Cassel*.

Robert de Bar, leur fils, laissa la seigneurie de Cassel à son fils *Édouard*, duc de *Bar*, lequel étant mort sans enfans, eut pour héritier son frère le cardinal *Louis de Bar*, qui donna ce duché et tous ses biens à son petit-neveu *René d'Anjou*, fils d'*Yoland d'Arragon*, femme de *Louis II*, roi de Sicile et comte de *Provence*, laquelle était fille d'*Yoland de Bar*, sœur du cardinal et femme de *Jean d'Arragon*. Ce cardinal mourut l'an 1430, et *René d'Anjou* ne garda guère la seigneurie de *Cassel*; car ayant été fait prisonnier durant les guerres des *Anglais* et des *Bourguignons*, il fut obligé, en 1433, de céder cette seigneurie pour sa rançon à *Philippe-le-Bon*, duc de *Bourgogne*, etc. La seigneurie de Cassel rentra ainsi au comté de Flandre.

(32)

Coustûme des Casselois d'anciens temps de choisir annuellement quatre notables de la ville qui à leur tour devoient faire choix d'un bourguemestre et de cinq justiciers (1218).

Ce règlement, en langue flamande, est ainsi rapporté dans Sanderus (Fland. illust.) (1).

« S'daechs naer niewdach vermaectmen costu-
» melick ende van oude tyden de wetten der halle
» van Cassel.

» Item, ende omme dat te doene de burgh-
» meestere ofte poortméestere, ende wetten die
» gheweest hebben in haer voorboden met trecken
» ter halle naer de cloke luyde, ende daer kiesen
» sy vier notable persoonen digne van eede ende
» van trauwen, die voort kiesen moeten eenen
» nieuwen burghmeester, ende vyf wethouders.

» Item die ghecoren wesende, ende de nieuwe
» burghmeestere in eede ghestelt zynde byden ou-
» den burghmeestere, poortmeestere ofte wetten,
» de voornoemde nieuwe burghmeestere moet
» voort in eede stellen de nieuwe ghecoren wetten.

» Item, de Selve burgmeestere ende ghesworen
» sullen kiesen ende in eede stellen eenen poort-
» meestere, clercq, ende eenen knape, theurlie-
» der discretie behoudens dat den selven poort-
» meestere ende knape gheen wethouder en zy. »

(1) Il ne se trouve plus dans les archives de la ville de Cassel.

Cette coutume s'est conservée jusqu'en 1610 (le 4 mars) ; à cette époque, Albert, et Isabelle, infante d'Espagne, ordonnèrent, par un édit, que la cour de justice de la châtellenie de Cassel serait composée d'un haut-justicier et de douze juges (1).

Le passage suivant donne les détails de cet édit.

« Solebat olim supremus prœtor sive ballivus » Castellaniæ Casletensis, aut ejus locum tenens » prolibitu convocare eos vasalos nobiles et homi- » nes feudatorios, prout negotiorum occurrentia, » aut speciale Castellaniæ bonum, aut justitiæ » administratio exigebant. Sed anno 1610 die 4 » martii prodiit edictum à serenissimis Belgii prin- » cipibus Alberto et Isabella, quo statuitur ut cu- » ria Castellaniæ deinceps constituatur à supremo » prœtore ac duodecim judicibus : videlicet su- » premo justiciario, tribus nobilibus feudatariis, » vulgo *leen-mannen*, duobus feudatariis è civitate » Casletana, uno feudaterio ex oppido Hazebroe- » cano, duobus ex *vierscharia*, sive territorio Cas- » tellaniæ. »

---

(1) Un ouvrage de 1674, intitulé : *Costumen ende usantien van de steden ende casselerye van Cassel*, contient le recueil de toutes les ordonnances, des réglemens et coutumes qui, dans la châtellenie de Cassel, devaient s'observer et être exécutés par ces justiciers.

3

(34)

Confirmation de la franche fête du samedi après Pente-
côte jusqu'au samedi suivant, octroyée par Iolande,
comtesse de Flandre, et donnée à Dunkerque le
samedi après le jour de mi-carême 1347.

Il y est dit : « Sauf conduit est accordé pendant
» la foire et quinze jours après, excepté aux enne-
» mis et fugitifs d'elle et à ceux qui se sont obligés
» es foires de Champagne et Roye. »

Lettre de Louis, comte de Flandre, qui donne ordre
de faire reconstruire des fortifications autour de
Cassel.

« Wy Ludovic grave van Vlaenderen, Hertogh
» van Brabant, etc., v'doen te wetene alle lieden
» dat wy betrauwen inde goede discretie ende voor-
» sienigheyt van onsen ghetrauwen ruddere ende
» raed an-gerard van Raessighem, 'rewaert van
» onsen Westlande van vlaenderen, hebben hem
» bevolen ende machtigh ghemackt, bevelen ende
» macken machtigh bij dese letteren, om ghe-
» meene proffyt, batenisse ende verzekerthede
» van onsen ghemeene landen, dat hy de poort
» van Cassel sal doen bedelven, bevesten, ende
» begraeven ende fortifieren met all sulcke forte-
» ressen Als hem proffitelyck ende oorboorlyck
» duncken sal náer den laste dat wy hem ghe-
» geven hebben.
» Ghendt den 10.ᵉ dagh van novembre in t'jaer
» ons heeren duyst CCC twee ende zeventigh. »

Lettre de Iolande de Flandre, dame de Cassel, qui permet la fabrication de certains draps dans toute la châtellenie de Cassel, etc.

Nous Iolande de Flandre, dame de Cassel, consentons, accordons et octroyons de certaine science et grâce espéciale à nos bonnes gens bourgeois et habitans dudit lieu qu'en notre dite ville de Cassel ou mestier d'icelle, qu'on dit les unze paroisses, et appartenances d'icelui mestier (Cassel ambacht) ils puissent avoir tenir et maintenir draperie ordonnée selon les points, formes et manières qu'il s'ensuit :

Premièrement pourront faire et feront en notre dite ville et audit metier draps..... blans..... contenans chacun vingt et quatre aunes de long et sept quartiers et demi de large; item pourront faire et feront autres draps de couleurs et melles contenant chacun vingt et quatre aunes de long, et demy draps contenans douze ausnes ou plus l'un et l'autre, large et de sept quartiers et demy ou plus tout retrait et retondu..... item que les draps et soies dessus dites soient apportez à Cassel pour les *eswarder* par les commis à ce, et pour les sceller du scel de ladite draperie; item que les draps et soies dessus dis soient mis à vente à la halle de Cassel trois jours continuels l'un apres l'autre avant qu'on les puisse ailleurs vendre si ce n'est par grace spéciale des eschevins de notre dite

3*

ville pour les mener à certaines festes, etc., etc.

Fait à notre conseil de Nieppe l'an de grâce 1378. 16 août.

Louis, comte de Flandre, duc de Brabant, fait délivrer une lettre confirmative en conséquence de celle-ci, à Gand, le 22 août même année.

Lettre de Jean, duc de Bourgogne, etc., qui donne ordre de faire rétablir le château-fort de Cassel.

Jean, duc de Bourgoigne, comte de Flandre, d'Artois, etc..., à nos bien amez Pierre de Waterleet escuier, Sr Henry Mons sous-bailly de Cassel, gardes de par nous du castel dudit lieu de Cassel. Il est venu à notre connaissance que combien que ledit chatteau, lequel paravant les commotions qui durament ont esté en notre pays de Flandres etoit en ruine et desemparé, eut au tems des dites comotions par l'ordonnance de notre amé et féal cousin le seigneur de Ghistelle et de feu Monsr Guy de Poncaillau jadis marechal de Bourg.^{ne} lors comis de par feu notre tres cher seigneur et pere Monsieur le Duc au gouvernement de son pays adont, et à present le notre de Flandres este remis sùs et reparé aux frais et depens des bonnes gens du pays d'environ, qui ensemble leurs biens y pouvoient audit tems avoir leur retrait et refuge pour le sauvement d'eux et de leurs dits biens, toutefois depuis que notre dit pays de Flandres a esté en paix et tranquilité sans y avoir aucune guerre, ceux de

l'eglise de Saint Pierre dudit lieu de Cassel, de
leur autorité, ont fait abatre et demolir une partie
des murs de la forteresse dudit chatteau et pris et
appliqué les matières d'icelui à leur profit; ce nó-
nobstant les bonnes gens de la ville de Cassel pour
resister aux Anglois ou autres ennemis de nous
ou de notre dit pays de Flandres ont depuis, na-
guerres du consentement et par l'ordonnance de
notre très cher et très amé oncle le duc de Bar,
recommencé à refaire et emparer de rechef iceluy
chateau ainsi qui se comprend, mais ceux qui
sont pauvres gens, et par feu de Mechef ont eu
de grands dommages ne pouvroient achever ne
faire parfaire du leur les ouvrages à ce nécessaires
sans en ce estre aidé et secourus des habitans et
bonnes gens de la chatelenie dudit lieu de Cassel
qui en cas de besoin et de necessité y peuvent aussi
retraire eux et leurs biens, si comme nous avons
entendu pourquoi nous copsideré ce que dit est
desirans pour le bien de nous et de notre pays de
Flandres la greigneur seûreté desdites bonnes gens
que ledit Cassel puisse êstre remis en bon etat, et
confians de vos sens loyautez et bonnes diligences,
vous mandons et commettons par ces présentes,
etc., etc. (1).

En notre ville de Gand le ix.e jour de juin 1405.

---

(1) Le reste de cette très-longue lettre est pour engager les habitans de la châtellenie à contribuer aux dépenses, et forcer en quelque sorte les chanoines de Saint-Pierre à payer les dégâts par eux
commis, comme il est dit dans cette lettre.

En l'an 1427 le 10 mars Philippe duc de Bourgogne comte de Flandres defend d'etablir a la
demande de ceux d'Ypres plus d'un hostille et un
tronc dans les villages pour le fait de la draperie a
cause que s'appliquant du tout a fait de draperie
plusieurs terres demeurent à labourer qu'il convient etrangers y venir faire les labourages ou autrement elles demeureroient en rien. Le droit de
marquer les pièces de draps qui etoit accordé aux
villes de Cassel Bailleul etc. est seulement conservé a la ville d'Ypres.

(Extrait des registres aux privilèges
de la ville de Cassel.)

Lettre de Philippe, duc de Bourgogne, etc., qui
décide en faveur des Casselois la question posée
par eux et ceux de Bailleul, savoir lesquels devaient
être à la tête dans les marches militaires du pays ?

Philippe par la grace de Dieu duc de Bourgogne,
palatin de Hainaut, etc..... comme naguerre certaine question soit mêue entre les eschevins
bonnes gens, manans et habitans de nos ville et
chatelnie de Baillieul d'une part, et les eschevins
bonnes gens et habitans de nos ville et chatelenie
de Cassel d'autre, pour cause de ce que lesdits de
notre ville et chatelnie de Baillieul veulent aller en
armes en notre present ost et armée et toutes
autres armées de Flandres qui se pourroient faire

ci-aprez devant lesdits de notre ville et chatelenie
de Cassel. . . . .
avec plusieurs autres propositions alleguées du
cotté et d'autre sur lesquelles lesdites parties ont
supplié et requis tres instamment ouïr notre ap-
pointement et ordonn, sçavoir faisons : que nous
considerons que notre dite ville et chatelenie de
Cassel est un ancien partage de notre dit pays de
Flandres où les comtes de Flandres ont souvent
tenus leur demeure et les aucuns y eslcu leur sepul-
ture comme un comte Robert, et avoient toujours
allé en armes devant lesdits de Baillieul, et pour
certaines autres considerations qui nous moûvent
avons aujourd'hui dit, ordonné et appointé, disons,
ordonnons et appointons par ces présentes que
lesdits de notre ville et chatelenie de Cassel en
cette notre dite armée et en toutes autres armées
et ost de Flandres qui se pourront faire cy aprez
yront en armes devant lesdits de Baillieul, etc.
Lez Gravelines le 25 juin de l'an de grace 1436.

Extrait d'une lettre de Charles, duc de Bourgogne,
qui regarde les sœurs de l'hôpital de Cassel.

Charles par la grace de Dieu, duc de Bourgogne,
comte de Flandres, d'Artois, de Bourgogne, palatin du Hainaut, etc. Sçavoir faisons à tous présens
et advenir nous avoir reçeu l'humble supplication de
religieuses personnes nos biens amées en Dieu les
sœurs de l'hospital en notre ville de Cassel conte-

nant comment lesdites suppliantes sont en nombre
de huit sœurs religieuses demeurans audit hospital
sous leurs familiers et serviteurs respectivement
fondées et dannées car elles ne tiennent que la valeur de cinquante bonnes livres de notre monnoye
d'Artois par an ou environ sur quoi elles doivent
avoir leur sustentation et avec ce loger et potager les
pauvres passans qui y surviennent et en temps de
pestilence ou autres maladies contagieuses y recevoir et garder tous pauvres malades de notre dite
ville et semblablement lesdits passans pelerins et
autres miserables personnes illec surprises et demeurans gisans devant leur gisines et faire enterrer les mors trepassez audit hospital dont ils y ont
eu l'année passée plus de cent cinquante personnes
qui tous y moururent de ladite pestilence ou de maladies contagieuses et lesquelles icelles religieuses
administrerent servirent et garderent en leur maladies et gisines tant qu'ils furent et vecquirent en
icelui hospital mais bonement ne le pourroient plus
ainsi faire furnir n'y endurer en leur dite pauvreté
et icelle des habitants de notre dite ville sans avoir
autre ayde et provision pour la sustentation et nécessité d'eux et desdits pauvres si comme elles disent en nous suppliant que leurs voulons octroyer,
et consentir quelles puissent à cette fin au profit
dudit hospital (1) acheter une petite portion d'hé-

_____

(1) L'hôpital des malades actuel est encore le même dont il est
parlé dans cette lettre ; son organisation date du mois d'avril 1255.

ritage contenont xxxi mesure et demy de terre gi-
sant derrière ledit hopital etre pour la somme de
x gros, etc., etc.

*Lettre de Philippe d'Autriche, duc de Bourgogne,
qui ordonne que l'on ne pourra choisir pour autorités de Cassel que parmi ceux qui y ont leur do-
micile.*

« Philippe van Oosterycke, byder gracie Godts her-
» toghe van Bourgoingnen, etc. Alle den ghonen die
» dese jeghen woordighe letteren sullen sien saluyt.
» Doen te wetene wy ontfaen hebben de de oot-
» moedige supplicatie van onse wel gheminde sche-
» penen, burghmeester ende wethonders van onser
» stede ende halle van Cassel over hemlieden ende
» over de ghemeene poorters van binnen ende buten
» der zelver onser stede, inhondende : hoedat de
» voornomde supplianten, ten fine dat onze voor-
» seide stede die ghedeurende den tydt van dese
» laeste oorloghe te diversche stonden verbrant
» ghedesoleert ende ghepelliert gheweest heeft van
» nieus gheredifiert ende te bet bewont zouden
» moghen wesen, ordonneerden, statueerden ende

C'est le chapitre de Saint-Pierre et les échevins de la ville de Cassel
qui formèrent cet établissement.

Dans les archives de la ville, on trouve les règlemens à cet égard ;
il y est dit, en latin, que la congrégation serait de six personnes du
sexe, dont une serait choisie pour supérieure, et dont la juridiction
appartiendrait à l'évêque de la Morinie (*Episcopus Morinensis*).

» concipierden dese naervolghende articklen te
» weten : dat nimant van...... Voortaen poortere
» synde schepen , poortmester noch wethoudere
» wesen sal het en sy dat hy wonaehtigh es inde
» voorseide stede specialyck binnen der poorterie
» van diere met aller hebbinghe , etc. etc.
   » Ghent den derden dagh van septembre in t'jaer
» ons heere duyst. CCCC drie en tachtentigh. »

Défense de détailler des boissons dans des maisons de
Cassel qui n'étoient point assujetties aux droits, etc.

Philippe par la grace de Dieu archiduc d'Autriche,
duc de Bourgogne, etc. , à tous ceux qui ces présentes verront salut. Sçavoir faisons nous avoir receu
humble supplication de nos biens amez les bour-
ghemaitre , eschevins , bourgeois jurés et communauté de notre ville de Cassel contenante comme ladite ville est la chef ville de notre chatelenie et territoire de Cassel , laquelle à cause des guerres qui
ont regné contre les François , lors nos ennemis , a
esté par deux ou trois fois toute bruslée ensemble
les églises , la halle et autres édifices scitués en
jcelles lesquels il a convenu et convient encore
chacun jour auxdits suppliants réedifier et réparer
lesdites églises ensemble les maisons chacun en sa
qualité pour l'entretiennement de ladite ville et du
marché en icelle en laquelle à cause dudit marché
nous avons et prennons plusieurs beaux droit et
proffyts seigneuriaux , comme les tonlieus, etc. .

Ordonnons et statuons par ces présentes que dore-
senavant nul de quelque etat qu'il soit ou condition
ne pourra tenir taverne (1) ny vendre vin, cervoise
ny autre beuvrage en détail à un quart de lieu à la
ronde de ladite ville, sauf es lieux où il y aura
églises paroissiales et places auprès d'icelles, etc.

Donné en notre ville de Gand le troisième jour
de février, l'an de grace mille cincq cens.

*Permission d'habillement, d'uniforme et de port
d'arme accordée aux confrères du jeu de l'arc en
main de la ville de Cassel.*

Maximilien par la grace de Dieu esleu empereur
tousjours auguste, roy de Germanie, de Hongrie,
etc., etc., et Charles sur la mesme grace archiduc
d'Austriche prince d'Espagne, de Hierusalem, duc
de Bourgogne comte de Flandres, etc. à tous ceux
qui ces presentes lettres verront.

De la part de nos bien amez les doyen, proviseurs
et confreres du jeu de l'arc en main de monseigneur
St.-Sébastien, en notre ville de Cassel, nous a esté
exposé et remontré comme feu notre tres cher seigneur et bisayeul de nous Charles Le Bon, duc Philippe que Dieu absoille en son vivant par deux ses
lettres patentes, les premières en date du v⟨e⟩ jour de

---

(1) Il paraît, d'après ce qu'il y a de détaillé dans ce privilége, que
ces tavernes portaient préjudice aux hostelains (maîtres d'hôtel),
qui seuls étaient tenus à payer de certains droits assez considérables.

février, l'an mille IIIIe XLVI (1), et les secondes en date du XIXe de mars de l'an XLIX en suivant (2) et par les causes et considérations contenues en icelles ont octroyé, consenti et accordé à ceux de ladite confrérie de dès lors en avant pouvoir porter sur leurs robes et capperons de quelque couleur qu'elles fusent la livrée ou devise du fusil avec la pierre et étincelle de feu, et parmi ledit fusil deux flèches en croix saint André ensemble (3); aussi de porter leurs arcs, trouces, flèches et autres armures pour la sureté de leurs corps en allant parmi notre dit pays de Flandres et sous certaines autres conditions et par la manière qu'ils faisoient et peuvent faire ces connestables dudit jeu de l'arc de nos ville d'Ipre, Courtray, Fursnes, etc., etc.

Confirmons et approuvons de grace especiale les lettres patentes de notre dit feu seigneur, etc.

Donné en notre ville de Bruxelles le penultiesme jour d'avril l'an de grace 1512 et de nos règnes de Germanie le XXVY^e.

Dans la lettre patente de 1449, citée dans cette permission, on trouve les passages suivans :

_____

(1) Bruges, 1446.
(2) Bruxelles, 1449.
(3) Cette devise est celle de Bourgogne, et celle personnelle de Philippe, c'est-à-dire, le fusil qu'il avait pris après son père Jean de Nevers, qui était devenu duc de Bourgogne et comte de Flandre, avec la légende : *Je l'emprains* ou *je le prends*, en réponse à celle que prit le duc d'Orléans, *je l'envoye*, avec qui Jean, père de Philippe, était ennemi juré.

» Eu égard que notre dite ville de Cassel est si-
» tuée sur les frontières de notre dit pays de Flan-
» dres et que quand aucunes affaires surviennent à
» icelui lesdits suppliants (les confrères du jeu de
» l'arc) sont les premiers pour aider à garder et dé-
» fendre icelui, notre plaisir soit faire expédier nos
» lettres patentes etc. etc....

» Toutefois que quand ils ou aucuns d'eux entre-
» roit ainsi armez en aucunes villes privilegées ils
» seroît tenus de mettre jus leurs armures et les
» laisser en leurs hostels jusques à ce que d'jcelles
» villes ils partiront, et qu'ils ne pourront être en
» ladite confrerie que cent compagnons et en des-
» sous. »

*Confirmation des privilèges pour Cassel de Jolente
de Flandres (de 1378), par Charles duc de Bourgogne et comte de Flandres.*

Charles par la grace de Dieu roi de Castille, de
Leon, de Grenade, d'Aragon, de Navarre, etc. etc.
Sçavoir faisons à tous presents et à venir. Nous
avons receu l'humble supplication et requeste de
nos biens améz les eschevins, mannans et habitants de notre ville de Cassel contenante comment
icelle ville ait esté et soit douée de plusieurs beaux
privileges à eux octroyés et accordez par feue dame
Jolente de Flandres, comtesse de Bar et dame dudit
Cassel, et depuis confirmés par feu Louis (1)

_____

(1) Cousin, héritier d'Iolente.

comte de Flandres, duc de Brabant etc. etc. et
combien que yceux supliants et leurs predeces-
seurs aient toujours jouy et paisiblement usé jusqu'à présent de ces privileges (1) néanmoins obs-
tant que les lettres susdites n'ont par nous été re-
nouvellées ny confirmées, ils doutent que l'on leur
pourroit ou voudroit cy ces aprez bailler empeche-
ment en la jouissance d'y ceux privileges, ce que
leur retourneroit à grand regret dommage et inté-
rest si de notre grace ne leur est sur ce pourvueu si
comme ils disent en nous suppliants tres humble-
ment, qu'attendu ce que dit est mesmement en la
dite ville est pauvre et petitement peuplée et que
les guerres qui par cy devant ont régnées elle a
souvente fois esté arsée et bruslée, et à cette cause
soutenu pertes et dommages innumérables, notre
bon plaisir soit confirmer, ratifier et approuver
les lettres cy dessus mentionnées en tous leurs

---

(1) Ces priviléges étant sur parchemin très-usé, ont été transcrits
dans un registre de 1711, gardé à la mairie de Cassel, de la page 8 à
la page 15; ils sont très-longs, et roulent tous sur des contributions
et franchises accordées aux habitans de Cassel. Un de ces priviléges
commence ainsi : « Nous Iolente de Flandres, dame de Cassel, etc.,
» faisons scavoir à tous comme nos bonnes gens bourgeois et habi-
» tans de notre ville de Cassel se soient venu par devers nous et
» nous suppliant, montré par plusieurs fois quils ne peuvent faire
» les frais appartenans et necessaires au proffyt et avancement
» d'icelle et aussi qu'ils ne nous pouvoient honorablement recevoir
» quand nous venions en notre dite ville ny faire par devers nous ce
» que bonnes gens et sujets font et doivent faire à leur seigneur ou
» dame, nous avons voulu, consenti, octroyé, etc.
» Fait en notre castel de Nieppe, l'an de grace 1378. 6 aout. »

points et articles et sur ce leur faire expédier nos
lettres de patentes de confirmation et nouvel oc-
troy à ce pertinentes, pourquoi nous, ces choses
considérées, désirans le bien et entretenement de
notre dite ville de Cassel et obvier à sa totale désolation et depopulation, par leur avis et meme
délibération de conseil avons les lettres des dits
feus sieur et dame cy dessus incorporées, louées,
agrées, ratifiées, confirmées et approuvées et afin
que ce soit chose stable et ferme à toujours nous
avons fait mettre notre scel à ces présentes sauf
en autres choses notre droit et l'autry en toutes.

Donné en nostre ville de Middelbourg, au mois
de septembre l'an de grace mil cincq cent et dix
sept et de notre regne le second.

*Exemption du droit de tonlieu pour les bestiaux,
etc.* (1).

Sur la requeste présentée au roi en son conseil
par les bailly et eschevins de la ville de Cassel contenant que les bourgeois et bourgeoises de la dite
ville, tant ceux demeurans audit Cassel qu'alieurs,
sont exempts de tems immémorial du droit de tonlieu pour les achaps qui se font dans l'étendue de
la chateline de toutes sortes de bestiaux, chevaux,
grains et autres biens meubles pour lesquels le

(1) Extrait des registres du Conseil d'Estat de France.

droit de tonlieu étant le soixantiesme denier du
prix il se paye ordinairement, et toutes les fois
qu'ils ont esté inquietés et troublés dans la possession de cette exemption par les ammans et baillys
qui pretendent estre en droit de le lever dans la
dite chateline de Cassel, elle y a toujours esté
maintenue; mais comme par le feu et la guerre plusieurs de leurs titres ont esté perdus dont les baillis et ammans prétendent tirer avantage et disputer
aux bourgeois de la dite ville, le droit et possession pour raison de quoi elle est obligée de soutenir continuellement des procès avec beaucoup de
peine et de dépense; en sorte que s'ils avoient le
malheur de perdre le peu de titres qui leur restent
ils seroient hors d'état de se défendre des injustes
poursuites que fait continuellement lesdits baillis
et ammans contre leurs bourgeois, ils ont recours à
sa majesté pour leur estre sur ce pourveu, etc., etc.

. . . .

Réponse.

Le Roi en son conseil, conformément à l'avis du
sieur Barentin intendant en Flandre, a maintenu
et confirmé maintient et confirme les bourgeois de
la ville de Cassel en possession et jouissance de
l'exemption du droit de tonlieu sur les bestiaux etc. . . . .

Fait au conseil d'estat du roi tenu à Versailles
le neufieme jour de may, mil sept cent deux.

On voit aussi aux archives de la ville de Cassel,
plusieurs lettres latines, dont l'une, datée de 1393,
a été donnée par le roi de France Charles VI, et les
autres par François Ier, la première année de son
règne, c'est-à-dire en 1515. Ces lettres contiennent
aussi des confirmations de priviléges pour la ville
de Cassel.

Quant aux bulles des papes pour l'église et le
chapitre de Saint-Pierre de Cassel, on pourra les
examiner dans la Fland. illust. de Sanderus.

§ VII. Extraits du registre aux résolutions
du Bailli et des Échevins de la ville de
Cassel, commençant le 1.er juillet 1586,
et finissant le 24 septembre 1675.

Du 20 septembre 1586.

Taxé le bois d'orme, 5 sols parisis (1) le fais-
seau ; le bois tendre et chêne sans écorce, 3 sols
parisis ; les fagots gros bois, 4 sols chaque ; les fagots de branchage, 3 sols chaque.

Du 13 septembre 1588.

Les brasseurs ne pourront vendre la bierre plus
chère que 9 livres parisis la tonne.

---

(1) La livre parisis était 0 liv. 12 sols 6 den. argent franc, le sol
0 l. 0 s. 7 ¼ d., le denier 0 l. 0 s. ¹⁵⁄₂₄.

4

Du 18 novembre 1588.

Le prix des chandelles est de 12 sols parisis la livre.

Du 3 mars 1589.

Les confréries de Saint-André et Saint-Sébastien sont autorisées de dépenser en boisson 24 livres parisis à la charge de la ville, pourvu que leur blazon soit pendant à la fenêtre de l'endroit où elles s'assemblent, et qu'elles s'exercent à tirer aux buttes selon l'ancien usage.

Sont aussi confirmés les anciens statuts de Saint-André.

Du 15 août 1593.

La ville fait faire un four à brique de deux cent mille, qui seront vendu 9 livres parisis chaque mille.

Du 2 novembre 1599.

Le gros bois a été taxé 20 livres parisis le cent, et les fagots 18 livres parisis le cent.

Du 9 novembre 1609.

La bierre est taxée à 9 livres parisis la tonne, et les cabaretiers ne la vendront plus chère que 7 sols parisis le pot (le litre).

Du 10 mars 1610.

Accordé au Roy, connestable, doyen et confrères jurés du noble chevalier Saint-George , sur la requête par eux présentée , de prendre pour leur aisance trois pieds de terrain appartenant à la ville, et attenant à la maison de réunion de la confrérie (1).

Du 22 janvier 1611.

Résolu de suplier Leurs Altesses d'accorder pardon aux complices des incendiaires de cette ville qui découvriroient les auteurs, et d'envoyer courrier extraordinaire considérant que les incendiaires ne laissent de faire de combinaisons pour réduire en cendres toute la ville attendu qu'avant hier au soir a été mis et pris flamme en deux endroits différents.

Du 17 février 1614.

Est résolu de transférer en la maison de correction d'Anvers, Jean M..... pris incendiaire, pour l'entretenir en cette maison aux moindres frais de la ville, attendu qu'en la prison il n'apprend que malice et vie indécente.

Du 13 juin 1614.

Le collége étant informé que monsieur l'Évêque

(1) Cette confrérie n'existe plus depuis plus de cent ans.

4*

d'Ypres est déterminé de visiter les églises de cette ville, le bailly accorde le logement dans sa maison à M. l'Evêque, à son secrétaire et à son page, et Charles Staes entreprend de faire les apprêts pour des repas de douze personnes chaque fois, et ce, sans profusion : il y aura entre autres un pâté de dindon, un pâté de gigot et un jambon de Mayence.

Du 6 juillet 1622.

Interdit aux aubergistes de vendre le vin plus cher que 26 sols parisis le pot, excepté le vin d'Espagne et du Rhin, et qu'à l'avenir ils doivent faire guster leur vin par les échevins pour le voir taxer.

Du 2 novembre 1624.

Messieurs de la cour de Cassel ayant prévenu le collége aux fins de tenir prêt vingt hommes cotte de la ville dans huit cent soixante que la chatellenie doit fournir pour à la première ordonnance ou coup de cloche être en armes avec fusil et aller où il sera ordonné pour le service de Sa Majesté, et repousser l'invasion de l'ennemi menaçant la Flandre, étant averti qu'il débarquera à *Sutquot* et de là partir pour faire le siège de Dunkerque, à quel effet ont été dénommés de la part de cette ville... Lesquels après notification ont promis de s'acquitter de leur devoir, et pour récréation, le collége leur accorde une tonne de bierre évaluée 17 livres parisis.

La cour étant prévenu de tenir prêt et de fournir
son contingent à la première demande, le collége
invite les habitans ayant des armes de les prêter à
ceux requis pour la quotte de la ville dont estima-
tion préalable sera faite en cas que par l'événement
de la guerre ces armes étant prises on puisse indem-
niser le propriétaire.

Une hallebarde fut estimée 14 livres parisis ; un
rapier avec banderolle, 8 livres parisis ; un mous-
quet et banderolle, 20 livres parisis ; un calibre
avec sa fourchette et bandon, 24 livres parisis ; un
coutelas, 6 livres parisis.

Du 9 mai 1626.

L'éruption de la peste ayant eu lieu en la maison
de...... dans la rue dite du Tambour, ordonne de
faire habiter par tous ceux qui habitent cette maison, une des trois baraques que la ville a fait construire, et seront entretenues par les biens délaissés
par la V.°.... morte de la peste.

Du 14 mai 1626.

Les meûniers prenant comme de coutume pour
droit de mouture 48 livres de farine en ce moment
que le bled vaut 48 livres parisis la rasière, tandis
que le prix ordinaire est de 12 livres parisis, est
arrêté que dorénavant leur droit sera de 36 livres
de farine.

Le grand bailly ayant donné permission au magistrat de pouvoir vendre (à raison de 20 sols parisis la livre) les vieux canons des remparts appartenants à la ville, il lui sera donné en présent une pièce de vin de cent florins.

Du 1.er octobre 1631.

Defendu de faire recherche après des effets sur le terrain des maisons brûlées sans le consentement du propriétaire.

La cour sera invitée de vouloir fournir une chambre dans la conciergerie pour l'assemblée du magistrat en attendant qu'on rebatisse l'hôtel de ville.

Il sera fourni aux frais de la ville la sixième thuille ou ardoise à ceux qui rebatiront leurs maisons.

Du 8 novembre 1631.

Ayant été résolu aujourd'hui de rebatir et restaurer la maison de ville entièrement brûlée, avec quasiment la moitié de cette ville par fortune, le dernier de septembre dernier, on fait accord avec les ouvriers et fournisseurs.

Du 16 mai 1640.

En conséquence d'ordre donné par le grand bailly d'après ceux qu'il a reçu de S. A. R. le prince Thomas, pour que les habitans ayant à fortifier

leur ville et château pour empecher l'ennemi françois de prendre le pays, étant en force sur le neuf
fossé, les aire. Les magistrats (à très-humble correction) disent d'être prêts à satisfaire au contenu
d'icelle comme jusques alors ils l'ont témoigné par
effet, nonobstant leur extrême ruine, tant causée
par le feu en l'an 1631, infection et invasion de nos
ennemis en mai 1638.

Du 11 septembre 1646.

Les pères jésuites de la société de Cassel demandent au magistrat en arrentement perpétuel les
quinze mesures de terre appartenant à la ville, et
ce en récompense de service rendu en différentes
circonstances, savoir : le 21 août 1645 et jours sui-
vants, quand les François prirent la ville de Cassel,
que les femmes et les enfants se réfugièrent dans
le couvent où il y avoit un sauve-garde d'établie ;
le 29 octobre 1645, lorsque Son Exc. Lambay reprit la ville et le château de Cassel ; le 2 novembre
1645, lorsque toute l'armée françoise passa sous
les murs de Cassel, et actuellement que la peste
règne en cette ville, ils ne cessent de laisser fréquenter leur couvent à toutes les personnes au
grand péril de l'infection, et ce sans récompense
particulière des habitants.

Le magistrat accueillant favorablement la demande des révérends pères de la société accorde
l'arrentement perpétuel moyennant une redevance
annuelle de 20 livres parisis.

Du 8 juin 1649.

Résolu par le magistrat de réparer tous les chemins pavés avec les pierres provenant de la démolition de la tour grise du Comte, située au château
fort.

Du 6 août 1651.

Le magistrat étant ordonné par la cour de Cassel
de produire l'état de dépense occasionnée par le
régiment de Laen qui est venu en garnison en cette
ville, la veille de la Toussaint 1644, a été résolu
de le présenter tel qu'il fut fait à cette époque, et
montant à 157,970 florins, et ce non compris les
frais de la susdite garnison pendant le siége de
Gravelines, qui n'ont pas été liquidés à cause
de la reprise de la ville de Cassel par les François.

Du 3 septembre 1652.

Les grains étant, grace à Dieu, considérablement diminués, et l'argent étant d'argent courant
devenu argent de permission (quart en sus) par réglement de police, les brasseurs ne vendront la
bierre plus que 12 livres parisis la tonne, les cabaretiers que 7 sols le pot.

Le fagot est taxé à 4 sols parisis, et le gros bois
8 sols le faisceau.

La meilleure viande de mouton, 8 sols 6 de-
niers parisis; la viande de bœuf, 5 sols parisis la
livre.

Du 21 août 1654.

En conséquence d'ordre du conseil provincial de Flandre, par la lettre du 12 juin 1654, le magistrat de concert avec le doyen de notre dame désigne pour le lieu d'inhumation des morts, étant sujets des provinces unies, venant à décéder en cette ville, un terrain situé du côté méridional de la place nommé d'ancienne date, *Gods Acker* (Champ de Dieu) (1). La désignation est faite en conséquence de l'article 18 du traité de paix conclu à Munster le 30 janvier 1648.

Du 23 mai 1658.

Le greffier demande une sauve-garde pour la sûreté du greffe, vu qu'il a déjà été forcé par les François, et qu'il y manque quelques pièces de procédures, etc.

Le chef de la troupe n'a pas voulu accorder ceci, vu que quelques soldats irlandois gardoient encore le château qu'ils ne voulurent rendre sans qu'on ait tenté l'assaut.

Du 29 avril 1659.

Le magistrat informé qu'à l'incendie du 25 du courant il manquoit des seaux de cuir ainsi que des échelles, ordonne que dans la huitaine chaque

---

(1) Actuellement ce terrain se nomme improprement *Cosacker* ou *Cosaque wee*.

habitant se pourvoira de deux seaux et d'une échelle de la hauteur de sa maison.

Du 21 janvier 1662.

Les ecclésiastiques qui prennent logement en ville voulant jouir des exceptions de contributions et impositions de même comme ils demeureroient dans leur cloître, ce qui augmente les charges des autres habitants ; le magistrat délibère que tout habitant qui louera une maison à lui appartenant à un ecclésiastique, sera tenu d'acquitter ses contributions et impositions comme s'il l'occupoit lui-même.

Du 7 février 1662.

Le magistrat arrête que dorénavant personne ne pourra débiter qu'au poids de 16 onces dans la livre, tel que le portent les différents réglements sur ce précédemment émanés.

Du 15 juillet 1671.

Le magistrat, comme défendeur contre la cour de Cassel, défendant devant le conseil général séant à Malines, représentera que conformément à l'acte d'union, les autres paroisses qui ont souffert grand logement et contribution militaire ou pillage, ont été indemnisés, tandis que la ville de Cassel qui a subi en 1638 un pillage général par neuf à dix mille François, pareil pillage par les mêmes François en 1645, en novembre suivant un logement militaire de six mille hommes de l'armée françoise, pillée de nouveau en octobre 1656, et grande partie de la ville brûlée, généralement de nouveau pillée en mai 1658, n'a reçu aucune indemnité.

Du 12 octobre 1673.

Résolu de renfermer dans un tonneau les papiers et argenteries appartenant à la ville, et de les déposer chez les jésuites walons à Saint-Omer.

D'après les ordres reçus de publier que tous ceux habitant le plat pays doivent se retirer avec famille et ménage dans les villes fermées et fortifiées, a été arrêté de faire réparer les portes de la ville, et d'établir à chaque porte une garde bourgeoise de huit hommes.

Du 3 novembre 1673.

Bailly et échevins de la ville de Cassel certifient et attestent que le 20 d'aougst 1672 par un feu de méchef et de fatalité ont été embrâsées et consommez quarante-deux maisons dans cette ville et son enclavement par-dessus la ruine de l'église collégiale de Saint-Pierre et quelques autres édifices; priant ensuite très-humblement M. Le Boistel de Chategnonville, conseiller du roy en son conseil, et d'être servi et d'avoir tant de bonté que d'octroyer quelque modération et grace du tax de la dite ville en la contribution royale, en considération d'une perte si notable.

~~~~~~~~~~~~~~~~~~~~~~~~~~~~~~

CHAPITRE SECOND.

DESCRIPTION DE LA VILLE DE CASSEL,

DANS SON ÉTAT ACTUEL.

> Soit instinct, soit reconnaissance,
> L'homme, par un penchant secret,
> Chérit le lieu de sa naissance.
> GRESSET.

§ I. Cassel actuel.

CASSEL, ancienne capitale des Morins, l'une des principales villes de la Flandre flamingante, n'a plus que le titre de chef-lieu de canton !....

De nos jours, ouverte et démantelée, cette ville est bâtie en longueur du sud-est au nord-ouest. Elle est protégée par la terrasse de l'ancien *Castellum*, contre les vents du nord.

La place ou grand marché est au centre. Les rues sont peu nombreuses, propres et assez bien entretenues; dans chacune existe une fontaine d'eau de source excellente. Elles sont en outre souvent lavées par les eaux pluviales, auxquelles la pente du terrain ne permet pas de séjourner; des réverbères placés çà et là les éclairent pendant les nuits d'hiver seulement. Le vent léger qui y règne la plupart du temps purifie et change l'air, de sorte que ces rues, quoique étroites, sont d'une habitation saine.

Les maisons, au nombre de 795 (et dans aucun temps il n'y en a eu davantage), sont solidement bâties : des briques rouges ou jaunes , faites d'une terre argilleuse cuite, en font la solidité ; le mortier que l'on emploie à cet effet est un mélange de chaux vive et de sable qui, à la longue, acquiert la dureté de la pierre.

Ces maisons sont la plupart d'un seul étage, assez élevé à-la-vérité , et surmontées de greniers spacieux , couverts en pannes, en tuiles ou en ardoises. On en remarque encore quelques-unes de construction espagnole.

Comme dans toute la Flandre , elles sont tenues avec une propreté remarquable ; aucun insecte malfaisant ne s'y rencontre.

Quoique Cassel soit ville ouverte, on y dort exempt de craintes , en se fiant sur des gardes qui parcourent les rues (1).

Chaque maison a son jardin bien soigné , et donnant de bons légumes et des fruits savoureux dans les expositions choisies.

---

(1) Ces gardes annoncent les heures avec des cris un peu trop lugubres et épouvantables , surtout pour les étrangers.

Les légumes, en général, viennent très-bien au midi de la montagne; à l'exposition du soleil, ils peuvent en peu de temps réparer le retard qu'apportent parfois à la végétation, les froids et épais brouillards de la mer. Ce qu'il y a de singulier dans ces jardins, c'est que pour arriver à ceux qui sont situés contre la terrasse du *Castel*, il faut y monter par le grenier de la maison, tandis que pour les autres il faut souvent y descendre par la cave. Ceci vient de la pente rapide du terrain : aussi lorsqu'on regarde les maisons de Cassel étant placé au côté sud du bas de la montagne, elles semblent posées les unes sur les autres; c'est un aspect singulier quand le soleil donne dessus.

Cassel, placé au milieu de la riche et belle plaine de la Flandre, a des communications avec toutes les villes environnantes, au moyen de ses routes royales.

Ces routes, très-bien pavées, sont journellement fréquentées par un grand nombre de voitures publiques et de chariots de transport, pour les marchandises des ports maritimes et des villes environnantes.

Quoique la montagne soit élevée, l'accès en est aisé, à cause d'une grande chaussée pour Lille et Dunkerque, qu'on y a faite en 1751, et une autre de Cassel à Saint-Omer, pratiquée en 1780.

§ II. Édifices et Établissemens publics.

Une église, bâtie en 1290, et qui était autrefois collégiale avec douze chanoines, sert seule à toute la population de Cassel, qui est de 4,241 âmes (1).

Cet édifice, dédié à la Sainte-Vierge, a déjà vieilli et n'offre rien de remarquable ; on n'y a même point observé les règles de l'architecture harmonique ; néanmoins des réparations récentes paraissent y avoir apporté de grandes améliorations : il a été complettement plafonné dans le courant de l'année 1827.

Le maître-autel est en marbre ; au-dessus de cet autel est une Sainte-Vierge qui est réputée miraculeuse dans tout le pays. On l'appelle Notre-Dame-du-Caveau (O. L. V. Van den crocht), parce que, avant la Révolution, elle était dans la chapelle souterraine de l'église de Saint-Pierre, sur la terrasse du château.

L'ancienne horloge de Térouane sert pour la tour de cette église, qui, de plus, possède un carillon, une très-belle cloche et un orgue récemment construit, au-dessous duquel on lit ce chronogramme :

CIVIUM donIs ; ConCInnItUr organIs.

---

(1) En 1789, la population était de 4,189 âmes ; elle est par-conséquent augmentée.

Cette église a été endommagée par le feu en
1583 ; une inscription flamande incisée au bois
du plafond du chœur, rappelle ce fait, la voici :

« De god-vrugttighe van Cassel hebben dit ghe-
» reparert dat by block den guesen dienaer metten
» viere was gheruineert den 14 juni 1583. »

Derrière cette église Notre-Dame, et à sa gauche,
se voient encore les restes du couvent et du collége
des Jésuites ; ces Pères, forcés de le quitter, y furent remplacés en 1770 par trois Récollets de la
montagne voisine, qui se firent un devoir d'y continuer l'instruction de la jeunesse de Cassel jusqu'à
la Révolution. Ce bâtiment, en partie dégradé,
date de 1687.

Sur la grande place de Cassel est le bâtiment
spacieux où s'assemblaient les administrateurs du
département de la Flandre maritime ; on le désignait sous le nom de *Cour de Cassel ;* maintenant
il sert de dépôt aux anciennes archives de la châtellenie, et la mairie en occupe une grande partie.
Il y a quelques années, la sous-préfecture de l'arrondissement, maintenant à Hazebrouck, y avait
aussi ses bureaux.

Vis-à-vis ce bâtiment, que les Flamands appellent *T'lands huys,* et au milieu de la place ou
grand marché de Cassel, existe une belle fontaine
en pierres de taille, qui, avant la Révolution, donnait continuellement de l'eau. La construction de
ce monument, le plus curieux de la ville par rapport
à l'élévation du sol, a coûté 50 mille francs, ainsi

que l'attestent les anciennes archives de Cassel.

Le maire de Cassel vient de le faire réparer ; l'eau y vient d'une source correspondante à celle qui fournissait aux besoins des Romains pendant leur séjour sur la montagne ; cette fontaine offre une ressource précieuse lors des grandes sécheresses.

Un tube en cuivre fait élever l'eau par gerbes à plus de douze pieds de hauteur.

Cette fontaine était auparavant située au milieu de la place, là où les charriots ont le plus de peine à descendre ; c'est pour celà qu'elle a été transférée à l'endroit où on la voit à-présent. Il y avait anciennement un abreuvoir à la place qu'elle occupe aujourd'hui.

Sanderus en parle en ces termes : « Fori et ferè » opidi meditulliam occupat fons exteris admira- » tioni existens, ut pote per altissimorum mon- » tiùm venas canali ductus, anno 1532, publicis » impendiis reparatus. » Vrientius lui a aussi appliqué ce vers :

Et fons castaliis qui salit uber aquis.

Le bâtiment qui servait anciennement de maison de ville, et qui est destiné à la judicature de canton, se voit sur la même place ; il est de construction espagnole, et remplace la maison de ville brûlée en 1631.

L'an dernier, on en a restauré une petite tourelle, de laquelle on peut découvrir tout le pays, et d'où l'on plane sur la ville. Une cloche qui s'y remarque sert pour annoncer les divers marchés, et pour appeler du secours en cas d'incendie ; les publications officielles se font aussi au son de cette cloche.

Dans les temps florissans de Cassel, le bâtiment dont il est question possédait un tribunal qui avait la judicature pour le criminel, dans une étendue très-grande de pays compris dans sa châtellenie, qui s'étendait en longueur depuis Estaires jusques à Watten (comprenant cinquante - deux villages) ; c'était le *Cassel ambacht*, ou métier de Cassel, comme l'expriment ces mots de Sanderus :

« A minariaco, quod vulgò stegriam nuncupa-
» mus, Castellania hœc, sive territorium et am-
» bachtum alio nomine casletanum ; in longum
» se protendit usque watanum, et nobilissimam
» Flandriæ portionem complectitur. »

Sa magistrature consistait en un baîlli et un haut-justicier pris parmi les plus grands seigneurs, et en douze conseillers, dont six devaient être gentilshommes.

Une vaste prison existait aussi sur la nouvelle place, au nord de la ville : presque entièrement tombée en ruines, elle offre encore une aile de bâtiment, mais très-inclinée.

A l'orient de la montagne est situé le cimetière des Casselois. Il est placé à un endroit balayé par le vent du nord-est, et à une petite distance de la ville ; de sorte que, quoique à côté du grand chemin, jamais les miasmes qui s'en exhaleraient ne pourraient se répandre sur les habitans (1).

Ce lieu, situé sur la pente de la montagne, et planté d'arbres, présente une verdure que l'on a soin d'entretenir avec propreté.

Les monumens élevés à la mémoire de ceux qui furent l'objet de la vénération ou des tendres sentimens des Casselois, ne sont point des sarcophages, des obélisques fastueux et imposans; mais de simples croix en bois ou en fer, reposant sur la terre qui couvre les cercueils. Une inscription modeste rappelle aux visiteurs ceux qu'ils ont connus, et fait naître dans leur cœur un sentiment douloureux, une tristesse profonde, mère des pensées vertueuses.

On remarque, à l'endroit le plus élevé de ce cimetière, une chapelle bâtie en forme de croix, et destinée à recevoir les cendres de la famille Morel.

A l'occident de la ville se trouvent le château et le beau jardin anglais du général Vandamme, que les étrangers visitent avec empressement; les montées et descentes rapides qui se rencontrent dans cette promenade, sont naturelles à la montagne, et ajoutent au charme de ce lieu pittoresque. Entre autres morceaux curieux, on y remarque des statues en marbre riche, des colonnes de divers marbres rares; des chapiteaux

---

(1) L'éloignement du cimetière du centre de la ville (*non defunctorum causâ sed vivorum*, comme le dit Sénèque), est sans doute bien louable ; on devrait suivre partout un pareil exemple.

5*

travaillés avec perfection s'y font aussi admirer.

L'eau des réservoirs et viviers qui s'amasse des petites sources de la montagne, y est retenue d'une manière fort ingénieuse.

Au-delà de ce château sont les moulins des fabricans d'huile de Cassel.

Les établissemens destinés aux secours des pauvres méritent aussi l'attention; je dois en parler ici :

Chaque âge comme chaque sexe a dans Cassel ses asiles dotés par une pieuse et prévoyante libéralité. Ici l'on protége l'enfance, là on soulage la vieillesse et les infirmités; partout la charité est placée auprès du malheur; et ce tableau consolant étouffe les plaintes dans le cœur du pauvre, qui supporte sans murmurer des maux qu'on s'empresse de soulager.

Un hôpital pour les pauvres vieillards est établi dans le bâtiment qu'occupaient les religieuses Augustines avant les jours désastreux ; les vieillards y sont traités avec recpect et des égards consolans et délicats.

Cet hôpital, fondé en 1255, servait d'abord de lieu de retraite aux vieilles domestiques des chanoines de Cassel, qui étaient obligées d'y soigner les malades (1).

(1) La terre d'une partie de l'enclos de cet hôpital repose sur la voûte du réservoir de la fontaine de la grande place. On a le projet de faire à côté un marché aux herbes.

Une infirmerie, fondée par les soins et la bien-
faisance de la famille Moreel, est destinée aux pauvres malades ; ils y reçoivent tous les soins que leur
état exige.

Un autre établissement de ce genre, appelé
l'École des Orphelines, est entretenu aux frais de
la ville ; son nom indique assez son utilité.

Les garçons n'ont pas le même avantage ; mais
on espère qu'il leur sera rendu commun.

On remarque encore avec plaisir l'école libre (1)
des jeunes filles, dirigée par des demoiselles que
l'on peut appeler avec raison les filles de saint
Vincent de Paul (2). Les enfans des riches y payent

---

(1) Cette école est située dans un local boisé, dans lequel on
voit avec surprise des portraits peints sur bois, mais un peu
dégradés, qui représentent des comtes et comtesses de Flandre et
de Bourgogne, ainsi que des rois d'Espagne.

(2) Ces demoiselles viennent d'être autorisées à se former en communauté, sous le nom de *l'Enfant-Jésus.*
Voici l'ordonnance du Roi, qui porte cette autorisation :

Au château des Tuileries, le 13 avril 1828.

CHARLES, par la grâce de Dieu, *Roi de France et de Navarre*, à
tous ceux qui ces présentes verront, salut :
Vu la loi du 24 mai 1825 ;
Vu la déclaration des Filles de l'Enfant-Jésus de Cassel, qu'elles
adoptent et s'engagent à suivre exactement les statuts des Filles de
l'Enfant-Jésus de Lille, enregistrés au Conseil-d'État, conformément à l'ordonnance royale du 12 avril 1825 ;
Vu la délibération du conseil municipal de Cassel, du 18 février
1828, tendant à ce que cet établissement soit autorisé ;
Vu le consentement de l'Évêque de Cambrai, du 27 mars 1828 ;
Sur le rapport de notre Ministre Secrétaire-d'État au département
des affaires ecclésiastiques ;

pour les pauvres , et contribuent à leur habillement. Tous les ans on leur distribue, pour prix de leur assiduité , des habits , du linge et des chaussures.

Cette école est placée à côté de l'hôpital des pauvres vieillards et de la petite église des sœurs Augustines, qui est fermée depuis la Révolution.

§ III. Antiquités de Cassel.

Au nord de la ville , on aperçoit une terrasse soutenue, à deux de ses faces surtout, par une maçonnerie épaisse et solide. On remarque facilement que du niveau de la ville, cette masse de terre a été en partie rapportée ; mais personne ne peut dire à quelle époque.

C'est sur cette terrasse , ayant quatre mille pieds de circonférence, qu'existait le château‑fort des Morins, le *Castellum morinorum* proprement dit,

---

Nous avons ordonné et ordonnons ce qui suit :

Art. 1er. La communauté des Filles de l'Enfant-Jésus , établie à Cassel, département du Nord, gouvernée par une supérieure locale, est définitivement autorisée.

2. Notre Ministre Secrétaire-d'État au département des affaires ecclésiastiques est chargé de l'exécution de la présente ordonnance , qui sera insérée au Bulletin des lois.

Donné en notre château des Tuileries , le treizième jour du mois d'avril de l'an de grâce 1828, et de notre règne le quatrième.

Signé CHARLES.

Pour le Roi :

Le Ministre Secrétaire-d'État au département des affaires ecclésiastiques ,

Signé † F.--J. H. , *Évêque de Beauvais.*

et peut-être un des temples druïdiques de ces temps reculés.

Les Romains, arrivés dans le pays Morin, et cherchant, comme partout ailleurs, les abris, la vue et les expositions salubres, se sont emparés de la forteresse de cet ancien peuple, regardé alors comme le plus reculé de la terre, et ils l'ont rebâtie; car on n'en rencontre plus les vestiges : tout est confondu avec les fortifications que les Romains formèrent dans cet endroit, s'il faut en juger d'après la nature des matériaux employés.

En effet, la clôture antique d'un fort qui circonscrit encore la terrasse où était ce château, est de fabrication toute romaine : la dureté du mortier, l'arrangement des pierres, la profondeur des fondemens, l'histoire enfin, tout le prouve.

Aussi le département du Nord possède à Cassel une antiquité précieuse qui devrait être restaurée. Qui sait si, en faisant des fouilles, on n'y découvrirait pas quelques restes capables de payer les faibles dépenses qu'occasionnerait la restauration de cette place, une des plus anciennes de l'Europe.

Déjà, et seulement à la surface du sol, on a trouvé un nombre considérable de médailles, tant en argent qu'en bronze, avec la face des empereurs romains; j'en cite ici à-peu-près soixante-dix. Cela ne paraîtra pas étonnant à ceux qui connaissent les coutumes des Romains; ils avaient en effet pour habitude de répandre des médailles dans les fondemens de leurs nouveaux édifices;

aussi, l'an de Rome 724 (après la mort de
Sixte Pompée), Auguste (César-Octave) triom-
phant des discordes civiles, et faisant fermer le
temple de Janus, n'oublia pas de faire distribuer
de ces médailles nouvellement battues, par toute
la terre qu'il avait soumise. (*Schrickius*, lib. I).

On en jeta par-conséquent autour des nouvelles
fortifications romaines de Cassel, et surtout vers le
château-fort qu'occupaient alors les troupes d'Auguste après la défaite des Morins. *(Fasti Julii Capitolini.)*

Je possède une de ces pièces en bronze, ayant
d'un côté la face d'Auguste avec l'inscription *divus
August;* et de l'autre côté un temple fermé, avec
les lettres S. C.

Quant à la présence des médailles d'une époque
moins reculée, dans un lieu aussi éloigné de Rome,
elle paraîtrait peut-être étrange à bien des personnes, si l'on ne savait que le terrain de Cassel,
comme celui de tout le Pays-Bas entr'autres, a été
pendant à-peu-près cinq siècles sous la domination
rômaine (1). Ainsi, les monnaies de ce peuple
conquérant ont pu librement circuler pendant
tout ce temps jusqu'aux extrémités des Gaules.

Je vais donner ici la liste des médailles romaines
découvertes sur la terrasse du *Castellum,* d'après ma
propre collection et celle de M. Van Overschelde

(1) Depuis Jules-César jusqu'aux fils de Théodose, derniers empereurs romains.

seulement, ne pouvant pas répondre de celles vendues à des étrangers, qui en emportent tous les jours.

Afin de faciliter la classification des découvertes ultérieures, j'ai rangé cette liste par ordre chronologique. Les empereurs et tyrans de Rome, dont, à ma connaissance, les médailles n'ont pas encore été découvertes, se trouvent de cette manière également cités.

LISTE *des Médailles romaines que l'on trouve à Cassel.*

DATE de la nomination des Empereurs.	ORDRE DE NOMINATION DES EMPEREURS.	(1)
Années avant J.-C.		
44	Julius Cæsar.........	X.
41	Auguste...........................	a. b.
Après la naissance de J.-C.		
15	Tibère (Tibérius).....................	b.
38	Caligula (Cæsar Augustus Germanicus)......	b.
42	Claudius Drusus Néron.................	b.
55	Néron................................	b.
68	Galba..............................	a.
69	Marc-Othon........................	a.
69	Vitellius	X.
70	Vespasien...........................	a. b.
80	Titus Vespasianus.....................	X.
82	Domitian (Domitius).	b.
97	Cocceius Nerva......................	b.
98	Trajan (Trajanus).....................	a. b.

(1) Valeur des signes de cette colonne.

X.   Médailles de ces empereurs, non découvertes jusqu'à ce jour à Cassel.

a.   Médailles d'argent, grandeur ordinaire.

b.   Médailles de bronze, grandeur ordinaire.

a. b. Médailles dont on a trouvé des échantillons en argent et d'autres en bronze.

a. p. Médailles d'argent de petite grandeur, qui va parfois jusqu'à la lenticulaire.

b. p. Médailles lenticulaires de bronze.

Années après J.-C.	ORDRE DE NOMINATION DES EMPEREURS.	
118	Adrien (Augustus Adrianus)................	a. b.
139	Antoninus Pius.	a. b.
161	Marc-Antonin (Marcus-Aurelius Antoninus)...	a. b.
idem.	L. Annius Antonin, dit Elius Commodus Verus.	b.
180	L. Aurelius (Antoninus Commodus)........	b.
193	P. Elius ou Helvius, dit Pertinax...........	X.
idem.	Julien (Dedius Julian)...................	X.
194	Sévère (Septimus Severus)................	b.
212	Bassian dit Caracalla.	X.
218	Opile Macrin...........................	X.
219	Héliogabale............................	X.
223	Alexandre Sévère.......................	b.
236	Jules Maximin..........................	b.
238	Gordian................................	a. b.
239	Max. Pupinien et Balbin.	X.
idem.	Gordien le jeune........................	a. b.
245	M. Jules-Philippe.......................	a. b.
250	Decius.................................	X.
252	Vibius ou Virius Gallus..................	X.
254	Emilian................................	X.
idem.	Valerian...............................	b.
idem.	Galien.................................	b.
	Des trente tyrans qui s'érigèrent en souverains dans l'intervalle des quinze années suivantes, jusqu'à Claudius, les médailles de dix seulement se trouvent à Cassel. Elles sont de Posthumus...............................	a. b.

Années après J.-C.	ORDRE DE NOMINATION DES EMPEREURS.	
	Victorien..	b.
	Marius..	b.
	Macrian...	b.
	Valens..	b.
	Émilian...	b.
	Tetricus..	b. p.
	Tetricus fils...................................	b. p.
	Tite..	b. p.
	Censorin..	b. p.
	Suite des Empereurs qui succédèrent à Gallienus, sans usurpation.	
269	Claudius..	b. p.
271	Aurelian..	b. (1)
276	Tacitus...	b.
277	Florien...	b.
idem.	Probus..	b.
283	Carus...	X.
idem.	Carin...	b.
idem.	Numérian..	b.
285	Dioclétien......................................	b.
idem.	Maximien Herculien..............................	b.
307	Constantius Chlorus et Galerius.................	b.
idem.	Severus...	b.
309	Maxence...	b.

(1) Dans la suite, toutes les médailles sont moyennes ou très-petites. Elles sont aussi toutes en bronze. Celles d'argent se distinguant mieux de la terre, après les fortes pluies surtout, auront probablement été aperçues plus tôt que celles de moyenne grandeur d'autre métal.

Années après J.-C.	ORDRE DE NOMINATION DES EMPEREURS.	
309	Licinius	X.
idem.	Constantin-le-Grand	b.
316	Licinius	b.
idem.	Crispus	b.
339	Constantin fils aîné	X.
idem.	Constantin second fils	b.
idem.	Constantin troisième fils	b.
350	Magnentius	b.
363	Julien l'apostat	b.
idem.	Jovien	X.
366	Valentinien I.er	b.
377	Valens	b.
380	Gratien	b.
idem.	Valentinien II	b.
386	Théodose	b.
397	Arcadius	b.
idem.	Honorius	X ?

On a trouvé aussi, sur la terrasse du château, une pièce grecque en bronze, d'Alexandre, fils de Pyrrhus; un petit buste de Galba, en bronze, et une petite louve de même métal.

Aux environs de la ville (à Bavinckove), on a découvert un trépied de Bacchus, en bronze, et dans le bois de Nieppe, sous un vieux chêne, avec beaucoup d'autres médailles romaines, celle de Faustina.

Sur la terrasse de l'ancien castellum, on voit encore les restes d'une voûte de chemin souterrain avec un puits très-profond, aussi de construction romaine, principalement à sa partie inférieure.

Cette voûte, très-solide et bien conservée, se trouve au-dessus du cabaret bâti sur la terrasse (à l'enseigne: *Au Fort des Césars*). On voit que son inclinaison se dirige vers le mont des Récollets. Avant la Révolution, cette voûte servait de caveau pour le chapitre de l'église de Saint-Pierre, dont nous parlerons bientôt.

Le puits dont il est question se trouve à la gauche de cette voûte, entre deux maisons; il s'élève du niveau du sol de la ville jusqu'à celui de la terrasse, ce qui fait à-peu-près huit toises de hauteur. Dans le temps, il fallait sept à huit secondes avant d'entendre le bruit de la chute d'un corps pesant quelconque que l'on y laissait tomber.

Ce puits curieux a été beaucoup négligé; c'est lui qui fournissait aux anciens habitans du fort, même du temps des comtes de Flandre, une eau très-bonne, et il aurait été suffisant, en cas de siége, pour toute une garnison.

A des époques moins reculées, la terrasse avait une tour dite la Tour du Comte *(S'graves tooren)*, qui, d'après Fereolus Lokrius, existait du temps d'Odoacer, et qui, par sa grande élévation, servait de signal ou phare pour la rade de Dunkerque, etc. Elle était éclairée la nuit; les Français l'ont fait abattre en 1672.

Ce bâtiment était à l'endroit qu'occupe en ce moment le moulin à blé, c'est-à-dire au nord-ouest de la terrasse.

Quant à la terrasse, elle était en bon état de défense en 1677, après la bataille de Pèene, dont il a été fait mention dans le premier chapitre, comme on peut le voir sur la lythographie qui la représente vue à cette époque.

Une muraille percée de meurtrières, un bastion très-grand à la droite de la porte d'entrée et vis-à-vis de la ville, une montée presque à pic et qui régnait tout autour, plusieurs demi-lunes, etc., pouvaient assez neutraliser l'effet des attaques, et mettre des assiégés en sûreté : tout cela est pour ainsi dire disparu.

Au-dessus de la porte d'entrée de cette forteresse, du côté de la ville (1), on voyait les armes de Cassel.

Ces armes, avec celles de la noble cour de Cassel, étaient :

« Armes d'argent au château de sable, la porte » ouverte dans laquelle on voit une épée en pal,

---

(1) Je dis porte d'entrée du côté de la ville, pour la distinguer d'une autre porte que je soupçonne avoir existé au côté opposé de celle-ci, c'est-à-dire du côté nord, et qui avait sa sortie dans la direction de Dunkerque, ou bien par la voûte souterraine dont il a été fait mention. Mes soupçons se fondent sur ce que, sur le plan ci-joint de la ville en 1677, il existe un bâtiment à la partie moyenne du mur qui regarde le nord, et que juste à cet endroit on indique une porte sur un plan fait en 1695, que je viens de trouver.

» à costé de deux clefs de même en pal. » (*Délices des Pays-Bas*).

Quelques canons en fer fondu se conservaient encore à Cassel : ils étaient placés sur la terrasse en question jusqu'en 1814. Les Cosaques, sous les ordres du baron Pismar, les emportèrent presque tous : on les regrette pour leur antiquité.

Quant à l'église qui existait sur la terrasse du vieux château, elle était collégiale et dédiée à saint Pierre. Robert, comte de Flandre (1), surnommé le Frison (*De vries*), l'y fit construire en 1075, au voisinage du terrain qu'occupait auparavant l'église de Saint-Nicolas, démolie après avoir été brûlée.

Cette église de Saint-Pierre fut bâtie par le comte susdit, en mémoire de la victoire remportée au bas de la montagne sur Philippe I.er, et en mémoire de la mort de son neveu Arnauld. Elle avait un chapitre de vingt chanoines, et était immédiatement soumise au Pape, comme le prouve le passage latin suivant, titre de sa fondation :

» Robertus Frisius comes Flandriæ memor vic-
» toriæ acquisitæ ad annum 1071, in pugna bavin-
» choviana prope casletum, Philippo I. Galliæ rege
» prostigato, cæsoque nepote Arnulpho, regi Phi-
» lippo prius hosti fide nomine Flandriæ prostitâ,
» initâ jam pace cum balduino hannorico etiam

_____

(1) Il ne faut pas confondre ce comte avec Robert de Cassel, seigneur de Dunkerque (fils de Robert de Béthune, 23.e comte de Flandre), qui mourut l'an 1331, et fut enterré dans l'église de Waten.

» suo nepote ac fratre prædicti Arnulphi, per quam
» Flandria ipsi ceditur, anno 1085, fundavit dota-
» vitque hanc ecclesiam casletensem, sub tutela
» divi petri in honorem S. Salvatoris, liberam ab
» omni jurisdictione ordinariorum, ac soli sanctæ
» sedi immediatè subjectam. »

Cette soumission immédiate au Saint-Siége apos-
tolique fut confirmée par les lettres-priviléges et les
bulles. On trouve citées entr'autres, dans Sanderus,
les confirmations de Philippe I.ᵉʳ, roi de France,
et celles des papes Innocent III, Honorius, Grégoire IX, Innocent IV, Jean XXI, Grégoire XIII.

Parmi les prieurs distingués de cette église, on
cite François de Montmorency, comte d'Estaires,
baron de Haverskerque, qui y fut installé le 2 juin
1605.

Autrefois on honorait dans cette église des chaînes
qui servirent lors de l'incarcération de saint Pierre,
et que le comte Robert, son fondateur, rapporta de
Jérusalem, après le pélerinage qu'il y fit vers l'année 1075 ; du-moins le passage suivant de Sanderus
semble-t-il attester ce fait.

« Cultus olim in hac ecclesia particularis fuit
» vinculorum ejusdem apostoli (petri), ob ma-
» gnam catenæ partem, quæ ibidem a prima erec-
» tione servata fuerat, per fundatorem Robertum
» hierosolymis allata. »

Robert le Frison, qui mourut au château de Wy-
nendale, en l'année 1093, fut enterré et reposa pendant deux siècles dans la chapelle du couvent des

6

sœurs Augustines, à Cassel; après quoi son corps
fut transporté dans un caveau de l'église Saint-
Pierre, espèce de chapelle souterraine, où l'on éri-
gea un tombeau avec une pierre sépulcrale représentant un guerrier armé, sculpté en demi-bosse.
On y lisait l'épitaphe suivante :

« Anno Dominicæ incarnationis MXCIII, obiit co-
» mes Flandrensium Robertus Frisius Jerosolymi-
» tanus qui hanc ecclesiam fundavit anno MLXXII,
» mense novembri, et fuit requisitum corpus dicti
» comitis in isto loco MCCLXXXI.

» Requiescat in pace et lux perpetua luceat ei. »

La voûte de cette chapelle est seule restée de
l'église qui fut plusieurs fois incendiée, et notamment en 1131, en 1477 (9 août), en 1566 (15
août), et en 1672 (20 août), comme l'indique le
passage suivant de l'auteur déjà cité.

« Anno 1131 quadringinta annis post suam fun-
» dationem conflagravit. Anno 1477 nonâ augusti
» iterum combusta est. Anno 1566 die 15 augusti
» post absolutum officium destructa, devastata ac
» omnino desolata fuit ab hæriticis et seditiosis.
» Anno 1672 die 20 augusti cum omnibus muni-
» mentis documentis et archivis, cum magna etiam
» parte civitatis ignibus fuit absumpta. »

Malgré tous ces malheurs, le tombeau de Robert
n'avait pas été touché jusqu'à la Révolution!......
La pierre sépulcrale existe encore dans le caveau
qu'on remarque sur la terrasse; mais on l'a laissé

dégrader. Il est pénible de voir que les autorités de Cassel aient apporté si peu de soins à la conserva- tion des curieuses antiquités de leur ville.

On a eu le projet de reconstruire l'église de Saint- Pierre un peu avant la Révolution; les nouveaux fondemens étaient même déjà posés, quand tout fut abandonné par la désorganisation du chapitre de Saint-Pierre, qui en faisait l'entreprise. Le plan était superbe; un dôme très-élevé aurait laissé dé- couvrir un partie plus grande de pays, en reculant davantage l'horizon, qui présente déjà cent vingt- cinq lieues trois quarts de circonférence au sommet du mont Cassel.

Des six portes qui fortifiaient Cassel en d'autres temps, il en existe encore trois, dont la maçonne- rie est très-bien conservée : ce sont celles d'Ypres, d'Aires et de Bergues. Ces deux dernières étaient des ouvrages des Romains.

Quant à la muraille avec les bastions qui entou- raient la ville, on en rencontre encore des frag- mens le long de la promenade appelée les Rem- parts; les bastions surtout (qui étaient au nombre de plus de douze), se remarquent facilement : ils font partie des jardins particuliers.

La cloche qui se trouve dans le beffroi de l'an- cienne maison de ville, est de construction espa- gnole, et date de 1631. Nous avons fait mention, dans le Chapitre I.er de cette partie, de l'inscription qu'on y remarque.

A-peu-près sur le bois de la cloche et des deux

6*

côtés opposés, sont deux écussons, l'un avec les armes de la ville, et l'autre avec les armes des comtes de Horn, auxquels appartenait le titre de grand-bailli héréditaire de la ville et chatellenie de Cassel, à l'époque susdite, et déjà même en l'année 1568 : il en est parlé dans l'Histoire universelle de Bossuet.

§ IV. Vue de Cassel.

Cassel, placé sur le point le plus élevé de la Flandre, offre une des vues les plus étendues de l'Univers (1), et que l'on peut dire unique en Europe. C'est un immense jardin percé d'avenues qui se dirigent en tous sens, planté de plusieurs milliers d'arbres forestiers et fruitiers, dont le vert foncé nuance de la manière la plus pittoresque (comme le dit le préfet Dieudonné) avec le vert tendre des gras pâturages, et la teinte dorée des moissons.

Mais l'œil y chercherait en vain des aspects grandement variés, si ce n'est le mont des Récollets, et les monts des Cattes, qui viennent frapper les regards dirigés vers l'orient : tout est plane, uniforme, et l'on serait attristé de la monotonie de ce territoire, si les riches moissons, si les

_____

(1) Dictionnaire géographique de l'Encyclopédie.

gras pâturages , et les nombreux bâtimens qui les couvrent n'attestaient l'aisance et le bonheur des habitans.

Là , une vigueur de végétation et une variété de culture qu'on ne trouve point ailleurs ; des prés au milieu des champs , et des vergers entourés de prairies , divisés en une foule de propriétés dont les compartimens réguliers et irréguliers offrent toutes sortes de figures. Partout une verdure dont la fraîcheur et le velouté ne peuvent se décrire, et qui se conservent pendant six à sept mois de l'année.

Mais ce qu'il y a de plus remarquable dans cette immense vue, ce sont les villes qui, même à plus de quinze lieues d'éloignement dans toutes les directions, peuvent être aperçues aisément, ce qui fait que Cassel, étant au centre des grandes routes, possède journellement beaucoup de voyageurs, curieux, dans la belle saison, de jouir d'un coup-d'œil si ravissant. Des princes, des hommes célèbres n'ont pas dédaigné de venir contempler ce spectacle.

On lit dans l'Annuaire statistique du département du Nord (1803) : « Bonaparte, premier » consul de la République française, descendit » de voiture à son passage *à Cassel*, le 17 mes- » sidor an 11 , par un temps de pluie, pour aller » jouir, sur le point le plus élevé de la monta- » gne , de la vue du plus magnifique tableau que la » nature ait dessiné dans un pays de plaines. »

S. A. R. le duc de Berry visita avec plaisir le même lieu, peu après son retour en France.

S. M. Charles X aussi, en se rendant au camp de Saint-Omer, dans le mois de septembre dernier (1827), a traversé tout Cassel à pied, et s'est rendu sur cette même terrasse, où son malheureux fils, quelques années avant, put se convaincre de l'amour des Casselois pour les Bourbons. Là, il examina long-temps le lointain, au moyen de longues vues et de télescopes ; il en témoigna sa satisfaction, et ne quitta point Cassel sans y laisser des marques de sa munificence royale (1).

C'est surtout lorsqu'on se place à l'endroit où était le vieux *castel des Morins,* bien plus élevé que le sol de la ville, que l'on découvre aisément, par un temps serein, les côtes de la mer du Nord, avec les vaisseaux de la rade de Dunkerque, Gravelines et Calais ; beaucoup de villes du département du Nord, une partie de celles du département du Pas-de-Calais et de l'occident de la Belgique (jadis dépar- tement de la Lys).

Avec le secours de lunettes d'approche, et même à l'œil nu, on voit trente-deux villes de guerre plus ou moins considérables, que je vais citer par

_____

(1) Il est à regretter que ce travail ne permette point d'entrer dans de plus amples détails sur le passage de S. M. Charles X à Cassel. L'enthousiasme que ses habitans ont fait éclater alors ; le plaisir qu'eut le Roi à se laisser approcher et entourer par son peuple, et à se perdre même dans la foule ; le bien qu'il fit aux pauvres ; la joie qu'il exprima de nouveau à la vue des Casselois, lorsqu'il repassa par leur ville, accompagné de M. le Dauphin et de S. A. R. le Prince d'Orange : tout cela ne sera pas oublié !

ordre alphabétique : « Aire, Armentières, Arras;
» Bailleul, Bergues, Béthune, Boulogne, Bour-
» bourg, Bruges, Calais, Dixmude, Douai,
» Douvres en Angleterre, Dunkerque, Estaires,
» Furnes, Gravelines, Hazebrouck, Hondtschoote,
» La Bassée, Lagorgue, Laventhie, Lens, Lillers,
» Loo, Merville, Nieuport, Ostende, Poperingue,
» Rousbrugghe, Saint-Omer, Saint-Venant, Sten-
» forde, Térouenne et Watten. »

On découvre aussi près de cent bourgs, dont les
tours et les cimes des clochers s'élèvent au-dessus
des bouquets d'arbres qui les entourent et couvrent
au loin la plaine.

« Ea enim est altitudine apex, cui oppidum in-
» sidet, ut sereno cælo urbes in circuitu plus quam
» triginta sit aspicere, pagos amplius centum.
» (Sanderus). »

Au nord, un spectacle ravissant, mais que les
brumes rendent fort rare, est celui de la mer,
que l'on aperçoit dans une étendue de cinq à six
lieues, suivant l'état de l'atmosphère ; l'azur de ses
eaux semble se confondre avec celui du ciel, ou
bien en réfléchir les diverses nuances.

Les lunettes d'approche laissent apercevoir des
vaisseaux, même dans la rade de Douvres; on voit
aussi les côtes d'Angleterre, et le soir, par un temps
calme, le phare de Douvres s'offre parfois à l'observateur attentif et extasié du majestueux coucher du
soleil, qui réfléchit ses derniers rayons sur les eaux

du Pas-de-Calais, et éclaire en-même-temps les tours des villes situées à l'orient.

Du haut de cette même terrasse, ou bien du sommet du mont voisin, la perspective est toute autre lorsque le soleil a quitté l'horizon.

Pendant une belle nuit, lorsque la lune réfléchit sur la plaine, tout n'est plus qu'une solitude imposante par sa vaste et monotone étendue; les verts feuillages se distinguent à peine de la couleur morne du sol, et les produits de la terre qui égayaient les yeux quelques heures auparavant, ont échangé leurs couleurs vives et variées contre une nuance sombre et uniforme; la mer elle-même ne se laisse entrevoir parfois que par ses reflets météorisés.

Quand les premières clartés du jour viennent frapper la vue, notre coup-d'œil prend une face nouvelle; c'est en cet instant que le spectacle est vraiment magnifique. L'horizon tout en feu laisse sans obstacle contempler le lever du soleil (1). Ce

(1) On aime dans ce moment à se rappeler le beau passage de *l'Émile* (Liv. III), sur le lever du soleil; c'est bien ainsi qu'on l'observe sur cette montagne.

« On le voit, dit Jean-Jacques, s'annoncer de loin par les traits » de feu qu'il lance au-devant de lui. L'incendie augmente, l'orient » paraît tout en flammes; à leur éclat, on attend l'astre long-temps » avant qu'il se montre : à chaque instant on croit le voir paraître ; » on le voit enfin. Un point brillant part comme un éclair, et rem- » plit aussitôt tout l'espace : le voile des ténèbres s'efface et tombe. » L'homme reconnaît son séjour et le trouve embelli. La verdure a » pris durant la nuit une vigueur nouvelle; le jour naissant qui » l'éclaire, les premiers rayons qui la dorent, la montrent couverte

globe lumineux, rouge d'abord, paraît comme un point à la gauche du mont des Cattes; il se découvre peu-à-peu en augmentant d'éclat; l'œil le voit enfin s'élancer au-dessus des nuages dont la rosée vaporeuse charge l'atmosphère.

Le soleil frappant alors les édifices des villes environnantes du côté occidental, laisse voir entr'autres Saint-Omer, qui paraît n'être qu'à une lieue d'éloignement. On découvre jusqu'aux vitraux de ses églises; des villages et des chaumières de l'occident, éclairés alors de même par leur face orientale, augmentent encore la beauté de cette perspective.

Si c'est en hiver, lorsque tout est couvert de neige, on peut se figurer un autre coup-d'œil; si, au contraire, c'est en mai ou en septembre, un brouillard couvre le matin toute la contrée jusqu'au dessus de la cime des arbres, et l'on plane sur un nuage épais et continu, qui se dissipe cependant, et de manière à offrir un nouveau contraste par sa disparition tout-à-fait irrégulière.

Les tours et les clochers paraissent les premiers

» d'un brillant rézeau de rosée qui réfléchit à l'œil la lumière et les
» couleurs. Les oiseaux en chœur se réunissent, et saluent de con-
» cert le père de la vie; en ce moment pas un seul ne se tait : leur
» gazouillement, faible encore, est plus lent et plus doux que dans le
» reste de la journée; il se sent de la langueur d'un paisible réveil.
» Le concours de tous ces objets porte aux sens une impression de
» fraîcheur qui semble pénétrer jusqu'à l'âme. Il y a là une demi-
» heure d'enchantement auquel nul homme ne résiste : un spectacle
» si grand, si beau, si délicieux n'en laisse aucun de sang-froid ».

avec les ailes des moulins et les ramifications supérieures des arbres; tout semble sortir du fond des
eaux et lutter contre des vagues agitées ; la terre
enfin et les hameaux s'offrent ensuite à la vue du
spectateur.

Les cloches, dans cet instant, se font entendre
dans les villages, annonçant le jour, et l'on voit de
loin le laboureur conduire ses charrues pour reprendre ses travaux et rendre la terre fertile.

Se forme-t-il par hasard un orage dans l'éloignement? l'observateur attentif peut en suivre toute
la marche; il est étonné de voir, par les averses lointaines, s'éclipser tout-d'un-coup comme derrière un
rideau, une partie de pays qu'il n'a pas perdu de vue.

Si l'orage est à l'orient, et que le soleil luise, une
nouvelle jouissance contemplative l'appelle. L'arc-
en-ciel accompagné d'éclairs, de sourds mugisse-
mens et des craquemens de tonnerre, viennent fra-
per ses sens et élever son imagination vers les
œuvres sublimes du maître du monde!...

Le lecteur ne sera pas fâché de trouver ici un
passage sur Cassel, extrait de l'ouvrage intitulé
l'*Anacharsis français*, et un autre extrait de *la
France au dix-neuvième siècle*, ouvrage publié sous
la direction de M. Grille.

« Au retour de Dunkerque, je traverse bientôt
» l'Yser, passe près D'ekelsbeque; j'arrive ensuite à
» Wormhout.

» O Jenny! que la nature est belle ici : partout

» des ombrages ; à l'entrée de Wormhout, les mai-
» sons sont entremêlées de bouquets d'arbres ; c'est
» charmant.

. . . .

» En sortant de Wormhout, je prends une route
» presque toujours ombragée ; les champs qui l'a-
» voisinent sont cultivés avec soin.

» Tout en parlant, j'ai déjà traversé la Pienne ;
» après Hardifort, j'avise à gauche le mont des
» Récollets, et commence à gravir le mont Cassel.
» D'honneur, si l'on ne m'avait pas entretenu d'a-
» vance du mont Cassel, et que l'on ne me l'eût
» pas fait voir de Dunkerque, je ne me serais jamais
» attendu à rencontrer pareille montagne dans un
» pays comme celui-ci..... J'allais te dire : J'entre
» dans Cassel ; mais je m'aperçois qu'il en est ici
» comme au fameux labyrinthe de la fable ; il faut
» faire bien de tours pour arriver. Franchement
» parlant, je suis bien dédommagé de mes peines
» par la beauté des points-de-vue qui s'étendent à
» mesure que j'avance. Après avoir marché fort
» long-temps, pour ne pas fatiguer ma jument,
» j'arrive à Cassel : je te fais grâce de la ville, et
» gagne de suite le sommet de la montagne ; c'est
» de là que mes yeux se portent sur des plaines
» immenses qui semblent, en s'étendant vers la
» France, n'être plus qu'une vaste forêt ; des villes
» sont semées çà et là ; on en voit, dit-on, trente-
» deux, comme aussi plus de cent bourgs ; je ne
» m'amuserai pas à les compter, tu peux m'en

» croire. Tournant la vue d'un autre côté, j'aper-
» çois, à cinq lieues environ, la mer et quelques
» bâtimens. Je remarque au-dessous de moi, un
» chemin de communication avec le petit mont des
» Récollets; il passe pour un des restes de voies
» romaines, établies lors de l'invasion de Jules-
» César dans le pays des Morins. Jadis on en comp-
» tait sept; parmi celles qu'on voit encore aujour-
» d'hui, la plus fréquentée est, sans contredit, celle
» qui mène à Estaires. Cassel, par la nature de sa
» position, a de tout temps servi de boulevard aux
» habitans de la contrée; aussi cette ville a-t-elle
» fréquemment été victime des ravages de la guerre.
» On cite entr'autres batailles, et par un rappro-
» chement singulier, celles que livrèrent sous ses
» murs, à trois époques différentes, trois Philippe
» de France. »

Nous venons de voir l'article de l'*Anacharsis
français;* examinons maintenant ce qu'en dit un
autre voyageur non moins sensible aux beautés de
notre pays, et qui arrive à la montagne par un autre
route.

« Quand on monte à Cassel par la route de Bail-
» leul, on suit une rampe ménagée le long de la
» colline, et qui laisse sur la gauche une vallée
» riante, tandis que sur la droite on a le mont sau-
» vage des Récollets, mont couvert de bois sans
» nulle habitation, et qui, lorsque les brouillards
» du matin s'élèvent, ressemble au sommet d'un
» volcan qui lance ses tourbillons de fumée. En

» avançant, on laisse derrière soi cette première
» montagne, et l'on passe par la ville pour arriver
» au sommet de la seconde. Sur cette montagne
» qui domine Cassel, était jadis un château féodal,
» construit lui-même sur une tour romaine. On
» ajoute qu'avant Jules-César, les Gaulois avaient
» là une de leurs forteresses, et ainsi, en remon-
» tant d'âge en âge, on trouve que ce lieu fut cé-
» lèbre jusqu'à des temps dont notre esprit ne peut
» pénétrer le mystère.

» Le monument gaulois a été renversé, le fort des
» Romains a disparu, le château féodal a été dé-
» truit; un vieux pan de mur qui était long-temps
» demeuré, et qui (s'élevant comme une aiguille)
» était au loin signalé par les matelots, a été aussi
» jeté par terre; il ne reste que l'entrée de souter-
» rains, quelques vestiges de maçonnerie près de
» l'entrée, et la cime du mont elle-même, que tout
» annonce avoir été surhaussée à main d'homme,
» sur le sommet déjà très-haut du rocher. Un mo-
» deste moulin à farine, dont les ailes tournent
» au plus léger vent, a succédé au donjon de la
» puissance déchue, et la plate-forme sur la-
» quelle il est placé sert de promenade aux habi-
» tans et aux curieux. Il n'est pas rare d'y rencon-
» trer, à la même heure et au même instant,
» l'Anglais vagabond qui passe rapidement sur le
» globe, et la Parisienne élégante qui va s'égarer,
» dans la belle saison, loin des cascades de Saint-
» Cloud et de Versailles. Tous deux interrogent

» avec un accent différent, mais avec une égale
» vivacité, le meûnier actif qui arrive de la plaine
» avec son mulet chargé de sacs. La Parisienne rit
» des tournures embarrassées de la réponse de son
» interprète; l'Anglais, le crayon à la main, note
» sur son livre de route les noms qu'on prononce
» devant lui, tous plus ou moins défigurés. L'An-
» glais veut tout voir, tout écrire, pour tout racon-
» ter à son retour : mais pesamment et sans nul
» charmes; la Parisienne glisse sur toutes choses,
» n'écrit rien, ne prend note de rien, et rentrée
» dans la capitale, elle rapporte pourtant mille
» traits qui brillent comme des diamans au milieu
» de ses soirées délicieuses.

» La position singulière de la ville de Cassel, sur
» le haut d'une montagne élevée, la rendra tou-
» jours intéressante, et la fera visiter par tous les
» voyageurs. Il n'y a pas un lieu en Europe où l'on
» jouisse d'une vue plus belle, nous voulons dire
» plus étendue. Quand le ciel est dégagé de nua-
» ges, et qu'aucune vapeur ne couvre l'horizon, on
» peut porter ses regards dans une circonférence de
» quinze à vingt lieues, comptant tout à l'entour des
» villes et les clochers par centaine. L'immensité de
» cet espace agrandit aussi la pensée. On plane sur
» tant de peuples divers, on est témoin de tant de
» scènes différentes, on respire un air si raréfié et si
» pur, qu'il est impossible que l'on n'éprouve pas
» quelque sensation vive qui porte dans l'âme une
» sorte de bonheur qu'il serait mal-aisé de définir.

» On va d'un objet à un autre ; on fixe tantôt l'azur
» des cieux, tantôt les vagues de la mer, tantôt la
» vue d'une des plaines ; on suit de l'œil les longues
» chaussées qui s'en vont dans toutes les directions,
» couvertes de voyageurs que tant de passions agi-
» tent!.... L'heure fuit, et il est temps de partir ;
» mais on ne peut s'arracher à ce spectacle. C'est
» un panorama unique, où toutes les couleurs sont
» vraies, et auquel une main toute puissante a im-
» primé ce mouvement éternel qui manque à ceux
» que l'art nous donne.

» Mais si tout-à-coup les vents soufflent, si les
» orages s'amoncèlent, si l'éclair sillonne la nue,
» si la foudre gronde sur vos têtes, c'est alors que
» cette vaste scène étonne et enchaîne vos regards.
» A votre admiration se mêle une sorte de terreur ;
» mal affermi sur cette pointe élevée, ouvrant l'o-
» reille au sifflement des orages qui se battent dans
» les espaces, frappé de ses lueurs soudaines qui
» naissent d'un côté, tandis que de l'autre tout est
» sombre et menaçant, vous cédez tour-à-tour à
» mille impulsions qui jusque-là vous avaient été
» inconnues, et vous oubliez ces jeux vulgaires du
» monde social, si rapetissés auprès de ces décora-
» tions, de ces grandes magies de la nature.

» Le général Vandamme a donné une autorisa-
» tion pour introduire les amateurs dans la demeure
» qu'il s'est créée. Sa maison de plaisance (et c'est
» ici plus qu'ailleurs le mot propre) est au bout de
» la ville, au couchant, et au pied du vieux château

» détruit. Elle est bâtie et son parc est planté et
» percé de manière à ce qu'aucun des points-de-
» vue principaux ne soit perdu. Les deux faces de
» cette habitation ont été débarrassées par l'achat
» et la démolition de bicoques qui masquaient les
» plus beaux aspects. Rien n'a été épargné pour
» mettre à profit cette situation extraordinaire, et
» le meilleur goût a présidé aux dispositions qui ont
» été faites. On vous fait voir les pièces d'eau, les
» écuries surtout, qui sont très-somptueuses ; mais
» ce qui vous occupe toujours, c'est l'horizon qui
» s'ouvre devant vous, et qui vous déploie toutes ses
» richesses.

» Le général Vandamme était sorti de Cassel
» même, et il a dû être doux pour lui de venir y
» goûter le repos que lui avaient mérité trente an-
» nées de fatigues et de victoire. Ce fut à dix lieues
» de là, à Furnes, qu'il obtint ses premiers suc-
» cès. En 1815, lors de l'invasion, les alliés vin-
» rent à Cassel, et ils saccagèrent la maison du gé-
» néral.

» L'ordre a reparu, la maison est rétablie ; de
» belles vaches ont été achetées au loin : elles
» paissent l'herbe savoureuse de ces vallées, et la
» simplicité de l'exploitation rustique se mêle au
» luxe des cités. Des graines et des méthodes nou-
» velles sont introduites dans le pays, et beaucoup
» de bien est opéré dans l'agriculture, par la même
» main qui se signala dans la guerre. »

§ V. Caractère des Casselois, leurs Mœurs; Commerce, Divertissemens, etc.

C'est bien pour les Casselois que peut être cité ce passage du père de la médecine : « Tous ceux » dont le pays est sec et découvert ont nécessai-» rement le corps dur et robuste; leur couleur ap-» proche plus du blond que du noir ; leurs mœurs » sont libres ; ils ne se gênent point dans leurs pas-» sions, et chacun y tient fortement à ses idées. » (*Hipp. de aere, aquis et locis*).

Meyrus, dans le tome I.er des *Rerum Flandri-carum* pour le commencement du seizième siècle, dit : « Populus Casletensis humanus, hospitalis, cul-» tus, pulcher; pius, dives, ferox, strenuus, fortis » que pro patria, parcus, providus, sollicitus, in-» dustrius, catus. »

Il y a sans doute aujourd'hui, dans ce tableau quelques exceptions à faire; cependant, en général, on remarque que les Casselois sont robustes et de haute stature ; par l'exercice, leurs forces mus-culaires acquièrent un grand développement; leur démarche est assurée, leurs traits réguliers, leurs yeux vifs et expressifs. Ils tiennent le milieu entre les délicats méridionaux et les épais Hollandais

Ils ont en général la peau blanche et les cheveux châtains ; leur tempérament tient du sanguin et du lymphatique ; il se rapproche cependant du bilieux

7

chez quelques individus ; mais ce cas est rare.

Le naturel des Casselois est doux, gai, et un tant soit peu enclin à la raillerie.

Le goût des voyages, qui s'empare de la plupart des jeunes gens, les perfectionne dans la langue française, qu'ils négligent trop avant de quitter leur ville natale, se contentant de la langue flamande, qui n'est certainement pas assez riche ni assez vivante pour satisfaire aux besoins littéraires d'à-présent.

Les Casselois ont un amour très-grand pour leur pays (1) ; il sont bons soldats, et l'on peut dire qu'en fait de courage, ils ont fait leurs preuves, soit en fournissant des généraux et des officiers supérieurs distingués, soit en défendant leur ville dans des temps reculés.

C'est à cause de cette bravoure que les anciens les appelaient du nom de *Voorvechters*, mot qui, en langue teutonique, signifie les combattans de l'avant-garde (2).

---

(1) Il n'entre point dans mon plan de parler des opinions religieuses ou politiques des Casselois, au temps des troubles de la Révolution. Comme partout ailleurs, les passions s'y sont malheureusement déchaînées ; le lecteur peut consulter à ce sujet les deux ouvrages suivans : 1.º le Rideau levé, ou les Intrigues des Royalistes et des Fanatiques du canton de Cassel dévoilées au Directoire exécutif ; 2.º la Réponse au Rideau levé, par l'avocat P.-J.-C. De Smyttère.

(2) Ceci rappelle le passage suivant du Traité des Airs, des Eaux et des Lieux d'Hippocrate : « Tous ceux qui habitent un pays mon-» tueux, inégal, élevé, pourvu d'eau, et qui éprouvent des varia-

Sanderus dit : « Casletenses dicuntur teutonicè
» *Voorvechters*, nam primas Flandrorum acies sæpe
» duxerunt et galliæ regem cum exercitu profliga-
» runt et frequentes gallorum impetus primi susti-
» nuerunt. »

Ils se font aussi remarquer par leur empressement à prodiguer les devoirs de l'hospitalité, et
toute espèce de secours aux malheureux. Depuis
quelque temps, ils accueillent les étrangers avec
confiance. Ils sont presque entièrement livrés à un
commerce paisible.

Les voyageurs remarquent qu'il n'existe point à
Cassel de ces figures tristes ni de ces physionomies
dégradées par le sceau de la misère, qu'on rencontre à chaque pas dans les grandes villes, et dont
l'aspect forme un contraste si choquant avec le luxe
effréné qui y règne.

A Cassel, comme dans beaucoup de villes environnantes, chaque famille peut vivre avec aisance
de l'industrie de son chef; l'inconduite ou l'oisiveté
pourrait seule être la cause de la misère; mais
l'une et l'autre y sont fort rares; les vertus pater-
nelles et l'observation de la morale évangélique
étant le guide de la plupart des jeunes gens.

La facilité avec laquelle chaque citoyen se pro-

» tions de saison considérables, doivent être naturellement d'une
» haute stature, très-propres à l'exercice, au travail, et pleins de
» courage ».

7*

cure par le travail une honnête subsistance, ne serait-elle pas la source de cet esprit d'indépendance, je dirais presque de fierté, qu'on retrouve même dans les classes inférieures, et qui forme un des traits du caractère casselois? Cette fierté, si l'on peut donner ce nom à ce sentiment qu'éprouve un honnête homme qui voit son existence assurée, sans qu'il ait besoin, pour la soutenir, d'exciter la compassion de ses semblables ; cette fierté, dis-je, prouve en faveur du peuple chez lequel on la trouve : elle est la marque la plus certaine de son bonheur, qui ne peut guère exister sans une sorte d'équilibre entre les fortunes. Ce n'est que dans les derniers degrés de la misère, que se rencontrent ces âmes basses et rampantes, sans ressort comme sans énergie, qui ne rougissent pas de mendier lâchement le pain de la charité ou les faveurs d'un maître.

Du reste, cet orgueil, qu'on a quelquefois reproché aux Casselois, est bien tempéré, je le répète, par les sentimens d'humanité et de générosité qui forment le fond de leur caractère.

Caractère des Femmes.

Sans y être de la première beauté, les femmes sont grandes, bien faites ; elles ont les charmes de la santé ; leur tempérament tient beaucoup du lymphatico-nerveux et du sanguin ; elles sont pour la plupart brunes, et leur teint est relevé par une assez grande fraîcheur.

Leur sensibilité les engage à visiter et à soulager les pauvres malades ; parmi elles il existe beaucoup de piété.

Élevées dans le paisible exercice des vertus domestiques et sociales, très-attachées à leurs devoirs, elles sont bonnes épouses, tendres mères, et font le bonheur de leurs maisons.

Toutes se font un devoir de nourrir elles-mêmes leurs enfans. Loin de condamner leurs organes de la lactation à une coupable inaction, source de tant de désordres physiques et moraux, elles remplissent les devoirs de la maternité, et veulent jouir de ce premier sourire si plein de charmes !

Quant à la manière d'élever leurs enfans, sous le rapport physique, il serait à désirer qu'elles renonçassent entièrement à l'usage de cette épaisse bouillie, et surtout de ces maillots si contraires au développement du jeune âge, quand ils sont serrés outre mesure.

Quoique Platon (Legg. VII) recommande d'emmaillotter les enfans jusqu'à l'âge de deux ans, et bien que ce fût même un usage établi chez les Grecs, la plupart des savants se sont élevés contre cette torture. Aristote (de Republic., lib. VII) considère l'exercice libre des membres des enfans, comme une condition nécessaire à la santé comme au développement du corps, et de nos jours entr'autres, le philosophe de Genève a aussi fait voir jusqu'à

quel point cela est nuisible. Si l'on serre trop les enfans, et qu'on les empaquette comme des ballots
destinés à être envoyés bien loin, les couches laborieuses, chez les femmes, la phthisie pulmonaire
dans l'un et l'autre sexe, et mille autres indispositions graves n'ont souvent pas d'autres causes.

Il n'est pas moins vrai, cependant, que des maillots, serrant légèrement le tronc, et laissant les extrémités libres, peuvent aussi avoir leur utilité,
surtout si les enfans sont nés de parens trop gras
et sujets à des affections dépendant de ce relâchement ; si ces enfans, comme il arrive souvent dans
le Nord, au-lieu d'avoir une grande activité du systême vasculaire, ont l'expansion du tissu cellulaire
graisseux très-considérable, et s'ils sont d'une
fibre lâche.

Le manière de se vêtir des femmes n'offre rien
de remarquable (1) ; seulement il se présente une
observation médicale importante, à l'égard des
mantelets que la plupart portent, et des inconvéniens qui en résultent.

Ces mantelets, faits en toile de coton doublée,
en laine, etc., sont sans contredit très-utiles, surtout dans une ville où les vents et les changemens
brusques de température ont une si funeste in-

---

(1) Parlerai-je des petits bonnets garnis de dentelles, et du large
ruban de soie coloré diversement, qui se lie sur le devant avec un
grand nœud ? En effet, c'est dans l'ajustement de cette parure qu'aux
jours de fêtes les jeunes filles mettent le plus de coquetterie.

fluence ; mais le mal de ces vêtemens consiste en ce que le corps s'y habitue les jours ouvriers de la semaine, tandis que le dimanche, même dans l'hiver, et quand on se rend aux grands offices, où il fait chaud, on ne les porte souvent pas ; en sortant de là, le froid saisit d'autant plus facilement ces imprudentes personnes, qu'elles se trouvent moins couvertes alors. Elles devraient porter leurs mantelets avec elles à l'église, sauf à les y ôter pour les remettre ensuite en se rendant chez elles ; une pareille précaution leur éviterait bien des maux dont elles ignorent souvent la cause.

Occupations des Femmes.

L'oisiveté est odieuse aux Casseloises *ménagères;* celles qui sont aisées font des ouvrages à l'aiguille, et quelques arts d'agrément partagent une partie de leur temps.

La classe ouvrière s'occupe à faire du fil et de la dentelle; pour les femmes qui tiennent un rang intermédiaire, elles bornent leurs soins aux besoins du ménage, et à une excessive propreté.

Je tiens à rapporter ici un article à ce sujet, inséré dans la thèse médicale sur Douai, par le docteur de Lannoy :

« Partout ailleurs, excepté peut-être la Hollande, » ce chapitre des devoirs sociaux se borne à peu de » choses. Ici, comme dans tout le reste de la Flan- » dre, il est le plus considérable pour l'importance

» qu'on attache à la propreté ; et cette importance
» est telle, que si la propreté est un mot dans cer-
» taines provinces, à force d'être vertu, elle pour-
» rait dans ce pays, tenir du ridicule. Il faut voir,
» pour s'en faire une idée, les ménagères à l'ou-
» vrage le jour de nettoiement (car l'usage plus que
» le besoin réel, établit souvent la nécessité de la-
» ver à certains jours de la semaine ou de l'année,
» plutôt qu'à certains autres) des appartemens,
» meubles, vaisselle : tout passe à l'éponge ou au
» frottoir; c'est alors un chorus de balais vraiment
» original, et à voir les flots d'eau prodigués en ce
» jour d'exercice, et l'ardeur avec laquelle les
» femmes se donnent à l'ouvrage, on serait tenté
» de croire qu'elles ont retrouvé un élément dont
» elles étaient privées depuis long-temps. »

Pour les soirées, il n'est pas inutile de dire que
les dames les passent entr'elles ; les hommes as-
sistent rarement à ces plaisirs tant recherchés ailleurs : ce n'est que vers les neuf heures, après avoir
passé leur temps à l'estaminet, que la plupart ren-
trent chez eux.

Habitudes, etc.

Les personnes des deux sexes parviennent à
un âge avancé (1); beaucoup atteignent quatre-

(1) A Cassel plus qu'ailleurs, les vieillards ont généralement le dos
courbé. Il n'y a rien d'étonnant à cela : car, outre que les personnes

vingts ans et plus ; de temps-en-temps , quelques
êtres privilégiés atteignent la centaine ; on les trouve
parmi ceux d'une bonne constitution , accoutumés
à de rudes travaux, et qui , sans nager dans l'opu-
lence , n'ont jamais eu de grandes privations à sup-
porter.

En général, à Cassel comme par toute la Flandre,
on se met à table quatre fois par jour : ceci est plus
en rapport avec la tempérance ; car il vaut mieux
manger peu et souvent, que de charger l'estomac
outre mesure, par deux repas souvent excessifs.

Le régime alimentaire est simple : les viandes
choisies , les légumes, le lard salé ; la bière est bue
avec excès, le vin trop négligé, et le café pris avec
avidité par les femmes.

Divertissemens.

Les jeux auxquels les Casselois se livrent, et dans
lesquels ils se distinguent, sont : le tir à l'arc et à
l'arquebuse (1), la musique de concours ; ils aiment
aussi le jeu de boule, de balle, de billard, et la
danse ; tous exercices excellens, qui en-même-
temps qu'ils éloignent les soucis, dérident les traits
et raniment l'action des organes, qu'un repos

âgées ont peu de forces musculaires , il existe ici une autre cause
dans l'habitude qu'ont les Casselois de monter et de descendre la
montagne.

(1) Il y avait une société d'arbalétriers (Société de Saint-Georges)
et une société de Saint-Roch , pour les amateurs de comédies.

trop prolongé jetterait dans un véritable affaiblissement.

Les dames aiment beaucoup la promenade ; mais la danse, qu'elles ne cultivent pas assez, leur serait un exercice non moins avantageux.

On aime la danse à la campagne, et cet amusement est, dans quelques villages, préféré à l'abus des liqueurs enivrantes. En été, on entend raisonner le violon dans les vergers, ou sous des tentes placées au milieu de la place publique du lieu ; la naïveté, la franche gaieté, font le charme de ces assemblées champêtres.

On se plaît aussi aux combats des coqs : des amateurs mettent un grand prix à ces concours amusans, quoiqu'un peu cruels.

Commerce.

Le commerce des Casselois a pour objet les productions du territoire, telles que graines céréales oléagineuses et de jardinage, de jeunes arbres de plantations, des bestiaux très-estimés, de l'huile de lin et de colzat, du fromage. Ces marchandises se vendent aux marchés de la ville, qui ont toujours été très-fréquentés, ainsi que cela peut être prouvé par le passage suivant de Sanderus. (Fland. illust.)

« Nundinatio plebis ferè armentorum est et fru-
» gum fructuumque, præterque supra nominatas
» habent ineunte sextili, et hebdomadatim à janua-

» rio ad fereas paschæ nundinas alias, recurente
» die jovis mercatum, celebrem advenarum et con-
» cursu. »

On y fabrique du savon, des bières très-nour-
rissantes et renommées, du vinaigre de bière. Il y
existe des taneurs, potiers, tisserands pour ser-
viettes et pour toiles, des bonnetiers, des fabricans
d'huile, de cierges, etc. Les femmes font de bons
tricots, des fils et des dentelles que les Anglais re-
cherchent beaucoup.

La plupart de ces productions, tant naturelles
qu'industrielles, ne servent guère que pour la consommation des villes et villages environnans.

A Cassel, il se fait un grand commerce d'excellent beurre (1). Pour l'avoir odorant et à bon
marché, il faut l'acheter *au temps des roses :* c'est
l'expression du pays. Quand les fleurs couvrent
les prairies, les vaches ont du lait excellent, et le
beurre acquiert une qualité d'autant meilleure. Au
mois de septembre et aux premiers jours d'octobre,

(1) Champier dit dans son livre : « La nation qui consomme le
» plus de beurre, c'est la Flamande ; elle ne passe aucun jour ni
» aucun repas sans en manger, et je suis surpris qu'elle n'ait pas
» encore essayé d'en mettre dans sa boisson. Aussi, en France,
» l'appelle-t-on par dérision *nation beurrière ;* et quand quelqu'un
» doit aller dans ce pays-là, on lui recommande d'emporter un cou-
» teau, s'il veut goûter aux bonnes mottes de beurre ».

Heureusement que le beurre est un aliment très-nourrissant, d'une
facile digestion, lorsqu'il est récemment préparé ; mais le temps, en
le rancissant, lui fait acquérir des propriétés âcres, irritantes, qui
peuvent déterminer des accidens plus ou moins graves, selon la
susceptibilité individuelle.

il est encore très-bon et pas trop cher ; mais en novembre, et en hiver, indépendamment de ce qu'il est moins propre à faire des provisions, il est aussi d'un prix bien plus élevé.

Le lin se vend de même que le beurre, et Cassel est renommé sous ce double rapport. Le marché se tient le jeudi, et de toutes parts on y afflue.

.(*Voyez* la II.ᵐᵉ partie, chap. II, pour les Foires et Marchés de Cassel).

§ VI. Savans nés dans la ville de Cassel ou dans les environs.

La châtellenie de Cassel a donné naissance à plusieurs magistrats, guerriers et savans qui, en s'illustrant, ont rendu des services importans à leur patrie.

Entr'autres, je puis citer avec vénération les suivans :

XV.ᵉ siècle. — *Annian* (Abbas aldenburgensis), qui écrivit une Chronique universelle depuis l'origine des choses jusqu'à son temps, c'est-à-dire en 1457 ; c'était le plan de Bossuet, non son style.

Charles Virule, recteur et premier professeur au célèbre collége de Louvain en 1499. Les formules soignées de lettres qu'il écrivit à ses amis ont été imprimées.

XVI.ᵉ siècle. — Dans ce siècle, à Fletre ou Fletteren, dans l'ancienne châtellenie de Cassel, naquirent les *Meyer* ou *Meyrus*, célèbres historiens.

Jacques, le premier de tous, né le 7 janvier 1491, commença des annales *(Annales rerum Flandricarum)* qui vont jusqu'à 1477, et qui ont été imprimées à Anvers, en 1561. Ces annales furent continuées par son neveu Antoine, et son petit-neveu Philippe. Jacques était ecclésiastique; ses ouvrages sont consultés avec fruit, à cause des faits, qui sont exacts. Il fut dans son pays le restaurateur des bonnes études; c'était au seizième siècle; et il fut l'ami d'Érasme, qui vivait en-même-temps que lui. Jacques Meyer mourut en 1552, dans la cure de Blankenberg, où il s'était retiré. Antoine fut trente-sept ans principal au collége d'Arras; son fils Philippe. lui succéda dans cette place, et composa des poésies, dont le manuscrit, déposé à l'abbaye de Saint-Waust, se voit encore à la bibliothèque de la ville.

Stephanus (comes bellocassius), homme d'un grand et pénétrant génie; il fut du conseil privé du chapitre de Saint-Donat, à Bruges. Il mit au jour son *Sylvula carminum*, non moins savant que divertissant. On trouve aussi de lui le *Santologon Flandriæ*, qui est de 1544.

Mathieu Rickbus, qui fut jurisconsulte à l'académie de Louvain, en 1566, puis recteur du plus haut mérite; puis enfin doyen de l'église métropolitaine de Cambrai.

Jean Gya, savant et zélé professeur de théologie, à Paris, en 1566. Il vécut en intimité avec *Guillaume Budé*, et l'aida dans son travail *de Contemptu rerum fortuitarum*, qui fut imprimé en trois volumes.

Pierre Pintaflour, qui fut, pour son érudition et ses grandes vertus, nommé doyen de l'église, puis évêque du diocèse de Tournai, en 1575.

Voici l'épitaphe placée sur le tombeau de l'évêque Pintaflour, au pied du grand autel de l'église cathédrale de Tournai. (Cet évêque était né à Strazèle, près Cassel).

« Perculso arbosii sectarum clade sepulchro Pe-
» trus Pintaflour ter quintus præsul ab illo, vir
» bonus, et vita pius et sincerus in omni, (vidistis
» cives, lacrymasque in morte dedistis), ut cine-
» res tumulo pariter sociaret eodem, id novat; et
» quinto suscepti muneris anno exhaustam senio et
» curâ, parschalibus albis cælicolis vitam clausit;
» succurre viator. »

Pierre de Zuydpèene, dont Jacques Meyer fit l'éloge et auquel il dédia sa Chronique de Flandre ; il fut aussi, pendant la plus grande partie de sa vie, l'ami d'Érasme *(Erasmus roteradamus)*. Nous avons l'intéressante correspondance de ces deux savans.

Nicaise Ellebo (Ellebodius), philosophe et médecin à Padoue ; très-versé dans les lettres grecques, traduisit en latin l'ouvrage de l'évêque Némésius, intitulé : Traité sur la nature de l'homme. Ce fut en 1595.

XVII.ᵉ siècle. — *André Cleyer*, homme d'un esprit supérieur. A la fin du XVII.ᵉ siècle, il entreprit des voyages longs et périlleux, dans l'unique dessein d'examiner les plantes étrangères, et d'enrichir l'histoire naturelle : il parcourut la Chine et le Japon. *(Mirbel, Élémens de Physiologie végétale,* page 529).

XVIII.ᵉ siècle. — *Pierre-Louis Danes,* né à Cassel, gradué de l'église cathédrale d'Ypres, et président du séminaire épiscopal. Il fit imprimer, en 1722, son ouvrage intitulé : *Institutiones doctrinæ christianæ,* qui est encore très-estimé dans le Pays-Bas, pour les études théologiques.

Louis de Zuytpeène, homme noble et érudit : il était doyen de l'église collégiale de Saint-Pierre, très-attaché et appliqué aux recherches délicates des antiquités de son pays; il prépara des notes historiques concernant Cassel, qu'il communiqua à Sanderus, auteur de la *Flandria illustrata.*

Alexandre Vandewalle, licencié en théologie, et pasteur de Wormhout : il est né à Oxelaere, et en 1752, il fit imprimer ses *Instructions importantes, donnant grande ouverture à l'instruction universelle.* Cet ouvrage lui fait honneur, et prouve son savoir.

XIX.ᵉ siècle. — *Vambavière,* philosophe du commencement du XIX.ᵉ siècle : il s'attacha particulièrement à la recherche des mœurs et du culte des peuples. Il laissa après lui une des plus riches bibliothèques.

Ce sont là, à ma connaissance, les principaux personnages marquans que la châtellenie de Cassel a vus naître. Sans doute que si je voulais les énu-

mérer tous, j'aurais bien des pages à remplir, et
l'on verrait que les Flamands, quoiqu'assez souvent indolens, ont de la raison par-dessus tout,
et une application constante qui compense l'activité légère de quelques autres peuples.

Il est temps que les villes environnant Cassel
fassent aussi connaître le nom de ceux dont elles
peuvent se glorifier.

Que la ville d'*Aire* parle des Verdure.

Bailleul, des Coninck.

Bergues, des Fontaines, des Buselins.

Béthune, des Petits, des Lyons.

Dunkerque, des Barth, des Foulconnier.

Hazebrouck, des Decker.

Herzeele (village), des Jacques Sluper.

Morbecque, des Charles Saint-Omer.

Saint-Omer, des Cygne, des Dansque, des Fertel,
des Geofroi, etc.

Ypres, des Boonaerts, des Hyperius, des Jan-
senius.

Et d'autres, dont on pourra trouver les noms
dans l'ouvrage intitulé : *Délices des Pays-Bas.*

~~~~~~

CHAPITRE TROISIÈME.

PARTIE PHYSIQUE DU MONT-CASSEL.

> Si quis ad urbem sibi incognitam perveniat, circum-
> spicere oportet ejus situm, quomodo silicet ad
> ventos, et solis exortus jaceat. Terra etiam ipsa
> inspicienda nudane sit et aquis careat an densa et
> irrigua, et an cavo loco sita sit, etc. HIPPOCRATE.

INTRODUCTION.

L'ÉTUDE physique de la ville dont nous venons de
tracer l'histoire, est une recherche importante dans
l'objet que nous nous sommes proposé ; aussi avons-
nous, tâché de recueillir le plus de matériaux possibles pour satisfaire les naturalistes et les physiciens
sur tout ce qui concerne la montagne de Cassel.

Nous parlerons d'abord de la nature du sol et des
eaux, ensuite nous donnerons l'exposé des observations sur l'état de son atmosphère et de ses nombreuses variations météoriques.

Quant à l'histoire naturelle de la montagne, excepté la partie géologique qui est étudiée dans ce

8

chapitre, nous la réunissons, dans la troisième partie de cet ouvrage, avec celle des environs de Cassel.

§ I. Nature du Sol.

Au premier aspect, le terrain de la montagne de Cassel, argileux dans quelques endroits, paraît être généralement composé de couches sablonneuses, espèces de stratifications horizontales ou régulièrement inclinées selon le plan du mont, blanches ou colorées en jaune ou en rouge orangé, selon les endroits.

Certaines de ces couches sont mélangées de cailloutages siliceux, et de pierres friables, d'un rouge brun foncé, formés d'oxide de fer et d'un sable aglutiné; certaines autres sont parsemées de coquillages fossiles plus ou moins bien conservés; des couches profondes, enfin, sont entièrement composées de coquilles marines réunies en une masse grossière et parfois difficile à rompre.

L'on ouvrit, il y a quelques années, plusieurs sablières au bas du mont Cassel; celle du côté oriental de la montagne est la plus profonde et la plus considérable; c'est aussi dans celle-là que l'on découvrit les premières de ces coquilles (dont plusieurs espèces avaient déjà, néanmoins, été remarquées le long du chemin qui conduit à la cime du mont des Récollets). Elles n'étaient point de celles des testacés qui habitent l'océan septentrional ; mais de la nature des fossiles estimés rares, et dont même quelques individus n'existent plus à l'état vivant. Il serait impossible de dire comment ces coquilles ont été déposées dans ce lieu, et depuis combien de centaines de siècles elles sont ainsi enfouies. Les plus savans géologues ne peuvent donner une explication exacte des diverses révolutions qui ont produit ces phénomènes, quoiqu'ils prouvent évidemment un changement d'état et de température des diverses parties de la terre.

Il est facile de voir que le terrain de Cassel est de composition tertiaire ; en effet, il en offre tout l'aspect : il est à croire même que des fouilles considérables présenteront une coupe qui instruira sur les dernières révolutions qui ont terminé la formation de nos continens.

On peut déjà se convaincre qu'un plateau sableux supérieur recouvre un plateau de craie (1), naturellement plus ancien, et dont les assises sont la plupart horizontales. Une couche d'argile plastique, onctueuse, tenace et renfermant de la silice, recouvre dans certains endroits le plateau craieux, et cette argile renferme parfois du fer sulfuré (vulg. pyrite ferrugineux) en petits rayons hérissés de cristaux d'un beau jaune.

Ainsi, le terrain de la montagne fait partie du terrain parisien, quoique cependant il n'offre pas

---

(1) Cette craie n'est pas de la chaux carbonatée pure ; mais elle est mêlée avec de la silice, dont la plus grande partie est à l'état sablonneux aux deux tiers.

8*

la présence du genre belemnite, qui en est le caractère essentiel. Les coquilles fossiles que nous y avons recueillies récemment, sont semblables, en quelque sorte, aux espèces que présente, par exemple, Montmartre, près Paris; mais il en existe davantage à l'état de moules (1), sablonneuses et aglutinées, ce qui fait, malheureusement, qu'elles n'ont pas été toutes déterminées, et qu'il ne nous a pas été permis, pour le moment, de donner à notre liste l'exactitude désirable.

Ces coquilles n'ont plus leur enveloppe naturelle intacte; elle se détache aisément sous forme de poussière; quelques espèces n'ont même que leur moule intérieur, parce que, prises seulement à quelques mètres au-dessous de la surface du sol, les eaux ont altéré leur substance première.

Dans quelques années, quand nos collections seront enrichies, et qu'en-même-temps on aura pénétré plus avant dans le sol, des échantillons mieux conservés permettront d'apporter de nouveaux éclaircissemens sur cet important sujet.

Je dois du-moins me féliciter d'être le premier qui se soit occupé de cette recherche (pour Cassel), et j'aurai obtenu une suffisante récompense de mes efforts, si les résultats que je présente pouvaient

---

(1) J'ai vu avec surprise de ces moules composées de valves dépareillées : d'un côté était la valve d'une grande bucarde, et de l'autre celle d'une crassalette. On ne pourrait attribuer ceci qu'au mouvement des eaux lors de l'enfouissement de ces coquilles.

fournir une nouvelle preuve à l'appui des savantes et
lumineuses observations des géologues modernes.

(*Voyez* les ouvrages de MM. Cuvier, Brognard,
de Lamark, Deshayes, etc.)

Liste des Coquilles fossiles de Cassel.

Moules de Bucarde.	Moules de Troque aglutinant.
— de Vénéricarde.	— de Cône.
—. de Vénéricarde à côte plate.	— de Trochus...?
— de Cythérée et Vénus.	— de Turritelles.
— de Crassalette.	— de Monodoncle.
— de Lucine.	Oursins.
— de Pétoncle.	Pointes d'Oursins.
— de Lutraire.	Fragmens de Stellaires.
— de Nautilles.	Numulites.
— de Cadran.	Madrépores.
Coquilles de Vulcelle.	Morceau d'une Carapace de tortue.
— d'Huîtres.	Dents de Squales.
— de Peignes.	Palais de Raie...?

J'ai fait déposer ces coquilles au Musée d'histoire
naturelle de la ville de Lille, en 1825, après que
M. le baron Cuvier les eut examinées à Paris.

Une observation nouvelle se présente pour le sol
de Cassel. En examinant le pied de la montagne,
du côté oriental surtout, on rencontre des coquilles
nombreuses et intactes pour ainsi dire, qui paraissent être des produits maritimes d'une formation récente; leurs analogues (ce sont presque
toutes des bucardes) se trouvent vivans dans la
Manche; tous les jours le flux de la mer en jette
de semblables sur les côtes de Dunkerque, Calais, etc.

Leur présence doit-elle être attribuée aux débordemens et bouleversemens maritimes de temps moins éloignés (1)? ou ces coquilles sont-elles des fossiles susdites qui, n'ayant pas été enfouies, sont restées à la surface du sol, entières et remplies d'un sable à peine durci?.... Je l'ignore encore : à ma connaissance, cependant, le sol flamand n'en offre pas ailleurs ; soit que la terre végétale les recouvre, soit qu'en effet elles aient été détachées de la masse commune par les averses.

Quant à la terre végétale du sol et à ses productions, le mont Cassel offre les mêmes résultats que le sol environnant, et nous renvoyons à la seconde partie pour l'examen de ce qui concerne cet article.

Voici le tableau de la nature des **différentes couches** du mont Cassel, d'après l'inspection de la sablière contre la route de Lille (1825).

Cette sablière, située à-peu-près au sommet de la montagne, est creusée de manière à offrir 40 pieds de profondeur du côté nord. On y remarque les stratifications suivantes, en commençant pas le haut :

1.º Terre végétale, 1/2 pied à 1 pied.

---

(1) Il y eut, entr'autres, une inondation le 27 janvier 1682, qui fut occasionnée par une effroyable tempête, aidée de la double marée au temps de la pleine lune ; ne laissant à sec aucun terrain, noyant les bestiaux, entraînant les maisons, elle causa une perte de plusieurs millions aux côtes de la Flandre maritime, de la Zélande et de la Hollande.

2.° Terre sablonneuse, 2 pieds.

3.° Terre sablonneuse, mêlée de pierres ferrugineuses de diverses grandeurs, 3 pieds, parfois 1/2 pied.

4.° Terre argileuse, 1 à 2 pieds, dans certains endroits ; dans d'autres, pas ou plus.

5.° Sable jaunâtre, quelquefois sans coquilles, 8 à 10 pieds.

6.° Couche de roche coquillière, 1 pied. (Il s'y trouve des masses compactes formées de sable uni à du carbonate calcaire.)

7.° Sable mêlé de coquilles, de dents de squale, etc., 2 à 3 pieds.

8.° Autre couche de roche coquillière horizontale, 1 pied et plus.

9.° Autre sable mêlé de coquilles, 2 pieds.

10.° Autre couche de roche coquillière et calcaire, 1 pied et plus.

11.° Autre sable, mêlé de coquilles fossiles, 4 pieds.

12.° Sable d'un blanc de neige sans coquilles, 5 à 6 pieds.

Ce sable blanc repose sur un lit de sable jaune ferrugineux, dont on n'avait pas encore mesuré la profondeur en 1825.

La colline sablonneuse dont il est ici question, offre aussi les trois couches de roche coquillière à l'endroit où elle est le plus déclive ; de sorte que dans ces endroits, en creusant à deux pieds au-dessous de la terre végétale, on les rencontre de suite, sans apercevoir au-dessus d'elles ni argile, ni sable jaunâtre, etc., ces couches sont horizontales, et au même niveau que celles de l'endroit le plus massif. Cela tiendrait-il à ce que, en d'autres temps, on aurait déjà enlevé les premières couches sablonneuses de cette partie de terrain?

Une chose digne de remarque pour la couche de terre argileuse qui se trouve au-dessus du sable coquillier susdit, c'est que dans certains endroits, et à dix pieds au-dessous du sol, on rencontre à la surface de cette argile, du charbon de bois très-bien conservé, et d'une épaisseur de plusieurs pouces. Ce charbon est quelquefois seul; dans d'autres endroits, il est accompagné d'une espèce de poterie antique et de diverses dimensions.

Cette poterie consiste en vases à bord évasé ou à goulot étroit : les uns sont rouges, d'autres sont bleus; l'on voit qu'ils sont fabriqués par des mains exercées; leur forme n'est pas grossière : quelques-uns ont des anses. Il y en a qui sont empreints d'un cachet, à-la-vérité un peu effacé.

En creusant dans la coupe verticale de cette sablière, là où j'apercevais une couche de charbon, j'ai trouvé un de ces vases qui aurait pu contenir deux litres de liquide, s'il n'était tombé aussitôt en morceaux. La matière en était d'un gris bleuâtre.

Ce vase, rempli de terre (1), reposait horizonta-

(1) On a trouvé de petits vases qui contenaient une matière bitu-

lement sur du charbon bien conservé, de manière à faire croire que l'on avait mis du feu dessous, quelques instans avant qu'il fût couvert d'une masse considérable de terre comme celle qui recouvre cet endroit.

Du reste, on ne rencontre là, ni bois conservé, ni ossemens, et aucun coquillage ne se trouve au-dessus de cette couche, ce qui fait que l'on ne sait à quoi attribuer la présence d'objets aussi remarquables pour cette profondeur. La pente douce de la colline ne peut faire présumer quelqu'éboulement brusque, et l'on ne peut de même croire à une inondation considérable, au point de permettre à l'eau d'atteindre une pareille hauteur, et d'y apporter ces objets, sans laisser d'autres traces de son approche.

Je penche à présumer que ce sont des vases druïdiques qui ont pu servir à des sacrifices, ou à renfermer des cendres de morts.

§ II. Eau des Sources et des Réservoirs.

L'élévation du sol de la ville de Cassel ne prive pas les habitans de l'eau nécessaire à leur consommation; comme nous avons déjà eu l'occasion de le dire, des sources très-pures y coulent en abondance et ne tarissent jamais; ce qui prouve évi-

mineuse, répandant une odeur infecte d'empyreume; il ne m'a pas été permis d'en analyser le contenu.

demment que la montagne a des communications souterraines avec des pays montueux plus ou moins éloignés.

Ces eaux fournissent plus que suffisamment pour alimenter les réservoirs particuliers et les fontaines publiques.

De plus, les sources de la petite rivière de Pèene, qui se jette dans l'Ysère, et celles de la Schoe-Becque, naissent des coteaux de la montagne.

Ces eaux de source sont inodores, sans saveur marquée ; elles sont limpides, et coulent sur une couche de terre glaise (1).

Quoiqu'elles n'aient point la propriété de dissoudre le savon ni de cuire les légumes comme l'eau des citernes, on les emploie néanmoins pour la fabrication des bierres, et c'est en partie à elles que la réputation de cette boisson de Cassel est due.

Voici les caractères chimiques de l'eau de source de la fontaine située sur la grande place ; nous l'avons examinée avec M. Kuhlmann, professeur de chimie à Lille.

Le nitrate de baryte y produit un précipité abondant de sulfate de baryte ; — donc acide sulfurique.

(1) L'eau de la source d'Oxelaere (la Schoe-Becque) passe dans le pays pour antiophtalmique ; mais ce ne peut être que par sa fraîcheur et sa pureté ; elle ne contient aucun principe astringent, ferrugineux ou autre : seulement elle roule sur des cailloutages siliceux, à l'air libre ; ce qui la rend légère, et potable.

Le nitrate d'argent y détermine précipitation de chlorure d'argent; — donc acide hydrochlorique.

L'oxalate d'ammoniaque donne un précipité fort abondant d'oxalate de chaux; — donc une grande quantité de chaux.

D'après ces réactifs, la présence, dans cette eau, du sulfate et hydrochlorate de chaux, est bien clairement déterminée. Cependant, une assez grande partie de la chaux qui se trouve dans cette eau, y est dissoute à l'état de carbonate par un excès d'acide carbonique; car l'ébullition de cette eau la trouble par la formation d'un dépôt de carbonate calcaire, et en faisant traverser les gaz qui s'en dégagent au commencement de l'ébullition, à travers de l'eau de baryte, celle-ci s'est troublée par la formation de carbonate insoluble dans l'eau.

Les eaux de la montagne sont distribuées dans les quartiers de la ville par les réservoirs auxquels on a adapté des pompes, pour faciliter la sortie de ces eaux, et permettre ainsi, en cas d'incendie, des secours plus rapides.

De plus, dans chaque maison particulière, il existe un puits avec pompe. Il ne faut pas creuser à quinze pieds de profondeur, sous la surface du sol de la ville, pour rencontrer de l'eau de source. Elle repose partout sur une couche argileuse, que l'on nomme *klitte* dans le pays.

Comme cette couche argileuse se trouve à une profondeur considérable par rapport à l'élévation de la terrasse de l'ancien château-fort, on ne peut avoir de ces pompes dans cet endroit ; aussi les Romains y avaient suppléé en faisant creuser jusqu'au niveau de la source , et en bâtissant un puits cylindrique dans lequel on pouvait puiser sans inconvénient , au moyen de seaux suspendus à de longues chaînes.

Eau de pluie conservée dans des réservoirs.

La plupart des maisons possèdent des citernes , espèces de réservoirs cubiques maçonnés et pavés en pierres de taille ; l'eau qui y est recueillie n'est saine qu'autant que l'on emploie des soins minutieux lors des pluies : ces soins seront exposés dans la partie médicale.

§ III. Température et Variations atmosphériques , tels que, pesanteur de l'air, vents , météores aqueux.

1.° *Température.* Le soleil, aux plus longs jours de l'année , se lève à trois heures quarante-neuf minutes , et se couche à huit heures onze minutes.

Les chaleurs excessives comme les grands froids sont rares à Cassel : il faut croire que les vents de mer en tempèrent l'action. On peut, pour ainsi dire , avancer que l'atmosphère s'équilibre toujours sur celle des côtes maritimes, dont elle suit en tout l'impulsion.

La température moyenne est de quinze à vingt degrés R.

La sérénité du ciel, les vapeurs supendues dans l'air, l'heure de la journée, la nuit, impriment des différences fréquentes à cette température; ainsi, au printemps et en automne, par exemple, à un froid piquant succède souvent une chaleur qui étonne d'autant plus, que le corps y est moins préparé : après avoir vu geler le matin, on se croirait à midi au milieu de l'été. (*Voyez* à la fin de cette section, le tableau de ces changemens annuels, pour 1823.)

2.° *Vents*. Le climat de Cassel est venteux ; mais on doit à ces vents et aux fréquentes bourrasques, la salubrité de son ciel. Le vent change souvent cinq à six fois par jour, ce qui fait que le temps est parfois variable. Au sommet de la montagne, c'est le vent d'ouest qui souffle le plus souvent : c'est celui de la direction de la mer.

Les vents du nord sont âpres, secs, fortifians ; ils ramènent la sérénité, dissipent la pluie et les brouillards.

Les vents du midi sont chauds, humides, et rendent l'atmosphère pesante. Ils durent quelquefois pendant plusieurs jours, et cessent par de grandes pluies d'orage.

Les vents d'est, qui traversent la forêt du mont des Récollets, arrivent à la ville riches d'oxigène, et débarrassés entièrement des miasmes étrangers ; ils sont doux et les plus salubres de tous, avec ceux sud-est et nord-est.

Les vents d'ouest arrivent sans trouver sur leur passage aucun obstacle pour modérer leur fougue. Ils amènent souvent des orages aux mois de juillet et d'août. Ce sont aussi ceux-là qui se font sentir pendant les équinoxes.

Les vents du nord-ouest donnent les tempêtes d'hiver, les neiges et les grêles.

Les vents du nord-est rétablissent la sérénité et ramènent le beau temps, tandis que ceux du sud-ouest, qui sont impétueux, surtout vers les temps équinoxiaux, donnent des pluies abondantes.

On compte près de soixante jours dans l'année, de vents d'une violence extrême et de tempêtes ; ceux-là enlèvent des tuiles, des cheminées, des toitures, déracinent les arbres, et font beaucoup de ravage.

3.° *Météores aqueux.* Il règne la même irrégularité dans la succession des météores aqueux, que dans celle des autres phénomènes météorologiques dont nous venons de parler. Année moyenne, il tombe vingt-cinq à trente pouces d'eau. (Pluie, neige et grêle.)

Pluie. L'atmosphère variable de Cassel donne souvent des jours pluvieux. Les pluies douces et habituelles qui entretiennent l'humidité de la terre et de l'air, sont plus rares que les averses amenées par les vents; ces averses plombent le terrain sans le pénétrer, et s'écoulent rapidement à sa surface; néanmoins, il y a des pluies continuelles durant plusieurs jours : c'est souvent à la suite d'épais brouillards de mer.

Le printemps et l'automne offrent le même nombre de jours pluvieux, et le nombre le plus grand des quatre saisons : vient ensuite l'hiver; enfin l'été. Mais il tombe bien plus de pluie dans l'automne qu'au printemps; il en tombe moins dans cette dernière saison qu'en hiver, et l'été tient le dernier rang dans cet ordre.

Les mois d'avril et de mai sont l'époque des pluies douces et pénétrantes qui, pour l'ordinaire, décident des récoltes. Il y en a encore quelquefois de semblables dans le mois de juin, mais dont l'effet est tout opposé; et le préjugé sur la pluie de la saint Médard règne dans les environs dans toute sa vigueur. Des pluies froides et de courte durée, dans la journée, dérangent les semailles au mois d'octobre de beaucoup d'années. Les pluies extraordinaires, les grandes averses arrivent surtout au commencement de septembre. La pluie du nord n'est le plus souvent que de la neige fondue.

Neige. La neige est fréquente à Cassel : elle tombe souvent par gros flocons, et couvre, au bout de quelques heures, le sol abrité, à quatre pouces d'épaisseur. On a vu, pendant des nuits, la neige s'élever tout-d'un-coup à plus de trois pieds. Dans ce cas, ce sont des vents du nord-est qui l'appor-

tent et qui continuent de souffler pendant sa chute;
par ce moyen, elle entre dans les maisons à travers les jointures souvent imperceptibles des portes,
se colle contre les fenêtres, en formant un aspect
des plus singuliers.

La neige est toujours annoncée par un vent impétueux qui amène des nuages gris et très-bas avec
des frimas; les hygromètres marchent vers l'humidité; l'atmosphère, très-froide d'abord, se ré-
chauffe sensiblement, le vent se calme, et alors la
neige tombe.

Pendant les hivers où il tombe peu de neige, les
pluies sont abondantes, ou bien les froids sont
excessifs et accompagnés d'un vent constant du
nord.

Brouillards. Les brouillards, plus ou moins épais,
se montrent en automne et au printemps; quand il
n'y a pas de vent, le brouillard, s'il se dissipe vers
midi, laisse succéder quelques heures d'un ciel serein; tandis qu'au contraire la pluie peut tomber
jusqu'à la nuit, et davantage, lorsqu'il s'abaisse et
s'épaissit avant cette heure du jour.

Ces brouillards ont rarement cette odeur désagréable qui se remarque dans ceux des endroits marécageux ou maritimes; ce n'est que quand un brouillard de mer enveloppe toute la contrée, au point de
ne pas permettre de voir à dix pas de distance,
que cette odeur nauséabonde se fait remarquer; et
ces sortes de temps affectent singulièrement la santé
des Casselois, s'ils sortent imprudemment.

Ceux qui succèdent aux pluies entretiennent pendant quelque temps une humidité désagréable et insalubre. Les catarres chroniques s'exaspèrent alors, et les phthisiques offrent, ainsi que les asthmatiques, des symptômes alarmans.

Rosée. Le voisinage de la mer concourt, quand le vent du nord ne souffle pas, à charger l'atmosphère d'une grande quantité de vapeurs aqueuses. Comme sa force dissolvante est très-grande, l'air peut se saturer d'humidité, sans que la transparence en soit troublée; mais le soir, au coucher du soleil, la température se refroidissant considérablement, l'humidité se dépose aussitôt sous la forme de *serein* ou de *rosée,* d'autant plus abondante que la journée a été chaude.

Gelée blanche. Ce phénomène, comme on le sait, est dû à la congélation des vapeurs humides qui nagent dans l'atmosphère, principalement celles qui, dans d'autres temps, forment la rosée.

Il y a, à Cassel et aux environs, de la gelée blanche toutes les fois qu'une nuit froide et un faible vent du nord succèdent à une belle journée tranquille, pendant laquelle il s'est élevé beaucoup de vapeurs.

Il n'y a pas de gelée blanche tant que durent les bourrasques; elles s'opposent, par leur sécheresse ou leur vif mouvement, à la formation des vapeurs, ou elles les ont dissipées avant qu'elles aient pu se

9

congeler. C'est particulièrement au commencement et à la fin de l'hiver que la gelée blanche se forme.

Pour résumer, nous allons donner ci-après un tableau des généralités de ces phénomènes, étudiés pendant l'année 1823, au sommet du mont Cassel.

TABLEAU des Variations atmosphériques de Cassel. (Année 1823.)

MOIS.	TEMPÉRATURE AU THERMOMÈTRE			PESANTEUR AU BAROMÈT.				VENTS DOMINANS.	TEMPS.
	Maximum.	Minimum.	Moyenne au midi.		Pouces.	Lignes.	Minimum.		
Janvier. 1.re moitié du mois.	-7°	"	-3°	du 1.er au 15.	27	7	"	Nord, Nord-Ouest.	Sec et froid; vent.
2.e moitié.	-4	-3	2	du 15 au 31.	26	4	"		
Février. 1.re moitié du mois.	-6	"	5	du 1.er au 15.	26	6	25	Nord-Est et Nord-Ouest. Quelquefois Sud-Ouest.	Très-sec et serein; bourrasques; neige à la fin du mois.
2.e moitié.	-5	1	3	du 15 au 28.	26	6	24		
Mars. 1.re moitié du mois.	-4	"	3	du 1.er au 15.	28	5	28	Est et Nord-Est. Sud-Ouest.	Vent sec et froid; pluie par intervalles; brouillards.
2.e moitié.	6	5	5	du 15 au 31.	28	"	27		
Avril. 1.re moitié du mois.	11	9	6	du 1.er au 15.	27	5	27	Nord, Ouest, Sud-Ouest.	Temps brumeux, pluie; moins de vent.
2.e moitié.	8	7	7	du 15 au 30.	27	7	27 p 10l		
Mai. 1.re moitié du mois.	18	9	12	du 1 er au 15.	29	1	27 1/2	Nord-Ouest, Sud.	Brouillards et pluie par intervalles; temps serein par d'autres.
2.e moitié.	14	12	14	du 15 au 31.	27	7	27		
Juin. 1.re moitié du mois.	18	6	14	du 1.er au 15.	27	9	27	Sud, Sud-Ouest, Nord.	Vent orageux; temps sec tout le mois.
2.e moitié.	20	10	18	du 15 au 30.	29	"	26		
Juillet. 1.re moitié du mois.	27	12	16	du 1.er au 15.	28	4	28	Est, Sud-Est. Sud-Ouest.	Calme; quelquefois pluvieux; orages lointains.
2.e moitié.	24	16	18	du 15 au 31.	28	8	"		
Août. 1.re moitié du mois.	22	10	20	du 1.er au 15.	28	1	27	Sud-Est. Sud, Nord-Ouest.	Sec; par fois orageux.
2.e moitié.	23	16	22	du 15 au 31.	27	7	27		
Sept. 1.re moitié du mois.	16	6	17	du 1.er au 15.	28	3	28	Nord, Nord-Est,	Beau temps; quelques brouillards.
2.e moitié.	16	10	13	du 15 au 30.	28	8	27 1/2		
Octob. 1.re moitié du mois.	12	4	9	du 1.er au 15.	27	9	27	Sud-Ouest, Nord-Ouest.	Brumeux et venteux; pluies.
2.e moitié.	14	6	13	du 15 au 31.	27	"	27		
Nov. 1.re moitié du mois.	9	4	6	du 1.er au 15.	28	5	28	Ouest, Nord-Ouest.	Pluies; grêles; un peu de neige.
2.e moitié.	8	4	8	du 15 au 30.	28	8	27		
Déc. 1.re moitié du mois.	-4	-3	2	du 1.er au 15.	27	4	27 1/2	Nord, Nord-Ouest, Sud.	Gelée assez vive; neige sans vent; dégel aux derniers jours.
2.e moitié.	-6	-4	-3	du 15 au 31.	27	11	27 1/2		

Pour pouvoir comparer plusieurs années entr'elles, il aurait sans doute fallu, à l'exemple de George Cleghorm, de l'île Minorque, ou des rédacteurs des anciens mémoires de l'Académie royale de médecine, suivre ces observations pendant plus long-temps ; mais je n'offre ici que ce que j'ai pu observer moi-même pendant cette année, la seule après mes études physiques, où j'y sois resté d'une manière permanente. D'ailleurs, il n'y a personne à Cassel qui s'occupe de recherches de ce genre ; ce qui fait que ce tableau ne doit être regardé que comme un modèle d'essai.

Je saisis ici l'occasion d'engager quelques-uns de mes compatriotes, pourvus d'une instruction solide, et appréciant l'utilité d'un pareil travail, à continuer ces recherches, afin de le compléter. Je n'ai pas besoin de leur dire jusqu'à quel point la comparaison de plusieurs années entr'elles donne-rait un résultat météorologique important.

Ventos et varium cœli prædiscere morem,
Cura sit ac patrios, cultusque habitusque locorum.

VIRGILE, *Géorg.* Liv. I.

§ IV. Phénomènes dus à l'électricité atmosphérique, etc.

Il se forme fréquemment des orages dans le lointain ; on entend le bruit sourd du tonnerre ; mais il parvient rarement au-dessus du territoire de la montagne. Les orages suivent la direction de la mer ou des forêts du sud.

Il existe une forte attraction électrique avant le mois de juillet, vers la grande forêt de Nieppe, située au sud de la montagne, sans doute à cause de l'activité de la végétation de cette forêt; mais après ce temps, la mer en est toujours le foyer, ce qui fait que la foudre fait peu de ravages à Cassel: elle se relève presque toujours pour se porter ailleurs; aussi les Casselois n'ont-ils pas encore eu l'idée de s'armer de l'appareil préservatif de Franklin. On a pourtant droit de s'étonner d'en voir l'usage aussi restreint.

Toutes les fois que l'on a, pendant l'été, des précurseurs d'orages, et que le ciel se charge de nuages, des éclairs sans tonnerre sillonnent l'horizon après le coucher du soleil, et l'on n'a presque point de serein. Ces éclairs se montrent encore lorsqu'après une longue sécheresse et une journée très-chaude, les vapeurs, au-lieu de retomber le soir, se réunissent en nuages épais et blanchâtres.

C'est au mois de juin que les orages sont le plus communs; la grêle les accompagne parfois d'une manière épouvantable pour les campagnards agricoles; mais, généralement, les désordres sont partiels, et elle ne tombe encore le plus souvent que mêlée d'une grande quantité de pluie, qui en amortit les effets dangereux; aussi les paragrèles en paille sont inconnus dans ce lieu.

(134)

On ne se souvient que de très-faibles tremblemens de terre : il faut présumer qu'ils étaient dus à
des causes lointaines ; car le sol de Cassel est loin
de faire craindre de pareils accidens.

(Le Cambrésis en éprouva, en 854 et en 1001,
des secousses si violentes, qu'un grand nombre des
maisons de Cambrai et des villages environnans
s'écroulèrent).

~~~~~~

CHAPITRE QUATRIÈME.

PARTIE HYGIÉNIQUE ET MÉDICALE DE CASSEL.

> Principiis obsta.....
> Serò medicina paratur.
> OVIDE:

Convaincu que la nature des lieux et leur exposition exercent sur les hommes de profondes influences, et voulant aussi traiter, dans la partie médicale de cet ouvrage, de la montagne et de la
plaine environnante, j'ai été nécessairement conduit à distinguer ces deux espèces de positions ter-
ritoriales; en effet, comme nous aurons lieu de le
voir, il en naît des indications importantes et bien
différentes les unes des autres pour le médecin qui a
égard à ces expositions; ses moyens thérapeutiques
doivent même souvent varier selon qu'il a affaire à
un montagnard ou à l'habitant de la plaine. Examinons donc ici la ville et la montagne.

Je dois faire observer que c'est un simple résultat
de mes remarques faites sur les lieux-mêmes, que
je donne ici. D'autres topographies médicales ont
peut-être plus d'étendue; mais on ne peut offrir
plus que les ressources locales ne le permettent,
et Cassel, sous ce rapport, ne peut être comparé
à une de ces grandes cités où les observations
médicales naissent en foule.

§ I. Eaux de pluie et de source.

Nous venons d'examiner l'eau de source de Cassel
sous le rapport chimique, et nous avons reconnu
qu'elle est rangée parmi les eaux bonnes aux usages
domestiques; cependant, les Casselois ne connaissent pas encore jusqu'à quel point l'eau de source
peut leur être salutaire; beaucoup n'en font qu'un
petit usage, et quelques-uns préfèrent l'eau de pluie
conservée dans des réservoirs ou citernes; mais
cette eau de pluie, quoique, comme le dit Hippocrate, la plus légère, la plus douce, la plus subtile
et la plus limpide de toutes les eaux, n'offre pas
toujours tous les avantages que l'on pourrait en
attendre; c'est ce que nous allons démontrer.

Quoique cette eau de pluie soit à-peu-près aussi
pure et plus légère que l'eau distillée, il n'est pas
moins vrai qu'en traversant l'air, elle se charge
d'une infinité de parties hétérogènes; c'est pourquoi cette eau, recueillie, n'est saine qu'autant que

l'on emploie les plus grands soins lors des pluies ;
aussi doit - on avoir égard aux circonstances suivantes :

La pluie du printemps est plus propre à exciter
des décompositions, et doit être rejetée. Celle qui
tombe après une grande sécheresse est beaucoup
moins pure que celle qui vient à la suite d'une autre pluie, parce qu'elle entraîne alors des débris et
des œufs d'insectes, des semences de plantes qui
flottent dans l'atmosphère ; enfin, des exhalaisons
animales et terrestres plus ou moins nuisibles. Ajou-
tez à cela que les premières eaux qui tombent sur
les toits entraînent la poussière et les excrémens
des pigeons et des hirondelles qui s'y reposent souvent. Les eaux d'orage doivent aussi être rejetées ;
j'en ai recueilli moi-même, qui avaient une odeur
sulfureuse.

En connaissant toutes ces causes de décomposition
de l'eau de citerne, serait-on encore étonné d'y voir
croître des plantes vertes, d'y découvrir un nombre aussi prodigieux d'animalcules et de vers, qui
la font fermenter et lui communiquent une mauvaise odeur et une saveur désagréable, par leur
corruption.

L'eau étant donc un objet de première nécessité,
et sa pureté influant d'une manière si directe sur
la santé des hommes, je dois recommander aux
Casselois les précautions suivantes, s'ils veulent
avoir cette eau bien potable.

1.º Oter aux pigeons leur liberté : ceci sera d'au-

tant plus nécessaire ici, que l'eau de source pourrait manquer si la sécheresse durait long-temps.

2.° Faire entretenir et balayer les toitures et les
gouttières après les grandes chaleurs, c'est-à-dire,
un peu avant les équinoxes d'automne, époque à laquelle les pluies sont très-abondantes et très-bonnes
à recueillir.

3.° Détourner les conduits d'eau des citernes,
lors des pluies d'orage, des fontes de neige, etc.

(Quoique Théocrite, Idyll. xi, 48) compare à
l'ambroisie l'eau qui coule des neiges du mont Etna,
Aristote et Hyppocrate pensent tout le contraire; et
bien que quelques-unes de leurs théories ne soient
plus admissibles de nos jours, il n'en est pas moins
certain que cette eau de neige est privée d'une
bonne partie de son air par la congélation, et par-
conséquent, elle est crue (Hipp. *de aere, locis et
aquis,* ch. III. — XLIX.) et au-moins très-suspecte.

4.° Avant de mettre l'eau dans les réservoirs qui
lui sont destinés, et qui doivent être placés au-
moins à quatre toises des latrines, la faire passer
à travers un filtre de ferblanc, percé d'une infinité
de trous très-petits, afin de retenir les matières
étrangères qu'elle pourrait encore contenir, et s'il
est possible, dans la même intention, la faire passer sur un banc de cailloux à travers une couche de
sable.

5.° Vider tous les trois ans au-moins, les citernes,
les laver et les restaurer de manière à en écarter
toutes les impuretés et les limaces, qui sont encore

une cause de corruption par les mucosités qu'elles excrètent.

6.° Malgré ces précautions, ne pas se servir de cette eau si elle n'a été bouillie ou débarrassée, par le repos, des molécules étrangères qui y sont suspendues.

§ III. Églises, Estaminets, Écoles, Colléges, Prisons.

Je n'examinerai ici ces établissemens que sous le rapport des indispositions qui peuvent y être occasionnées par suite de certaines négligences ordinaires aux personnes qui les fréquentent ou qui sont chargées de leur surveillance.

Église. L'église étant pavée en carreaux de pierre bleue et de marbre, toujours mouillés par l'humidité que chacun y apporte, elle est froide, surtout aux pieds, lorsqu'il y a peu de personnes ; tandis qu'il y fait une chaleur étouffante pour les parties supérieures du corps, lors des grands offices, quand elle se trouve remplie de monde, les croisées ne permettant pas une assez libre circulation de l'air ; de là naissent deux points importans à noter.

Premier point : Le froid aux extrémités gagnant tout le corps, il résulte que la transpiration ou des évacuations essentielles peuvent s'arrêter brusquement et donner lieu à des suites fâcheuses, si l'on n'a soin de ne se rendre à l'église que lorsque le corps n'est pas échauffé par des courses ou d'autres exercices qui auraient pu provoquer un surcroît d'exhalation cutanée; si l'on n'a soin d'avoir des chaussures chaudes quand on doit y rester un certain temps ; enfin, si la fabrique de cette église ne se décide un jour à faire garnir le pavé ou chaque chaise de planchettes qui isoleraient du sol les personnes et les préserveraient des effets pernicieux d'un pareil froid. On n'entendrait plus autant de toux pénibles pendant les messes ; les engelures, les rhumatismes, les suppressions menstruelles ne seraient certainement plus aussi fréquentes. Que l'on ne taxe point de frivolité de pareilles ramarques !

Second point : La chaleur humide qui règne dans l'église pendant les grandes assemblées des habitans, et qui y est entretenue quelque temps par défaut de la libre circulation de l'air, exerce son influence pendant le séjour dans l'église et lors de la sortie des individus. Dans le premier cas, le sang est refoulé vers les parties supérieures, d'autant plus aisément, que les extrémités inférieures, refroidies, ne l'admettent que difficilement; de là les céphalites, les symptômes d'apoplexie, les syncopes, qui arrivent chaque dimanche, au point que l'on est obligé d'emporter au-dehors les individus qui s'évanouissent. Ici, la cause première est le peu de largeur des croisées bâtardes; on pourrait y remédier, ce me semble. Dans le second cas, le mal arrive surtout en hiver ou lors des grandes bourrasques, quand, ayant chaud, on sort brusquement sans se couvrir convenablement. Alors le froid saisit le corps et donne lieu à des inflammations diverses, selon la disposition des personnes : les moyens préservatifs sont encore très-faciles à être mis en usage.

On peut faire la même application des principes ci-dessus établis, pour les divers lieux dont il va être question dans la suite de cette section ; en outre, on doit envisager qu'il y a d'autres influences plus dangereuses encore pour ceux-ci ; je veux parler du séjour plus prolongé que l'on y fait, de l'air impur qui y est respiré, ou même très-souvent du défaut d'air, de la chaleur fortement concentrée, etc., causes qui peuvent, selon les diverses circonstances, rendre les effets morbides bien plus graves.

Estaminets ou Tabagies. Examinez cet individu qui aura passé une longue soirée d'hiver dans un estaminet rempli de monde, à respirer les émanations de tout genre, la fumée narcotique de tabac dont l'appartement est rempli ; qui se sera échauffé par la boisson, par une atmosphère encore moins renouvelée depuis que l'on a introduit l'usage des poêles de fonte ; examinez-le, dis-je, lorsqu'il rentre dans sa maison ; son corps et ses vêtemens exhalent une odeur nauséabonde, sa face est rouge, animée, les veines du front fortement injectées ; il se trouve chancelant et comme narcotisé ; tous les symptômes de congestion céré-

brale sont plus ou moins apparens ; il s'assoupit
bientôt ; sa respiration prend un caractère sterto-
reux ; une nuit agitée ou comateuse y succède, et
le réveil !... Quel abattement ! quelle pâleur ! on
voit jusqu'à quel point tous ses organes, toutes ses
fonctions ont été en souffrance.

Ce n'est pas le portrait d'un ivrogne que j'ai
voulu faire, comme on pourrait le croire ; mais ces
traits plus ou moins nuancés se retrouvent chez les
individus qui restent ainsi long-temps renfermés
dans des lieux peu aérés et mal-sains comme
ceux-ci.

Quel remède apporter à cet état, qui donne lieu
à la longue à tant de désordres de l'économie ?
Rester près de son épouse et de ses enfans, entouré
de quelques amis, serait sans doute le meilleur préservatif ; mais les mœurs des bourgeois flamands
s'y refusent. Il faut donc que je me contente de
dire à ceux qui tiennent à la santé, sans vouloir
renoncer à leurs habitudes, qu'il leur faudrait
des lieux de réunion plus spacieux et plus aérés,
et encore devraient-ils n'y pas faire un trop long
séjour !

Écoles, Collège. Les écoles offrent aussi à Cassel,
des dangers du même genre : on ne calcule pas assez
les inconvéniens qui résultent de la concentration
prolongée d'un grand nombre d'enfans chez lesquels
la vie est si active, et qui ont encore besoin, plus
que les grandes personnes, d'un air pur et tem-

péré. Sans doute, la manière de les instruire exige
que plusieurs se trouvent ensemble ; mais qu'on ne
les entasse pas dans de petits locaux ; que chaque
classe ait une chambre séparée, comme cela existe
au collége, bien tenu sous ce rapport, et l'on ne
verra pas revenir ces enfans, chez leurs parens,
maigres et décolorés ; leur poitrine se développera
mieux, et toute leur économie en éprouvera une
salutaire influence.

Je ne puis assez louer les pères qui envoyent
tous les jours leurs enfans pour apprendre, à un
quart de lieue de la montagne ; l'exercice qu'ils font
en y allant ou en revenant de leur école, les rend
forts et sains. La comparaison de ces deux genres
de jeunes gens fait voir des différences frappantes.
Ce qui est néanmoins à noter en faveur des premiers, c'est qu'ils sont plus instruits ; mais cela est
plutôt dû aux maîtres d'école qu'à toute autre circonstance.

Prison. Je ne parlerai de la prison de Cassel,
que pour dire qu'heureusement elle est souvent
déserte. Le peu de prisonniers qu'on y enferme
est transféré ailleurs aussitôt : cette prison est mal
entretenue et menace ruine.

§ IV. Hôpital des Vieillards, Infirmerie.

Je ne puis m'empêcher, en parlant de ces
deux établissemens, de témoigner le désir de
voir un plus grand nombre de malheureux appelé

à profiter des soins qu'on y prodigue ; mais sans doute qu'ils ne sont pas encore suffisamment dotés pour pouvoir accomplir les devoirs de la charité dans toute leur étendue.

Hôpital des vieillards. L'hôpital des vieillards, dont l'ancienne organisation datait, comme il a déjà été dit, du mois d'avril 1255, était dirigé par six religieuses, dont une était choisie pour supérieure, comme on peut le voir dans les archives de la ville. On y recevait indistinctement les passans, les pélerins, les misérables habitans, et même les pestiférés : aujourd'hui, on n'y admet qu'un nombre limité de vieillards, qui doivent même avoir soixante ans révolus. La vie exempte d'inquiétudes qu'ils y mènent, le travail dont ils s'occupent, et qui ne surpasse jamais leurs forces ; la faculté qu'ils ont de sortir et d'avoir des relations avec leur famille, font qu'ils vivent long-temps ; c'est le plus souvent l'extrême vieillesse qui les fait succomber.

La sobriété forcée qui leur y est habituelle, la privation de certains stimulans, tel que le vin, le café, ne seraient-elles pas des causes de leur longévité ? La réponse affirmative à cette question, trouverait certainement bien des exemples en sa faveur ; mais elle ne peut être développée ici. Disons seulement que ces intéressans vieillards s'accoutument peu-à-peu à leur manière de vivre, et que beaucoup finissent par la chérir, et ne lui doivent

la cessation de certains maux qui les tourmentaient
pendant qu'ils étaient en pleine liberté, tels que les
gastralgies, les tremblemens, les symptômes de
goutte, etc., etc., auxquels l'abus des liqueurs al-
cooliques avait donné lieu.

« Habenda ratio valetudinis; utendum exercita-
» tionibus modicis; tantum cibi et potionis adhi-
» bendum ut reficiantur vires, non opprimantur. »
(CICER., *de Senect. Dialog.*, cap. 11.)

Il ne faut pas que j'omette de dire que ce sont
des hommes pieux qui sont chargés des soins domestiques de cet hôpital. Quelques femmes chari-
tables s'offriront sans doute un jour pour les remplacer : c'est là qu'elles se rendraient éminemment
utiles; c'est là que leur vertueuse sensibilité trouverait de douces récompenses des soins qu'elle sait
si bien prodiguer!

Infirmerie. Ce bâtiment, destiné au secours des
pauvres malades de Cassel qui sont trop jeunes
pour pouvoir être admis dans le précédent, date
de quelques années; le temps et l'augmentation
des fonds de secours rendront cette infirmerie vraiment précieuse.

Un officier de santé est chargé d'aller visiter tous
les jours le petit nombre de malheureux qui s'y
trouvent.

Il serait aussi à désirer que les bons Casselois se
cotisassent pour une somme qui servirait à y soigner
les pauvres femmes qui sont au terme de leur gros-

10

sesse, surtout dans la mauvaise saison; ce serait
un acte d'humanité des plus louables.

§ V. Amas d'immondices.

Si l'on a rempli les règles de l'hygiène à l'égard du
cimetière, par contre-coup, on ne porte pas assez
d'attention au placement des immondices de la ville;
par exemple, les administrateurs, secondés par le
zèle de leurs concitoyens, ne devraient pas permettre
que des fumiers fussent placés dans les ruelles et
sur les places publiques. La puanteur qu'ils exhalent
incommode ceux qui les traversent, et nécessairement, à la longue, et d'une manière insensible,
toute la population. On devrait aussi défendre aux
bouchers de laisser couler du sang dans les ruisseaux des rues; les caillots qu'ils forment offrent
chaque jour un spectacle répugnant, et leur séjour
contribue à la malpropreté.

Quant aux vidangeurs, il faudrait qu'ils com-
mençassent leurs travaux de plus grand matin,
afin de ne pas incommoder particulièrement les
malades et les convalescens, plus facilement affec-
tés par la présence de certains gaz délétères; tels
que l'hydrogène sulfuré, l'ammoniaque, etc.

§ VI. Maladies provoquées par les professions des Casselois.

1.° *Classification des professions, selon l'influence morbifique exercée sur les individus qui s'y livrent, et maladies qui sont communes à ces individus.*

PREMIÈRE CLASSE. Agens qui appartiennent à l'atmosphère.
(*Circumfusa. Hipp.*)

§ I.   Individus respirant des gaz délétères : pharmaciens, vidangeurs.

Maladies communes à ces professions : céphalalgie, asphixies, phthisies.

§ II. Individus respirant des vapeurs narcotiques ou fortement stimulantes : débitans de tabac, cabaretiers, amateurs d'estaminet.

Maladies communes : narcotisme, hématose incomplette.

§ III. Individus respirant et séjournant dans un air chargé de molécules nuisibles sous de certains rapports : pileurs, batteurs de matelas, maçons, peintres, meûniers.

Maladies communes : tubercules pulmonaires, bronchites, ophtalmies.

DEUXIÈME CLASSE. Agens appliqués à l'extérieur du corps.
(*Applicata, Hipp.*)

§ I.   Individus maniant des corps souvent en putréfaction ou infectés de certains virus : corroyeurs, tanneurs, nourrisseurs de bestiaux, marchands de poisson, tripiers.

Maladies communes : anthrax ou charbon, ulcères scorbutiques, phlegmons à la peau.

10*

§ II. Individus travaillant des corps gras : fabricans d'huile, perruquiers, chandeliers, bouchers.

   Maladies communes : phlegmasies cutanées, engorgemens inflammatoires.

§ III. Individus se trouvant souvent exposés à l'humidité : teinturiers, chapeliers, blanchisseuses, domestiques.

   Maladies communes : phlegmasies thoraciques surtout, rhumatismes, suppression d'évacuations.

TROISIÈME CLASSE. Alimens, Boissons. (*Ingesta.*, *Hipp.*)

   Individus en faisant abus : amateurs de bière et d'eau-de-vie, cuisiniers, gastronomes.

   Maladies communes : état pléthorique, apoplexies, énervation, abrutissement.

QUATRIÈME CLASSE. Action et Repos du corps. (*Gesta*, *Hipp.*)

§ I. Individus travaillant en plein air :

   1.° Exerçant tout le corps : jardiniers et laboureurs, couvreurs.

   Maladies communes : douleurs musculaires, congestions cérébrales, névralgies.

   2.° Exerçant les parties supérieures du corps principalement : charpentiers, scieurs de bois, maréchaux, forgerons, serruriers.

   Maladies communes : rhumatismes musculaires, pleuropneumonies.

   3.° Individus exerçant les membres inférieurs surtout : cordiers, potiers de terre.

   Maladies communes : crampes aux jambes, infiltrations du tissu cellulaire.

§ II. Individus travaillant dans des lieux renfermés.

   1.° Faisant agir tout le corps : tisserands.

2.° Exerçant les membres supérieurs : boulangers, orfèvres, chaudronniers, cordonniers, repasseuses.

Maladies communes : pleurodynies, phlegmasies de l'organe pulmonaire, rhumatismes.

3.° Exerçant les membres inférieurs, en totalité ou en partie : tourneurs, fileuses.

Maladies communes : varices, névralgies sciatiques.

4.° Exerçant l'organe pulmonaire, maîtres et maîtresses d'école, musiciens.

Maladies communes : affections de poitrine.

5.° Exerçant la vue principalement : bonnetiers, horlogers, tailleurs, couturières, brodeuses, tricotteuses, modistes, faiseuses de dentelles, écrivains.

Maladies communes : affaiblissement et quelquefois perte de la vue, scrophules.

§ III. Individus menant une vie inactive sous le rapport de la gymnastique.

Maladies communes : manque d'énergie vitale, sécrétions perverties ou incomplettes, etc.

Cinquième Classe. Fonctions de l'âme. (*Precepta*, *Hipp.*)

Individus s'occupant de travaux intellectuels : ecclésiastiques, notaires, professeurs, étudians.

Maladies communes : névroses, maladies cérébrales, quand il y a excès de travail.

Quand j'ai commencé à m'occuper de la classification des professions exercées à Cassel, et d'y rattacher les remarques médicales que j'avais faites moi-même, pour la plupart, sur les lieux, il me semblait que l'exécution de ce travail n'offrirait que peu de difficultés ; mais j'ai été bientôt convaincu qu'il était à-peu-près impossible d'établir des divisions assez exactes, et je crains bien que mon tableau ne soit en quelque sorte factice.

En effet, les difficultés naissent de plusieurs sources : si l'on prend pour base de la classification la substance employée, on risque, comme le dit M. Mérat, de confondre des métiers qui n'ont nul rapport; on assimilerait ainsi la couturière et le cordier, qui se servent de chanvre filé; la blanchisseuse et les pharmaciens, qui consomment des acides et des alcalis. Si l'on veut ranger, d'après l'attitude, la force, etc., nécessaires pour exercer une profession, on risquera également d'en joindre de fort étranges, comme le forgeron et le boucher, qui exigent un grand développement des forces musculaires, etc.

Ce qui augmente encore les difficultés, c'est que chaque profession présente des circonstances par où elle appartient à des classes diverses; ces professions mixtes dérangent toutes les classifications, et gênent toute nomenclature.

Aussi, la classification que je présente ici est loin de me satisfaire moi-même, et j'en sens les défauts sans pouvoir y remédier. Tout le bien que j'ai pu en tirer, c'est d'avoir classé chaque profession sur la circonstance la plus remarquable qu'elle présente, l'influence prédominante qu'elle exerce sur les individus qui s'en occupent; ainsi, par exemple, le tanneur n'a pas été rangé à côté du scieur de bois, quoique les membres s'exercent autant chez l'un que chez l'autre; mais, chez le premier, l'action la plus remarquable étant celle provenant des matières animales dont il est entouré, il fallait en tenir un compte plus exclusif.

Examinons maintenant les maladies particulières à chaque profession, et les moyens de les éviter le plus souvent.

2.° *Maladies particulières à chaque profession, et moyens de les éviter le plus souvent* (1).

Pharmaciens. Coryzas, étourdissemens, purgations, coliques, irritations de poitrine.

Ne pas travailler dans un lieu fermé; permettre la libre circulation de l'air sec dans les officines; pendant leurs opérations, se mettre contre le vent; ne pas aspirer imprudemment par le nez les odeurs nuisibles; éviter de goûter des drogues actives, ou bien se laver la bouche ensuite. (Les pharmaciens, envisagés sous un autre point-de-vue, pourraient être placés dans la classe des *percepta*.)

Vidangeurs. Maladies cutanées, catarres, diarrhées, dyspepsies, symptômes d'asphixie.

Travailler contre le vent, et surtout les jours où ils n'ont pas fait d'excès de boissons, etc.; presser les habitans de faire vider leurs fosses d'aisances plus souvent; se vêtir chaudement; changer souvent de linge; changer d'habillement im-

_____

(1) J'ai suivi ici, pour chaque profession, l'ordre établi dans leur classification, page 147.

médiatement après leur travail; se baigner et se tenir très-propres.

Débitans de tabac. Céphalalgies, éblouissemens, toux, phlegmasies des voies aériennes.

Garder leur tabac renfermé dans des boîtes de plomb ou de faïence, dans un local vaste et exposé au nord; humecter le tabac en poudre; ne pas priser par distraction à chaque instant.

Cabaretiers, etc. Toux, catarres pulmonaires, affaiblissement des fonctions digestives.

Ne pas faire excès de boisson, ni de l'usage du tabac; donner plus d'air à leurs appartemens, surtout au moyen de ces larges cheminées flamandes, si utiles à cet effet, et que l'on ferme maintenant pour ne laisser passage qu'à un simple tuyau de poêle; ne pas descendre étant échauffés dans leurs vastes et froides caves.

Amateurs d'estaminet. Pesanteur de tête, diminution des facultés intellectuelles et des qualités de l'âme.

Ne pas se laisser abrutir ainsi par une vie indolente; nourrir leur âme de ces lectures qui laissent un libre accès aux idées généreuses, et chassent au loin l'égoïsme et ses tristes conséquences; prendre plus d'exercice dans des lieux sains, tels que les bois, les jardins.

Pileurs. Encéphalites, inflammation des muqueuses oculaire, bucale et nasale, gastro-entérites, pulmonies, érysipèles.

Éviter de respirer et d'avaler les poussières

nuisibles en mettant devant la bouche et le nez
un tissu de gaze qui permette l'accès de l'air sans
cependant laisser passer les molécules malfai-
santes ; se laver souvent les yeux et les parties
du corps exposées à se couvrir de la poussière
impalpable que l'air agité dans le mortier porte
ensuite autour d'eux.

Batteurs de matelas. Toux , crachemens de sang ,
phthisie , gale , vermine.

Ne pas travailler dans des greniers mal aérés ;
mais dans des cours, lors des jours peu venteux ; tenir leur corps et leurs habillemens dans
une scrupuleuse propreté.

Maçons. Toux chroniques , angines , bronchites,
ophtalmies , crevasses aux mains, malpropreté.

Ne pas respirer à pleine bouche les poussières
qui se forment lors des démolitions ; ne pas laisser sécher sur leur corps la sueur avec cette
poussière du mortier ; enduire quelquefois leurs
mains, surtout le soir, avec quelque corps gras.

Peintres. Coliques de plomb , névralgies , céphalalgies, empoisonnemens.

Éviter de faire voler des couleurs au moment
de les mêler avec l'huile, et préparer leurs pein-
tures dans un lieu spacieux ; se bien laver les
mains avant de toucher les alimens ; varier leurs
travaux.

Meûniers. Catarres pulmonaires, ophtalmies, sur-
dités , dartres furfuracées.

Être bien couverts lorqu'ils circulent autour

de leurs moulins par un mauvais temps ; se né-
toyer les oreilles, les yeux, et même toute la
peau, comme si la farine était une poussière
dangereuse : en effet, son long séjour sur la
peau n'est pas salutaire.

Corroyeurs et Taneurs. Haleine fétide, prostration
des forces, disposition aux tubercules.

Ne pas travailler dans un lieu trop humide et
privé de lumière solaire ; ne pas commencer les
travaux pendant la digestion, ou les continuer
lorsque la faim se fait sentir ; se vêtir de laine
pendant leur ouvrage, et changer souvent de vêtemens ; propreté des mains et des pieds.

Nourrisseurs de bestiaux. Ulcères difficiles à cica-
triser, varices, dartres rongeantes.

Surveiller la santé et la propreté de leurs bêtes ;
se laver les extrémités après avoir sorti le fumier
des étables ; ne pas rester avec des souliers
mouillés d'urine, etc., pendant toute la journée.

Marchandes de poissons. Plaies atoniques, phlegmasies musculaires et cutanées.

Ne pas rester long-temps dans une humidité
froide qu'elles-mêmes entretiennent en laissant
séjourner autour d'elles, plutôt que dans une
cuve, les débris infects des poissons ; se laver de
temps-en-temps, pendant le marché, les bras et
les mains, au-lieu de laisser sécher dessus les
humeurs provenant de ces mêmes poissons, et
qui gâtent ensuite ceux qu'elles touchent.

Tripiers. Malpropretés engendrant les maladies her-
pétiques, etc.

La propreté doit être un devoir chez eux; un
double motif doit les y engager.

Fabricans d'huile. Suppressions ou difficultés des
sécrétions cutanées, érysipèles.

Au moyen de frictions douces sur la peau,
enlever l'enduit huileux qui la recouvre, et qui,
en se rancissant et en se mêlant avec le produit
de la transpiration, pourrait provoquer les maladies souvent si rebelles de la peau.

Perruquiers. Maladies de la peau, teigne, vermine,
toux chronique.

Changer fréquemment de linge; avoir beaucoup de soin de leur personne, afin qu'il en résulte
en outre du bien pour ceux qui les occupent.

Chandeliers. Indispositions par les vapeurs empy-
reumatiques, telles que céphalalgies, nausées,
perte d'apétit, etc.

Prendre de l'exercice en plein air après avoir
terminé leur désagréable besogne et s'être né-
toyés; avoir de larges cheminées qui favorisent
le dégagement des vapeurs nuisibles. *Les Ciriers*
sont dans le même cas.

Bouchers. Anthrax ou charbons, rhumatismes,
lombagos, blessures.

Choisir des bêtes provenant de troupeaux
sains; ne pas lever sans aide de trop lourdes
masses; se couvrir mieux lorsqu'ils dépouillent
leurs bestiaux ou qu'ils travaillent dans un lieu
humide et froid.

Chapeliers et Teinturiers. Maux d'yeux, serremens spasmodiques de poitrine, malaises du genre nerveux, pleurésies, phthisies.

Avoir des gilets de laine sur la peau pour les garantir du froid qui les saisit après avoir travaillé dans une atmosphère humide et chaude; faciliter la sortie des vapeurs nuisibles, au moyen d'ouvertures communiquant à l'extérieur, mais situées à quelques pieds au-dessus d'eux.

Blanchisseuses et Domestiques. Pleuropneumonies, névralgies, lombagos, rhumatismes articulaires, coliques, engorgemens des viscères du bas ventre, suppression de la menstruation.

Avoir soin de tenir les pieds chauds et secs au moyen de chaussettes de laine et de bons souliers; porter des paquets moins lourds, et se faire aider en les levant de terre; ne pas tremper les mains dans l'eau froide, étant en transpiration; ne pas trop appuyer le ventre et la poitrine contre le bord tranchant des cuves; ne pas laver les appartemens étant habillés à demi, et lorsqu'il y a des courans d'air.

Brasseurs. Obésité, céphalalgies, maladies du système urinaire, rhumatismes.

Avoir soin de se couvrir mieux lorsqu'ils vont d'un endroit chaud dans un lieu frais; se rappeler que les excès, en quelque genre que ce soit, conduisent à de mauvais résultats; ne pas se faire une habitude de varier plusieurs fois leurs boissons dans un court espace de temps, sans manger dans l'intervalle.

Cuisiniers. Phlegmasies abdominales, cistites, ulcères aux jambes, bouffissures.

Ne pas rester trop long-temps debout tout proche de leurs fourneaux, et ne pas s'exposer aussitôt après à un courant d'air; manger à des heures réglées, et forcer même sa faim un peu quand elle ne se fait pas sentir à cette époque; porter des guêtres de toile qui serrent médiocrement les jambes.

Jardiniers et Laboureurs. Cataractes, érithèmes, hernies, névralgies sciatiques, épigastralgies, esquinancies.

Varier leurs travaux de manière à travailler dans l'ombre lorsque le soleil donne le plus; avoir une ceinture de corps; ne pas porter de paquets qui, dans leur tablier, pèsent trop sur le bas-ventre; avoir des vêtemens chauds, par rapport aux variations de température et aux pluies qui peuvent les surprendre lorsqu'ils sont en sueur.

Couvreurs. Tumeurs enkystées du genou, hydropisies des articulations, anevrismes.

Faire en sorte de s'agenouiller alternativement sur l'un et l'autre genou, ou avoir un morceau de cuir qui amortisse un peu, à cet endroit, la pression et le frottement qui s'y exercent continuellement; s'arrêter ou se ralentir quelquefois lorsqu'ils montent aux toits.

Charpentiers. Blessures, luxations, fragmens de bois entrés dans la chair.

Avoir recours à des chirurgiens dans ce cas, et ne pas négliger les petites blessures, dans la crainte d'accidens plus graves, que des mains inhabiles pourraient y provoquer.

Scieurs de bois. Torticolis, rhumatismes des extrémités supérieures, pleurésies, inflammation des yeux

Changer entr'eux leurs positions; avoir toujours quelque tissu de laine qui leur couvre la poitrine et les bras; se couvrir les yeux avec un morceau de gaze pendant le travail.

Maréchaux, Forgerons et Serruriers. Pleurodynies, brûlures, contusions, ophtalmies, affaiblissemens de la vue, durillons, gerçures aux mains.

Mêmes observations que pour les charpentiers; en outre, se couvrir mieux pendant leurs travaux, ou du-moins ne pas s'exposer, étant échauffés, aux influences du froid; ne pas boire froid dans ces instans; ne pas trop long-temps regarder la flamme vive et scintillante des fourneaux; varier leurs travaux autant que faire se peut; lubrifier la peau de leurs mains, au moyen du suif ou autre graisse, surtout le soir.

Cordiers. Varices aux jambes, douleurs à la partie postérieure du bassin et aux cuisses.

Porter des guêtres de draps qui embrassent parfaitement les jambes; se reposer par intervalles, ou marcher en sens inverse de celui exigé pour leur travail.

Potiers de terre. Péritonites, catarres, crevasses aux mains et aux pieds, entorses.

Ne pas pétrir la terre glaise avec leurs pieds ayant chaud; ne pas agir jusqu'à l'extrême

fatigue; mettre des bas de laine après leur travail, s'ils restent alors inactifs.

Tisserands. Epigastralgies, maux de nerfs, crampes,
rhumatismes.

Éviter de se frapper trop rudement avec leur
peigne la poitrine et l'estomac; ne pas travailler
dans des rez-de-chaussées humides et non par-
quetés; se promener en plein air de temps-en-
temps; entretenir la sécheresse de leur atelier.

Boulangers. Céphalalgies, hernies, lombagos, anevrismes, hydropisies.

Ne pas pétrir de trop fortes masses de pâte
à-la-fois, et ne pas les lever trop brusquement
par le seul effort des reins (muscles dorsaux et
lombaires); ne pas fixer trop long-temps la
gueule de leur four quand la flamme y est vive; se
couvrir mieux en sortant de leur boulangerie.

Orfèvres et Chaudronniers. Coliques métalliques,
toux chronique, encéphalites.

Éviter de respirer les vapeurs sortant de leurs
creusets de fonte, de leurs soudures ou éta-
mages; avoir les bras couverts en travaillant.

Repasseuses de linge. Céphalalgies, méningites, palpitations, lombagos.

Placer leurs réchauds de manière que les
vapeurs du charbon puissent être entraînées loin
de là; éviter cependant les grands courans d'air
dans l'appartement; avoir des cheminées bien
ouvertes.

Tourneurs. Engourdissemens des jambes, crampes,

sciatiques , phthisies, enfoncement de l'apendice xiphoïde.

Se oindre les jambes et les cuisses avec une huile douce avant le travail ; varier leurs positions quand ils appuyent fortement la poitrine contre leurs bois à tourner, ou quand ils sont à leur tour.

Fileuses. Infiltration des extrémités , rhumatismes articulaires.

Ne pas s'asseoir dans des lieux froids et humides , et surtout ne pas laisser refroidir sur les carreaux leurs pieds échauffés par un mouvement continuel de demi-flexion et demi-extension ; exercer davantage le reste du corps dans l'intervalle de leur travail.

Maîtres et Maîtresses d'école. Hémoptysies, phthisies , bronchites, catarres.

Donner plus d'air à l'école, et le renouveler souvent , mais sans brusquer ; ne pas s'exposer au vent ou au froid immédiatement après la séance; disposer leurs classes de jeunes gens de manière que chacune ait un moniteur ou répétiteur d'un degré plus avancé que ceux de la classe où il serait placé ; ce moniteur devrait être changé tous les dix jours, par exemple, et surveillé par le maître, qui n'aurait pas, par ce moyen, à exercer les poumons d'une manière continue et pénible.

Musiciens. Irritations pulmonaires, palpitations, dispositions aux anévrismes.

Le zèle et l'amour-propre leur font trop entreprendre à-la-fois ; ils ne se donnent pas assez d'intervalles de repos ; la poitrine en souffre alors. Heureux quand ils savent se soigner à temps, et arrêter les progrès d'un mal souvent . funeste, et alimenté par leur persévérance.

Horlogers. Hémorrhoïdes, coliques, toux, ophtalmies, amorose.

Toujours assis et appuyés sur leur poitrine, cette position les fatigue considérablement ; des intervalles de promenades doivent être recommandés d'autant plus, que ce moyen hygiénique repose aussi la vue.

Bonnetiers, Tailleurs. Fatigue des yeux, douleurs aux lombes, maladies du cœur, pour les tailleurs en particulier.

Ils doivent prendre plus d'exercice par la marche en plein air, et au soleil ; leurs demeures sont, la plupart, sombres et humides, celles des bonnetiers surtout ; leurs yeux doivent être lavés à l'eau fraîche après l'achèvement de leur travail.

Couturières, Brodeuses, Tricotteuses, Modistes, Faiseuses de dentelles. Ophtalmies chroniques, taies aux yeux, gros ventre, évacuations menstruelles dérangées ou incomplettes, engelures, vapeurs, en un mot, toutes les cachexies qu'une vie sédentaire, dans une attitude courbée, jointe à une nourriture peu substantielle, peut produire.

Travailler dans des lieux secs et bien aérés ; se promener en plein jour pendant leurs heures de repos ; faire usage de quelques boissons sti-

11

mulantes, telles que le café, le thé, l'infusion de sauge ou d'autres labiées ; s'exercer par des jeux qui demandent l'action musculaire, tels que la course, la danse ; se nourrir mieux si c'est possible, et ne se mettre au travail qu'après la terminaison de la digestion.

Écrivains. Sensibilité extrême de la vue, ophtal-mies, affaiblissement des yeux.

Mêmes conseils que pour les horlogers, etc.

Rentiers, Gens inactifs. Goutte, hémorrhoïdes, manque d'énergie vitale, engorgemens chroni-ques, défaut de circulation des humeurs.

Parcourir la campagne et aller goûter de temps-en-temps le pain du pauvre à quelques lieues de leur demeure ; la vie active finira, par ce moyen, par leur devenir chère, et leur santé ainsi que la société y gagneront.

Ecclésiastiques. Peines et fatigues morales, outre les autres indispositions que leur vie privée peut pro-duire.

Diriger une petite pépinière, cultiver un jardin.

Notaires, Professeurs. Maladies des autres hommes de cabinet, affections nerveuses.

Partager leur temps entre les travaux de cabi-net et les excursions à la campagne ; jardinage, jeu de billard, équitation, etc.

Étudians de collége, Jeunes gens studieux. Méningo-encéphalites, développement retardé des cavités thoraciques, mauvaises digestions.

Bien régler leurs heures de travail ; ne pas trop

prolonger l'étude ; dans les intervalles, jeux de paume, de boule, de course ; garder le repos. après s'être ainsi salutairement fatigués, et ne reprendre le travail qu'une heure au-moins après ; avoir leur dimanche entièrement libre.

§ VII. Maladies épidémiques et sporadiques.

1.° *Maladies épidémiques.* Si l'on en excepte la variole, la rougeole et la scarlatine, qui d'ailleurs peuvent être classées dans d'autres divisions, Cassel est préservé des maladies épidémiques ou pestilentielles, dont les causes sont dues aux émanations marécageuses ou autres vices de l'atmosphère ; il doit cet avantage à sa belle exposition. Hippocrate avait remarqué que les villes qui sont bien situées par rapport aux vents et au soleil, et qui ont de bonnes eaux, en sont en effet la plupart exemptes; et dernièrement on a pu se convaincre que cette exposition de Cassel est vraiment précieuse sous ce rapport ; car les maladies de ce genre, qui ont fait tant de victimes l'an dernier le long des côtes maritimes de la Manche, ne se sont pas montrées aux environs de la montagne, peu distante cependant de la mer.

Quant aux maladies pestilentielles qui régnèrent à Cassel aux quinzième et dix-septième siècles, et dont les archives de la ville font mention, elles étaient caractérisées par le développement de bubons et d'antrax ; leur contagion était due à des

11*

communications immédiates, et elles peuvent être rangées dans le groupe connu sous le nom de typhus d'Orient.

Je tiens à transcrire ici littéralement ce qui se trouve écrit de remarquable, à ce sujet, dans les archives de la ville.

Une lettre de Charles, duc de Bourgogne, de l'année 1472, contient un passage où il est dit que la peste régnait à Cassel et dans ses environs, en 1471.

(*Voyez* cette lettre au chapitre I.er de cette partie, page 39).

Décision des bailli et échevins de la ville de Cassel, du 20 juin 1625.

« Informé que la peste fait de plus en plus des
» ravages dans les environs, il est défendu de rece-
» voir en ville les personnes venant de lieux pesti-
» férés, aux pauvres d'y aller mandier, et aux man-
» dians étrangers de venir en ville. Les mandians
» en ville porteront sur leur bras droit une plaque
» avec marques particulières, afin de s'assurer
» qu'ils sont habitans. »

Décision du 20 mars 1626.

« Étant venu à la connaissance du magistrat,
» que la peste est à l'habitation de la veuve de Fran-
» çois de W...., ainsi qu'il appert du rapport fait
» par le chirurgien-major de M. le comte de
» Hennin, ayant visité aujourd'hui, à la demande

» du magistrat, une des filles de la veuve de W....,
» ayant le carboncle (vitse) pestilentiel, résolu, à
» la demande de la commune qui s'est assemblée
» de son propre mouvement, en la salle du collége,
» de prévenir la contagion. Il aura soin desdites
» personnes, les curera, nétoyera la maison de tout
» poison, et aura pour salaire 48 sols par chaque
» jour, la fumigation étant une charge de la ville. »

Décision du 19 avril 1626.

« Sur plaintes des pestiférés, résolu qu'il sera
» fourni à chaque barraque pour 12 sols parisis de
» pain par jour, une demi-livre de beurre par se-
» maine, 12 sols parisis de viande de veau, un demi-
» quartron d'œufs, une livre de fromage. »

Décision du 9 mai 1626.

« Toutes les personnes appartenantes à la veuve
» de François de W...., aussi habitans avec elle
» (rue du Tambour), étant venues à mourir de la
» peste, tous ses biens meubles seront vendus
» pour le paiement des frais d'entretien dans la
» baraque. »

Décision du 16 octobre 1635.

« La peste augmentant de jour en jour, et ap-
» portée de Dunkerque et Bergues en cette ville, il

» est ordonné de ne recevoir aucune personne , en
» cette ville , venant de ces lieux , et comme la peste
» peut se communiquer d'une maison dans l'autre
» par la divagation des chiens et des chats , cha-
» que possesseur de ces animaux est obligé de les
» tenir à l'attache dans sa maison, sous peine
» comme de droit , et que ces animaux seront
» tués. »

Réglement sur les pestiférés , des 2 et 25 juin 1636.

« Nul attaqué de la peste ne sortira que trois se-
» maines après sa guérison, et toutes les personnes
» habitantes lesdites maisons ne pourront sortir
» avant cette époque.

» Lorsque la peste se manifestera dans une
» maison, on pendra à une des fenêtres le signal
» d'usage.

» Si une des personnes habitant ces maisons,
» pour affaire doit sortir, il sera porteur d'une verge
» blanche d'au-moins quatre pieds, et évitera la
» rencontre des autres personnes.

» Les entrées des maisons où il y a une personne
» morte de la peste , seront fermées d'une échelle à
» travers laquelle on donnera ce qui est nécessaire
» à ces personnes, et d'après l'ordonnance du maî-
» tre des pestiférés à ce dénommé.

» Tout porteur d'une verge blanche ne pourra
» sortir que deux fois par jour : le matin, depuis

» huit jusqu'à neuf heures, et l'après-dîner, depuis
» quatre jusqu'à cinq heures. »

Décision du 7 juin 1647.

« Ordonné aux maîtres des travaux d'établir deux
» baraques pour y séjourner les pestiférés, à l'en-
» droit appelé *Stak-oever*, au nord de la ville. »

2.° *Maladies sporadiques*. Il serait sans doute
inutile de remplir une grande partie de ces pages
à décrire des maladies sporadiques d'une marche
régulière, et de donner, comme on le voit dans
d'autres topographies médicales, des observations
particulières à ce sujet ; les nosographes mes
maîtres et mes contemporains n'ont rien laissé à
désirer à cet égard. Il serait aussi inutile d'en donner
même la liste ; la section VI de ce chapitre, et celle
qui va suivre, en font une énumération qui doit
satisfaire le lecteur pourvu de notions médicales.

Qu'il me suffise de dire ici que ces maladies
revêtent le plus souvent le caractère inflammatoire,
et que leur terminaison est prompte et heureuse, si
l'on ne trouble pas leur marche au moyen de ces
médications incendiaires, toujours funestes entre
les mains des médecins empyriques.

Le nature veut ici, plus qu'ailleurs, un libre
usage de ses moyens bienfaisans !

§ VIII. Maladies endémiques , ou propres à ce lieu élevé , et moyens de les prévenir et de combattre les vices du climat.

D'après la connaissance physique que nous venons de prendre de Cassel , cette ville doit nécessairement être classée parmi les lieux secs et élevés dans un climat septentrional ; aussi allons-nous voir bientôt que les maladies qui règnent ordinairement parmi ses habitans, sont, ainsi que le dit Hippocrate , pour les endroits ainsi situés , des affections connues sous le nom de *maladies aiguës.*

L'air atmosphérique , habituellement animé d'un mouvement assez fort, n'y conserve pas une constitution humide (sauf les variations atmosphériques accidentelles) ; les changemens rapides qu'éprouve souvent l'air dans sa température , sont une seconde circonstance active à signaler.

Ces brusques successions qu'on remarque dans la même semaine , dans le même jour , souvent, dans la même heure , peuvent altérer l'ordre dans lequel se font des fonctions dont les organes efficiens sont le plus en but à l'effet de ces révolutions perturbatrices ; la peau et les poumons ne sont-ils pas les premiers qui reçoivent l'impression pernicieuse augmentée par une exhaltation des forces due à des excès , ou à une débilité physique , développée par un défaut d'exercice , etc.

L'influence de ces changemens atmosphériques sur la santé, devient d'autant plus remarquable, que les chaleurs s'étant déjà manifestées à l'époque où elles se font le plus sentir, on se détermine plus difficilement à reprendre les vêtemens d'hiver qu'on a abandonnés trop tôt.

Aussi voit-on éclater les maladies inflammatoires de toute espèce, qui souvent deviennent rebelles. Les pneumonies, les pleurésies, les bronchites, les angines, les ophthalmies, les péritonites, la métrite, des rhumatismes musculaires et articulaires, etc., etc. La phthisie y prend un caractère plus actif, et fait des victimes à la fleur de l'âge.

Il se présente ici une question importante. Les maladies que je viens de signaler sont-elles véritablement endémiques? Ne pourrait-on pas aussi bien les ranger parmi les sporadiques proprement dites?

Il est certain que le caractère endémique change fort peu l'aspect que présentent les maladies dans leur état sporadique, c'est-à-dire quand elles sont répandues çà et là. Chacun des symptômes ou leur ensemble n'offrent rien de très-différent dans les deux circonstances. Les causes sont aussi les mêmes, et comme l'observe M. Ferrus, pour être plus générales dans l'endémie, leur nature et leur action intime ne sont point changées. Cette raison m'a fait hésiter dans le placement des maladies dominantes à Cassel, d'autant plus que l'influence des causes certainement incontestables dans les endémies, ne peut, dans tous les cas où elle agit, être appréciée à sa juste valeur, et que, très-souvent, on ne peut citer qu'une foule de conditions vagues, que l'on trouve reproduites dans l'étiologie des autres affections les plus différentes entr'elles.

Ainsi, relativement aux qualités nocives de l'air, on a dit que les habitans des contrées élevées, des pays montueux, étaient plus exposés, à cause de l'impétuosité des vents, à toutes les maladies inflammatoires aiguës; et les premiers exemples que l'on donne de cette assertion sont pris parmi les vigoureux montagnards des Alpes, de la Haute-Auvergne, etc. Comment, d'abord, pourrait-on supposer des affections autres que celles dites *sténiques*, chez les hommes qui doivent leur constitution la plus énergique à la sécheresse du sol qu'ils habitent, autant qu'à leurs pénibles travaux? De plus, ils sont forcés de gravir sans cesse les plus hautes montagnes, de couvrir le bruit des torrens par les efforts de la voix; ils respirent un air trop raréfié : n'est-il pas évident que les affections de poitrine, qui leur sont surtout particulières, tiennent plus encore à l'excitation et à la fatigue qu'éprouvent, par ces diverses causes, les organes de la respiration, qu'à l'intensité des vents? Cette même remarque ne peut-elle pas être appliquée, mais sous un autre point-de-vue, aux Casselois? En effet, ceux-ci, excités par les boissons, les cris, ou les longues conversations, par la respiration de la fumée de tabac, les transpirations arrêtées à la suite d'imprudences, etc., sont dans ce cas. Aussi n'ai-je nommé endémiques les maladies aiguës des habitans du mont Cassel, que parce qu'elles prennent à la longue, et quelquefois à leur début, un caractère de chronicité, qui provient : 1.° de ce que ces causes agissent sur des corps progressivement habitués, et souvent même habitués depuis long-temps à leur influence; 2.° de ce que l'habitude peut émousser les effets de la cause la plus malfaisante ; 3.° de ce que les effets ne peuvent cesser entièrement que par l'annihilation de leur cause.

Pour se garantir de ces maladies, il faudrait que les Casselois entretinssent l'équilibre de la transpiration, dans les temps équinoxiaux surtout, en se vêtissant chaudement matin et soir, même en été; en ne quittant leurs vêtemens d'hiver que tard, et en les reprenant de bonne heure ; en évitant, lorsqu'ils auront chaud, d'entrer dans des lieux frais, ou du-moins en y restant peu de temps; en se couvrant les bras et la poitrine avec des tissus de laine, quand ils sont obligés de travailler en plein air à des occupations échauffantes, et en ne faisant pas d'excès de bière lorsqu'ils sont en sueur.

Comme on vient de le voir, l'habitant de Cassel n'est pas sujet aux maladies épidémiques tenant à un vice contagieux répandu dans l'air qu'il respire, ou dans les eaux dont il fait usage, mais bien à celles dépendant de causes qu'il ne tient qu'à lui de combattre.

En ajoutant à ceci, que les excès de boissons, l'accroissement trop brusque de quelques jeunes gens, et, comme nous l'avons dit, les professions, peuvent donner lieu à d'autres causes morbifiques, j'aurai énuméré toutes les causes essentielles des maladies dominantes, actives, de cette ville; et ainsi le rapport des causes et des effets devenant manifeste, par l'exacte connaissance des unes, on peut prévenir ou borner les autres.

Il est encore de mon devoir de parler ici des mauvaises habitudes de certaines personnes sédentaires.

Quelques femmes, contre le vœu de la nature, se trouvent continuellement dans une immobilité plus ou moins complette, selon le genre de leurs occupations : rarement elles sortent, sinon pour s'asseoir, ou se tenir de nouveau dans l'immobilité; il leur faudrait plus d'exercice. Certains hommes de la classe ouvrière sont dans le même cas. Je crois ne rien avancer de trop, en prédisant que si ces personnes remplaçaient l'habitude de passer les jours de fête au cabaret, par celle beaucoup plus salutaire de se liver à des jeux qui demandent du mouvement, cette partie de la population y gagnerait beaucoup sous une infinité de rapports.

Puissent ces conseils sauver quelques compatriotes; mon cœur en éprouvera une bien douce satisfaction!

§ IX. Avantages qui peuvent résulter du séjour à Cassel, sous le rapport hygiénique.

Le climat, d'accord avec la nature et l'exposition du sol, maîtrise les êtres par la température, et les idées par le caractère qu'il impose aux peuples. Pour s'en convaincre, on n'a qu'à mettre en opposition les habitans des lieux secs et élevés avec ceux d'un pays bas et humide, et l'on verra bientôt que les circonstances physiques caractérisant chacune de ces positions, agissent fortement sur ces êtres, et généralement sur tous les corps doués de la vie.

Comme le dit le professeur Barbier d'Amiens, les végétaux que produisent ces lieux sont aussi différens par leurs caractères physiques que par leurs propriétés ; les animaux ont plus ou moins de vigueur et de santé, suivant que le lieu leur plaît ; et l'homme enfin, duquel il importe le plus de s'occuper, répandu sur toute la surface du globe, offre aussi des modifications dans ses attributs physiques et moraux, suivant le sol qu'il a choisi pour son séjour.

Ceci posé, il ne sera pas indifférent d'entrer dans quelques détails à ce sujet, pour la ville et la montagne de Cassel.

Le fluide atmosphérique ayant d'ordinaire une

qualité sèche, agit d'une manière tonique sur les surfaces vivantes qu'il touche, et c'est pour cette cause que le vulgaire dit que l'air des montagnes est *très-vif*. En effet, un tel séjour fortifie les appareils organiques, rend leurs mouvemens plus forts, et donne à tout le corps plus de vigueur.

La digestion se fait avec énergie, et les habitans sont en général dans un état habituel de pléthore.

Qui n'observe, en arrivant au haut de la montagne, que son appétit se réveille, et que la faim revient aussi plus tôt que de coutume? Les voyageurs paraissent comme affamés en descendant de voiture, ainsi que l'a remarqué le docteur de Brieude, pour les montagnes d'Auvergne : preuve de la stimulation qui s'y opère sur tout l'organisme.

D'ailleurs, la circulation, la respiration, l'absorption, les secrétions, les exhalations sont aussi activées d'une manière remarquable.

Quant aux sensations, les facultés intellectuelles paraissent plus développées chez les habitans dont nous parlons, que chez ceux des lieux bas et humides, toutes choses égales d'ailleurs.

Pour ce qui regarde les maladies, outre celles déjà citées dans les précédentes sections, on n'en connaît que peu de long cours, qui aient pour symptômes connus l'atonie des organes, le relâchement des tissus vivans, les infiltrations cellulaires.

Il ne faut pas oublier aussi qu'une pareille exposition a des effets curatifs évidens pour les per-

sonnes qui auront contracté leurs maladies dans
les pays bas et humides, et dont l'inertie des mouvemens organiques est une des causes. Là le corps
travaille d'une manière efficace à réformer sa com-
plexion, à reproduire sa vigueur. Souvent on voit
les symptômes morbifiques se dissiper spontané-
ment après quelque temps de séjour dans cette
exposition, tant est puissante sa vertu curative!
Elle convient autant, dit M. Barbier, qu'un médi-
cament tonique ou excitant, qu'un exercice mo-
déré, qu'une nourriture succulente.

L'on ne saurait, comme on le voit, trop recommander un pareil séjour; mais cependant il ne
faut pas oublier qu'il est nuisible aux diverses
phlegmasies aiguës et même chroniques des poumons : par exemple, que les personnes d'une com-
plexion sèche et irritable, disposées à une maladie
de consomption, fuient une telle habitation; elle
abrégerait leur vie par l'effet trop stimulant qu'elle
reproduit sans cesse, et qui rend alors le secours
de l'art entièrement impuissant.

Les jeunes gens respirant un air vif et pur dans
ce séjour agréable et sain, développent leurs organes avec facilité à cet âge où il importe surtout
d'y surveiller, et d'éloigner une influence qui, en
relâchant les tissus, les rend moins susceptibles
de résister à l'invasion de certaines maladies.

Quel conseil plus prudent pourrait-on donner
aux parens dont les enfans sont valétudinaires,
que de fortifier leur santé par un séjour sur une

pareille élévation , joint à un exercice au grand
air, et tout en ayant soin d'abandonner à la nature ces formes qu'une compression ennemie ne
saurait embellir?

Ces avantages, joints à ceux que je viens d'énumérer, rendent Cassel une des villes les plus
saines de la France.

TOPOGRAPHIE

HISTORIQUE, PHYSIQUE, STATISTIQUE ET MÉDICALE

DE LA VILLE ET DES ENVIRONS

DE CASSEL.

(Département du Nord.)

~~~~~~~~~~~~~~~~~~~~~~~~~~~~~~~~~~~~~

SECONDE PARTIE.

ENVIRONS DE CASSEL.

> Territorium Casletanum in longum se pro-
> tendit a minariaco usque Watanum et
> nobilissimam Flandriæ portionem com-
> plectitur. SANDERUS.

12

CHAPITRE PREMIER.

ENVIRONS DE CASSEL,

ÉTUDIÉS SELON LEUR ÉTAT AUX DIVERSES ÉPOQUES DES SIÈCLES PASSÉS.

> Tempus in acerrima atque attentissima
> cogitatione posui.   CICERO.

INTRODUCTION.

Mon but n'ayant pas été de donner d'amples détails sur les environs de Cassel, je conseille d'examiner les écrits des historiens géographes des divers âges, pour ce qui concerne bien des particularités trop étendues pour cet essai.

Les premiers habitans de ce pays n'ont point été plus diligens que ceux d'autres nations, à laisser à leur postérité des mémoires de ce qui s'est passé chez eux dans leur temps; et par-conséquent, nous n'en pouvons tirer aucune lumière : rien ne nous est resté de ces anciens, que des pierres informes,

12*

des monnaies frustes et incertaines, des armes grossières, et des tombeaux, qui ne font qu'ouvrir devant nous le champ vaste des conjectures.

Les plus anciens auteurs ne disent rien de la province où est située la ville de Cassel, ni des mœurs de ses habitans ; la seule Histoire romaine peut nous être de quelque secours dans ce qu'elle rapporte des Gaulois et des Belges. Tous ces peuples, que les Romains appelaient barbares (1), ou n'avaient pas encore appris l'art d'écrire, ou ne se souciaient pas d'instruire leurs descendans autrement que par une tradition qui s'est perdue dans la suite, et qui n'a pu parvenir jusqu'à nous.

Jules-César fut le seul des généraux romains qui s'informa des mœurs et de l'origine des peuples qu'il voulait asservir, et nous lui devons les premières notions sur les Gaules et les tribus teutoniques. C'est lui qui nous apprend qu'environ soixante ans avant la naissance de Jésus-Christ, les peuples qui habitaient cette contrée appartenaient à la *Gaule-Belgique*, et qu'ils s'appelaient *Morins*, *Morini*.

Auguste, parvenu à l'empire de son prédécesseur, rangea ces peuples sous certaines provinces, et fit d'autres changemens dont *Strabon* nous a conservé la mémoire.

Tacite vint après *Strabon*, puis les géographes

---

(1) On sait que ce mot, chez les Grecs et les Romains, était synonyme de celui d'*étrangers*.

Ptolomée, natif d'Alexandrie, et *Pline*, sous le règne de *Vespasien*, laissèrent également sur la Germanie quelques pages précieuses.

L'Itinéraire d'Antonin, la Carte théodosienne, dite de *Putinger*, découverte sous l'empereur Maximilien Ier, sont aussi des monumens de l'ancien âge, à l'égard du pays des Belges, etc. On y voit que les Romains changaient les noms des villes de la Belgique, entr'autres ceux qui avaient une signification celte, en noms latins.

Si l'on consulte ensuite les historiens du moyen âge, on remarque que les premiers traits caractéristiques de ces pays, comme de tant d'autres, sont entièrement défigurés; cependant, dans les contrées septentrionales des Gaules, les limites des anciens peuples se sont conservées lors de la formation des diocèses.

Dans la suite, les chroniques du pays ne laissent plus rien à désirer aux historiens.

§ I. Examen rapide des divers changemens politiques survenus au pays environnant Cassel, depuis les Morins jusqu'à nos jours (1).

C'est des Gaulois que descendent les Morins. Ces

―――――――――――

(1) L'ouvrage intitulé : *la France au dix-neuvième siècle*, nous a fourni la plus grande partie des matériaux qui composent cet article.

Gaulois formaient une nation puissante; mais leur origine est encore cachée. Vinrent-ils d'Égypte? furent-ils amenés d'Arménie? se virent-ils, après la ruine de Troie, poussés par les vents sur ces bords? Toutes ces versions sont permises, toutes ces migrations furent possibles; et dans le mouvement des siècles, qui nous répondra que les peuples qui étaient au midi, ne vinrent pas au septentrion, ceux du couchant à l'aurore?

On appelait Gaules, les pays habités par les Gaulois; c'est Jules-César, le premier, qui nous les fait connaître, après les avoir conquis. Au-delà de ses *Commentaires*, nous demeurons dans les ténèbres, et ce livre est ici ce que la Genèse est ailleurs : un code sacré dont nul ne doute, et un témoin irrécusable, qui doit suffire à la raison pour établir ses jugemens.

Les Gaules se divisaient en trois régions, la Belgique, la Celtique, et l'Aquitanique. La Gaule-Belgique, de laquelle la Morinie faisait partie, était située entre la mer du Nord, le Rhin, la Seine et les Vosges; les deux autres avaient aussi leurs limites; mais nous n'allons ici nous occuper que de la Gaule-Belgique.

Comme le dit Jules-César dans ses Commentaires, cette Belgique n'était point encore, de son temps, divisée en provinces, mais en différens peuples, dont chacun avait ses usages, ses lois et son gouvernement particulier; et malgré cette distinction, ils ne laissaient pas d'être liés par l'intérêt commun, et de former une sorte de république dont il éprouva les effets de l'union et du courage ; car ce ne fut qu'après six années de luttes et de victoires qu'il parvint à les réduire tous.

Ainsi, les habitans de la Belgique, entre tous les peuples de la Gaule, étaient signalés par leur valeur. (*Gallorum fortissimi Belgæ, J.-Cæs.*) Ils ne consentirent à se soumettre à César, que sous la garantie de leurs lois, qui durent leur être laissées ; et ce fut ainsi que, sous un nom qui rappelait encore leur ligue sainte, ils firent partie de la république romaine.

Octave s'empara des conquêtes de César. Il donna aux Gaules une organisation nouvelle, en changea les noms et les limites, et enfin établit un ordre que la sagacité de nos géographes n'est pas toujours parvenue à expliquer. La Belgique fut reculée jusqu'à la Marne et à la Meuse. Le pays belge resta pendant cinq cents ans sous la domination romaine, souvent si précaire.

Les Francs, descendans aussi des anciens Belges, apparurent, et tout changea de face ; ils sortirent des bouches du Weser, et tout prit devant eux la fuite. Ils s'élancèrent sur la Belgique, avec ce courage farouche que donne une vie errante, et brûlans de cette soif de posséder, qui naît des longues privations.

Pharamond était à leur tête ; il passe le Rhin le premier, comme César avait passé le Rubicon ; et, en mettant le pied sur la rive, il posa les fondemens d'un empire qui devait le disputer en éclat à celui que fonda Romulus. Clodion, l'héritier de son pouvoir, poursuivit ses desseins et accomplit ses destinées.

Les Francs s'établissent à Cambrai en 449; ils franchissent l'Escaut, et se débordant de tous côtés, ils vont d'une part jusqu'à la Somme, et de l'autre, ils se répandent jusqu'au-delà du mont Cassel, sur les dunes de la mer du Nord.

Le Christianisme avait pénétré dans les Gaules, à la suite des aigles romaines; ses ministres, d'abord repoussés et persécutés, mais fermes et persévérans, avaient, à la fin, trouvé grâce devant les Césars.

Les apôtres ou leurs délégués, en s'introduisant chez les peuples, avaient eu soin de se conformer aux circonscriptions établies; ils s'impatronisaient doucement au milieu des institutions qu'ils devaient un jour renverser.

Quand le nombre des sectaires s'accrut, quand l'Église fût triomphante, et quand on créa des diocèses, chaque évêque fût le pasteur d'une des anciennes *cités gauloises* réduites par les légions romaines.

Clovis parut à cette époque; il fait un pacte solennel avec ces évêques, en renonçant à son paganisme, et dès-lors, la Gaule n'est plus romaine; elle est entièrement aux Francs.

Clovis, tant qu'il avait régné, avait su conserver entière la Belgique, et la maintenir en sa puissance. Si les chefs qui, en son nom, y commandaient,

avaient eu la pensée, pendant ses lointaines expéditions, de se déclarer indépendans, il aurait puni
par le glaive, ce qu'il nommait leurs attentats ; ainsi
périrent, par son ordre, *Ragnacaire* et *Régnier* à
Cambrai, *Cararic* à Cassel, et dix autres de leurs
pareils qui, ayant eu des gouvernemens dans le
Nord, faisaient ombrage à la puissance de Clovis.

Cependant, à peine fut-il mort, que ses États
furent partagés ; ce systême de démembrement fut
la source de maux funestes. La Belgique fut comprise
dans le royaume de Neustrie ; elle devint le théâtre
des guerres de Sigebert et de Clotaire, de Frédégonde
et de Brunéhaut. Toujours couverte de guerriers
mercenaires et d'assassins féroces, livrée aux
flammes, et dans tous les sens ravagée, elle ne vit
renaître de beaux jours que sous le règne de Charlemagne.

La Belgique fleurit sous ses lois. Il porta ses regards vers la marine ; ses vaisseaux purent naviguer
dans les parages du Nord, à l'abri des phares qu'il
fit élever ou reconstruire, depuis Ostende jusqu'à
Boulogne. Ces pays, souvent dévastés, étaient pleins
de marais et de landes : il y fit amener des Saxons,
il enleva des bords de l'Elbe, des peuplades entières, qu'il transporta sur l'Yper, l'Aa et la Deule ;
il fit par elles creuser des canaux, cultiver les campagnes, et il les attacha à la terre où il les entraî-
nait, par les efforts mêmes qu'il les contraignit de
faire pour la rendre saine et fertile.

Charles avait trouvé, en Belgique, des comtes

qui, sur la fin de la première race, gouvernaient cette province sous le nom de *Grands-Forestiers :* il rendit ce titre héréditaire en faveur d'un de ses favoris, *Lidéric de Harlebec;* et ainsi, de son propre mouvement, il prit lui-même des mesures qui tendaient à décomposer cet empire si formidable, qu'il avait mis tant de soins à fonder !

Les Forestiers héréditaires secouèrent le joug de Louis I.er, dit *le Débonnaire;* la portion de la Belgique comprise entre la Somme et le Rhin, commença dès-lors à former une souveraineté émancipée, sous le nom particulier *de Flandre.*

Ce nom, que nous employons pour la première fois, remontait néanmoins jusqu'au temps de Clódion. Quand il combattit les peuples voisins de la mer, il prit leur général *Golduère,* et avec lui sa fille *Blésinde* (1). Il fit épouser la princesse à un de ses neveux, *Flandebert,* qu'il institua gouverneur des peuples qu'il venait de dompter. Ce fut du nom de ce guerrier que le pays prit celui de *Flandre,* qu'il a conservé depuis, et qui s'étendit par la suite, suivant l'expression d'un poète de Lille :

« Jusqu'aux lieux où roulent leurs ondes,
» La Lys et la Scarpe et l'Escaut. »

Louis I.er eut deux femmes et sept enfans : Er-

(1) Ouvrez, à la bibliothèque de Saint-Omer, les manuscrits catalogués par M. Aubin ; vous y verrez justifiées les assertions de Piganiol de la Force, qui admit ces faits avant nous.

mengarde, née française, lui donna trois fils et trois
filles ; Judith, née en Bavière, lui donna un fils,
Charles, qui, par la suite, fut surnommé *le Chauve*.
Celui-ci, repoussé par ses trois frères, semblait destiné à ne régner jamais. Des partages avaient été
faits sans qu'il y eût été compris, et cette fois,
comme toujours, les enfans du premier lit étaient
peu disposés à satisfaire les prétentions de l'enfant
du second ; mais Judith, qui gouvernait le Débonnaire, fit casser le premier acte de distribution des
provinces, et Charles, qui devait n'avoir rien, fut
celui qui eut la meilleure part. La Flandre aussi
bien que la Bourgogne, firent partie de ses possessions ; mais il se dessaisit presqu'aussitôt de la première, l'érigeant en *comté-pairie*, au profit de Baudouin, dit *Bras-de-Fer*, qui déjà avait pris l'avance
sur cette belle principauté, en s'y réfugiant avec
une fille de Charles-le-Chauve, qu'il voulait épouser.

La concession eut lieu à charge de foi et hommage ; mais cette clause fut un sujet de guerre,
toutes les fois que le comté tomba aux mains de
princes ambitieux et hardis. La liste de ceux-ci serait longue ; aussi passons-nous outre pour arriver
à cette époque où la Flandre passa dans des mains
étrangères : sous le règne du roi Jean de France,
et par ses soins, la Flandre, la Bourgogne et l'Artois, que la mort de leurs souverains devait faire
rentrer à la couronne de France, en furent de nouveau détachées. Le roi maria Philippe, le quatrième
de ses fils, avec Marguerite, fille de Louis de Mâle,

l'héritière de ses provinces, et renonça pour eux à ses droits et à ceux de la France.

Quatre ducs de la nouvelle maison de Bourgogne et de Flandre, se signalèrent par leurs fureurs contre la France; l'un de ceux-ci fut ce Charles-le-Téméraire, qui, né avec l'esprit d'un chef de partisans, plutôt qu'avec celui d'un prince, n'en conçut pas moins le projet de se créer un royaume sous le nom de la *Gaule-Belgique*. Il eut aussi le désir de s'emparer de la couronne de France, que Louis XI portait alors.

Cependant, ce Charles meurt au siége de Nanci; il laissait une fille, Marie, dont les États de Flandre se rendirent maîtres. Ses sujets la tenaient en servitude. Louis XI voulut interposer son autorité, et s'emparer des provinces de Marie; mais cette princesse, héritant de la haine de son père contre la France, se jette dans les bras de l'Autriche, épouse Maximilien, fils de l'empereur Frédéric III, et porte ainsi des biens dans une maison étrangère.

Ces biens échurent à Charles-Quint, qui régnait déjà sur l'Allemagne, l'Espagne et l'Italie.

Cet empereur, devenu vieux, et las de la couronne, abdiqua toutes ses dignités. Dans le partage de son empire, plus grand que celui de Charlemagne, Ferdinand, frère de Charles, eut l'Allemagne et l'Italie; Philippe, fils de l'empereur en retraite, eut l'Espagne, le Mexique et les Pays-Bas (1).

(1) Les Pays-Bas étaient composés de dix-sept provinces, savoir :

(189)

Cependant, un demi-siècle ne s'écoula pas sans que huit des provinces dépendantes des Pays-Bas n'eussent brisé les chaînes espagnoles. Elles se constituèrent en république, sous le nom de *Provinces-Unies;* ces provinces étaient au septentrion. La France ne resta pas inactive en de pareilles circonstances, et, voyant cette lice ouverte, elle y courut. Si l'Empereur des Germains a voulu former un royaume composé de provinces françaises, à plus forte raison, un Roi de France peut-il chercher à ressaisir des dépendances de sa couronne, échues à des princes autrichiens, parés du diadème espagnol. Louis XIV lève des troupes, il est en marche, et tout se meut devant lui. L'empire de Clovis va renaître, et la Belgique, ralliée à la France, fait entendre ses acclamations; mais l'Europe attentive, est jalouse, inquiète, agitée; elle arme contre Louis XIV; le Rhin se couvre de soldats, et bientôt, toute la Flandre est en son pouvoir.

Quoi qu'il en soit, la paix négociée à Utrecht assure à la France une partie de ses conquêtes : Lille, Dunkerque, Valenciennes, Maubeuge, sont rattachées à la mère-patrie.

Les Pays-Bas formaient alors trois parts distinctes : le nord voyait croître sa prospérité sous les

les duchés de Brabant, de Limbourg, de Luxembourg, de Gueldres, le marquisat d'Anvers, les comtés de Flandre, d'Artois, de Hollande, de Zutphen, les seigneuries de Frise, de Malines, d'Utrecht, d'Over-Issel et de Groningue. L'évêché de Liège et l'archevêché de Cambrai y étaient enclavés.

formes républicaines ; le midi (moitié de la Flandre, moitié du Hainaut et le Cambrésis), rentré sous le sceptre de la maison de Bourbon, réparait les maux que lui avaient causés de longues dissensions ; le centre, retombé au pouvoir de l'Autriche, formait un État isolé.

Sous Louis XV, la guerre, portée en Allemagne, est ramenée en Flandre, comme si jamais un coup de canon ne pouvait être tiré en Europe, sans que les citadelles de ce pays n'en soient aussitôt ébranlées. Ce fut à quelques lieues des murs de Tournai que ce donna cette bataille mémorable pour la France, qui prit le nom du village de Fontenoy.

Si le traité des Pyrénées, celui de Nimègue, celui d'Utrecht, avaient été rédigés sur des bases plus larges, la Belgique n'aurait point ressenti les maux auxquels elle est restée en proie. Par les restrictions que l'on mit aux conditions de la paix, on coupa en deux des provinces qui avaient les mêmes mœurs, une même langue, qui avaient reconnu les mêmes lois, sans considérations pour la fortune, les penchans, les intérêts et les alliances des familles et des peuples. Au-lieu d'accepter un grand fleuve pour terme commun des empires, on établit des douanes, on bâtit des forteresses qui attristèrent un beau pays, et couvrirent des signes d'une double guerre commerciale et politique, ces vallées fécondes, qui ne semblaient faites que pour les douceurs de la paix.

A l'époque de la Révolution française, le Hai-

naut-Français, la Flandre-Française et le Cambrésis,
formaient un gouvernement général militaire, dont
Lille était le chef-lieu, et qui était borné au nord
par la mer; à l'est, par le Pays-Bas autrichien; au
sud et à l'ouest, par la Picardie et l'Artois.

La Flandre se divisait en deux parties : 1.º la
Flandre maritime ou flamingante, où le peuple parlait Flamand, et qui, ayant Cassel pour chef-lieu,
s'étendait de la mer à la Lys; c'était l'ancien pays
des Morins, tel que Jules-César l'avait trouvé établi. 2.º La Flandre wallonne ou gallicane, où toute
la population parlait Français, et qui s'étendait
de la Lys à la Scarpe, ainsi que l'ancien pays des
Ménapiens.

Il y avait une intendance, à Lille, pour les deux
Flandres.

La loi du 1.ᵉʳ février 1790, donna à la France
une nouvelle division territoriale; les provinces furent distribuées en départemens.

L'idée avait été d'abord de donner aux départemens le nom de leurs villes chefs-lieux; mais l'on
préféra tirer ce nom, soit de la position des départemens, soit des rivières qui les traversent, etc.

Le département du Nord prit son nom de sa position septentrionale, relativement au reste de la
France. Il fut composé du gouvernement militaire
de Lille, auquel on adjoignit quelques communes
de l'Artois, et quelques villages du Vermandois.

Au moment où nous écrivons, le département du
Nord est distribué en sept arrondissemens commu-

naux, entre lesquels les cantons et la population sont répartis de la manière suivante :

1.er arrondis.,	Dunkerque, chef-lieu,	7 cantons,	91,000 habitans.
2.e ——	Hazebrouck, ——	7 ——	102,000 ——
3.e ——	Lille, ——	16 ——	263,000 ——
4.e ——	Douai, ——	6 ——	90,000 ——
5.e ——	Cambrai, ——	7 ——	134,000 ——
6.e ——	Avesnes, ——	10 ——	115,000 ——
7.e ——	Valenciennes, ——	7 ——	116,000 ——

Nous venons de voir, d'une manière succinte, les changemens politiques éprouvés par le pays environnant Cassel, depuis les Morins jusqu'à nos jours ; maintenant, nous allons examiner ce même pays sous le rapport des faits historiques particuliers ; et pour mieux classer ces faits, nous étudierons d'abord les Morins et leur territoire, avant et pendant la domination romaine ; ensuite nous examinerons ce même pays, à partir des premiers rois de France jusqu'à-présent.

§ II. Détails sur les Morins et leur Territoire.

Avant que les Romains, conduits par Jules-César, eussent pénétré dans cette contrée, alors habitée par les Morins, elle était regardée comme l'extrémité de la terre.

Virgile, faisant l'énumération des peuples soumis à l'empire romain qui figuraient sur le bouclier d'Énée, dit qu'on y voyait les Morins, les plus reculés des hommes ; *extremi hominum Morini* (1).

(1) Virg., Énéid. Liv. VIII.

Pomponius Mela appelait ces peuples, les plus reculés des Gaulois : *ultimi Gallicarum gentium Morini* (1).

Pline, contemporain de Mela, dit que les Morins sont réputés habiter l'extrémité de la terre : *ultimi hominum existimati Morini* (2).

Tacite appelle la Morinie l'extrémité des Gaules : *extrema Galliarum* (3).

Ammien Marcellin nomme cette contrée le bout du monde : *orbis extrema* (4).

Les Anciens ne sont pas les seuls qui aient pris la Morinie pour l'extrémité de la terre. Saint Paulin, écrivant à Victrice, archevêque de Rouen, originaire du pays des Nerviens, limitrophe de la Morinie, dit que l'Océan baigne de ses ondes mugissantes le rivage des Morins, placé à l'extrémité de l'univers : *In terrâ Morinorum situ orbis extremâ quam barbaris fluctibus fremens fundit Oceanus.*

Mais quand on y réfléchit, on voit que la Morinie était appelée l'extrémité de la terre, parce que c'était le pays le plus rapproché de l'Angleterre, que l'on regardait alors comme un nouveau monde. C'est dans ce sens que Virgile disait que les Bretons étaient entièrement séparés du reste du monde : *et penitùs toto divisos orbe Britannos.* VIRG., Énéide, t. II.

---

(1) Pomp. Mela. Lib. III, c. 2.
(2) Plin. L. XIX, c. 2.
(3) Tacit. Hist. c. 7.
(4) Ammien Marcellin. Lib. XXVII.

13

Joseph, l'historien des Juifs, s'exprime encore
plus clairement lorsqu'il dit que l'univers connu
des Anciens, était trop petit pour l'ambition des
Romains, puisqu'ils furent obligés d'aller chercher
au-delà des mers un autre monde pour en faire la
conquête : *ultrà Oceanum orbem, et usque ad Bri-
tannias inacessas prius arma et exercitum transtule-
runt.* FLAV. JOSEPH, de Bel. Gal., Liv. II, ch. XVI.

Dion raconte que l'armée romaine sous les ordres
de Plautius, fit beaucoup de difficultés pour passer
en Angleterre, parce que les soldats ne voulaient
point aller combattre au-delà de l'univers : *quod
extra orbem terrarum belli geraturi indignabantur.*
Dio, Lib. LX.

Le nom de Morins, suivant les auteurs qui ont
écrit sur ce sujet, vient du mot celtique *mor* ou
mar, qui signifie mer ; mais une pareille dénomination appartiendrait à tous les peuples maritimes
de la Gaule. Il paraît plus convenable de faire dériver ce nom du terme celtique *mor*, marais ; d'autant plus que César fait observer que, de son temps,
la Morinie était un pays plein de marais (1) et couvert de bois, où les habitans allaient se réfugier
lorsqu'ils étaient repoussés par les troupes romaines, parce que là, ils étaient à l'abri de leurs
coups.

Jacques Lemarchand, de Furnes, dans un ou-

(1) Les marais ou moires près Dunkerque, appelés *Moeren*, sont
un reste de ces marécages antiques.

vrage sur les choses les plus remarquables de la Flandre (1560), dit qu'il est évident que le nom de Morins vient des grands marais, que l'on appelle en Flamand *moeren* : *Morinos Oceano britannico finitimos et paludibus quæ* mœren *vulgo appellantur obscurum non esse arbitramur.*

Liévin Lemne, originaire de la Zélande, dans son livre des Secrets de la Nature, de l'an 1550, pag. 170, dit que *c'est du mot flamand* moer, *qu'ont prins leur nom les champs et marescages moriniens, et les Morins, jadis les extrêmes habitans de la terre.*

Tout concourt à faire penser que cette extrémité du continent des Gaules était originairement jointe avec l'Angleterre par un isthme, qu'un bouleversement opéré dans cette partie du globe aura précipité dans les gouffres de l'Océan, pour former le *fretum gallicum,* ou le détroit qui porte aujourd'hui le nom de *Pas-de-Calais;* mais il ne m'est pas permis d'entrer dans des détails à ce sujet, et je renvoie, pour cela, à l'ouvrage de M. Desmarets (1), et au savant ouvrage de M. Henry, de Boulogne (2), qui m'a été d'une grande utilité pour ce qui regarde cet article.

Le pays des Morins formait une des grandes cités de la Gaule-Belgique, c'est-à-dire, un arrondisse-

----

(1) Dissertation sur la jonction de l'Angleterre à la France (1751).
(2) Essai historique, topographique et statistique sur l'arrondissement communal de Boulogne-sur-Mer; 1810.

ment habité par un peuple qui se conduisait par des coutumes particulières, qui avait son administration propre et le droit de s'assembler et d'envoyer des députés aux assemblées générales où l'on discutait les intérêts de la nation.

L'origine des Morins, comme celle de tous les peuples de la Gaule, se perd dans la nuit des temps, quoiqu'on ait voulu prétendre qu'ils descendaient des Cimbres et des anciens Saxons : eux-mêmes n'avaient aucune connaissance de l'époque de leur établissement dans le pays qu'ils habitaient; ils se croyaient descendus de Pluton, et dans cette persuasion, ils comptaient les mois et les années par le nombre de nuits (1).

Comme les autres Celtes, ils furent d'abord nomades; ils ne bâtissaient ni maisons, ni cabanes; ils passaient leur vie sur des charriots, et ne s'arrêtaient dans une contrée, qu'aussi long-temps qu'ils trouvaient de quoi faire subsister leurs troupeaux.

Lorsqu'ils se fixaient dans un pays, chaque particulier s'établissait dans une forêt, au pied d'une colline, le long d'un ruisseau, au milieu d'une plaine, selon son goût pour la chasse, la pêche, ou la culture.

Il est constant qu'à l'arrivée des Romains dans cette contrée, les peuples qui l'habitaient en étaient en possession depuis long-temps, puisqu'ils s'y

---

(1) César, *de Bell. Gal.* Lib. VI.

étaient multipliés au point d'envoyer des colonies sur la rive opposée, pour y former des établissemens (1).

Les limites des Morins étaient, au midi, bornées par les terres des Amiénois et des Atrebates, par la rivière du Canche et une partie du cours de la Lys; à l'orient, par les Ménapiens; au couchant et au nord, elles avaient l'Océan.

« Menapiis contermini sunt ad mare Morini. » (STRABON.) »

Caractère des Morins.

Les Morins, comme les autres peuples de la Gaule, étaient forts, blancs et de taille haute; leurs cheveux étaient blonds, et ils les rendaient extrêmement roux en les lavant fréquemment dans une lessive de chaux (2). Cette préparation les épaississait tellement, qu'ils ressemblaient aux crins de leurs chevaux. Pour rendre leur chevelure plus apparente, ils la relevaient et la nouaient sur le sommet de la tête, d'où ils la faisaient retomber sur le front et les tempes. Les plus distingués d'entr'eux se rasaient les joues, et portaient des moustaches qui leur couvraient entièrement la bouche (3). Ils aimaient extrêmement les querelles, et étaient excessivement vains. Plusieurs étrangers réunis n'auraient pu soutenir les efforts d'un seul d'entr'eux,

(1) César. de Bell. Gal. Lib. IV.
(2) Amm. Marcel. Lib. XV.
(3) Dio. Sical. T. I.

avec lequel ils se seraient pris de dispute. Ils aimaient singulièrement la propreté ; de sorte que, parmi eux, il n'y avait ni hommes, ni femmes, vêtus de haillons ni d'habillemens mal-propres.

Mœurs et Usages.

César (1) rapporte que la personne d'un étranger était un objet sacré pour les Gaulois ; que toutes les portes lui étaient ouvertes, et qu'il avait le droit de prendre place à toutes les tables ; qu'aux jours de fêtes ils assemblaient leurs voisins, et lors du départ de leurs convives, ils s'informaient en quoi ils pouvaient leur être de quelqu'utilité. Le même auteur nous apprend encore qu'ils ne pouvaient souffrir le mensonge ni la supercherie ; qu'en cela ils se faisaient honneur d'imiter leurs pères, qui avaient toujours méprisé la ruse, ne comptant jamais que sur leur valeur.

Ils étaient les défenseurs de l'opprimé, et lorsqu'ils apprenaient que quelques-uns de leurs voisins ou de leurs alliés étaient attaqués, ils volaient généreusement à leur secours, et après les avoir délivrés de l'oppression, ils leurs préparaient un festin, dans lequel ils renouvelaient leur alliance, et resserraient les nœuds de leur ancienne amitié (2).

_____

(1) César, de Bell. Gal. Lib. VI.
(2) Pont. Heut., de Ant. Belg. Lib. I, c. 10.

Costumes.

Il ne reste aucun monument qui puisse faire connaître avec certitude la manière dont les Gaulois et
les Morins en particulier se vêtissaient, avant que les
Romains eussent fait la conquête de leur pays. Il est
à présumer que ces peuples nomades avaient pour
vêtemens les peaux des bêtes qu'ils tuaient pour se
nourrir; que dans la suite, ils parvinrent à donner
à cette manière de se vêtir une forme très-singu-
lière, faisant avec ces peaux des habits, dont les
poils longs et tournés en-dehors cachaient les cou-
tures.

Cet accoutrement, la bizarrerie de l'arrangement des cheveux et de la barbe de ces habitans
de la Gaule, leur regard farouche, donnaient aux
hommes vêtus de la sorte, un air terrible et féroce,
qui devait en imposer singulièrement aux peuples
policés, qui ne connaissaient point l'artifice d'un
pareil déguisement.

Dans la suite, les Belges portèrent une tunique
très-courte, ouverte sur le devant, avec des manches longues et serrées jusque sur les poignets;
par-dessus ils mettaient *le sagum* (1), espèce de
sayon ou hoqueton rayé, sur lequel on voyait bril-
ler l'or (2). La couleur favorite des Gaulois était le

(1) Strabo. Lib. IV.
(2) Virgil Énéid. L. VIII.

brun (1) ; ils se couvraient la tête d'un bonnet (2).

L'habillement des femmes consistait en une tunique longue, sans manches, recouverte d'un sagum. C'est de cette manière que les représente une médaille d'Adrien, citée dans le *Thesaurus brandburg*, pag. 11, fol. 657.

Les hommes et les femmes portaient des colliers, des chaînes, des bracelets, des bagues et des ceintures d'or, qui rehaussaient la blancheur éclatante de leur carnation.

« . . . . . . tum lactea colla
» Auro innectuntur (3) ».

Langage et Écriture.

César, au commencement de ses Commentaires, dit que les trois divisions de la Gaule, qu'il nomme *Celtique*, *Belgique* et *Aquitanique*, avaient chacune leur langue particulière, auxquelles il ne donne aucune dénomination ; mais ce conquérant, qui ne connaissait pas la langue des Gaulois, ni par conséquent celle des Morins, prenait sans doute pour autant de langues distinctes, tous les dialectes de la langue celtique, la seule en usage parmi les peuples de la Gaule. Ce langage avait quelque

---

(1) Martial, L. XIV, Epigram. 129.
(2) Montfaucon, *Antiquité dévoilée*.
(3) Virg. Enéid. L. VIII, v. 660 et 661.

chose de bien dur et de bien désagréable pour l'organe des Romains.

Par le commerce, ils prirent connaissance des signes dont les Grecs se servaient pour représenter leurs idées. Ils les adoptèrent pour prendre des notes uniquement relatives à leurs affaires publiques et particulières ; car il leur était défendu de mettre en écrit aucune chose relative à la religion, aux lois ou à l'histoire de leur pays : c'est ce que César nous apprend.

Malgré cela, il est certain cependant que les sciences étaient cultivées avec succès dans les Gaules (1). D. Rivet, dans son Histoire littéraire de la France, tome I, s'exprime ainsi : « La plus » grande partie des Gaules, dit Caton, dans Chari- » sius, possède deux avantages par excellence, *l'art* » *militaire, et le talent de parler avec grâce et avec* » *esprit. Pleraque gallia duas res industriosissime* » *consequitur, rem militarem et argute loqui.* »

Les lettres ne furent par conséquent point étrangères à la Morinie. M. Henry de Boulogne, dans son ouvrage déjà cité, prouve qu'à différentes époques, elle a produit des personnages d'un grand mérite.

C'est particulièrement dans la jurisprudence que se sont distingués les savans de ce pays, surtout vers le douzième siècle ; et l'historien de Calais dit que des études des hommes éclairés de ce temps-

---

(1) Voyez l'*Histoire des Gaules*, de Dom Bouquet.

là, « il résulte des connaissances extrêmement uti-
» les à la société, et des réglemens fondés sur des
» principes si judicieux et si bienfaisans, qu'ils ont
» fait la base sur laquelle ont été établies par la
» suite les coutumes et toute la jurisprudence sui-
» vies dans la France ; qu'avant la rédaction de la
» coutume de Paris, on faisait usage de la juris-
» prudence pratiquée dans le Boulonnais ; ce qui
» a duré jusqu'à la prise de Calais, en 1347. »

Gouvernement.

Le gouvernement libre des Morins était aristo-
démocratique. Chaque année, on procédait à l'é-
lection de deux principaux magistrats, dont l'un
était chargé de l'administration civile, et l'autre du
gouvernement militaire.

Chaque cité, chaque canton, chaque ville, chaque famille même, étaient divisés en factions, dont
les chefs avaient toujours la plus grande autorité,
et auxquels les siens obéissaient aveuglément ; ce
qui fait dire à César, qu'il semblait qu'on eût introduit cette pratique pour défendre les petits contre
l'oppression des grands ; car chacun avait soin de
protéger ceux de son parti, pour ne point perdre
son autorité (1).

Il n'était pas permis de s'entretenir des affaires
d'État, sinon dans les conseils de guerre, où l'on

(1) César, de Bel. Gal. L. VI et VII.

devait s'assembler armé de toutes pièces, comme s'il avait fallu marcher au combat; et celui qui arrivait le dernier était mis à mort (1).

Après la conquête des Gaules, César conserva aux villes leurs lois, leurs magistrats, leur administration particulière, et favorisa surtout le gouvernement populaire.

Religion.

La religion des Gaulois, au dire de César, était à-peu-près la même que celle des Romains; c'est-à-dire qu'ils donnaient à leurs dieux des fonctions et des attributs analogues à ceux des divinités du peuple Romain; car les dieux des Gaulois, avant que César ne pénétrât chez ces peuples, devaient être inconnus aux autres nations de l'Europe, puisque Lucien, dans un de ses dialogues, fait dire à Mercure : « Qu'il ne sait comment s'y prendre pour » inviter les dieux des Gaulois de se trouver à l'assemblée des autres dieux; parce que, ne sachant » point leur langue, il ne peut les entendre ni se » faire entendre d'eux. »

Les Gaulois rendaient un hommage particulier à Mercure, qu'ils appelaient *Theutates* ; ils le regardaient comme l'inventeur de tous les arts, le guide des voyageurs et le distributeur des dons de la fortune.

---

(1) César, *Com. de Bel. Gal.* L. V.

Apollon ou le Soleil, sous le nom de *Belenus*, de *Mithra*, ou de *Mithyr*, était leur Esculape.

Il y avait encore beaucoup d'autres divinités, qu'il serait trop long d'énumérer ici.

Les trois points fondamentaux de leur religion étaient : 1.º de rendre aux dieux les hommages qui leur sont dus ; 2.º de s'abstenir de tout mal ; 3.º enfin, d'être ferme et courageux dans toutes les circonstances.

Ils poussaient la superstition si loin, que, pour obtenir de leurs dieux le rétablissement de leur santé, et pour éloigner les dangers dans les combats et partout ailleurs, ils immolaient des victimes humaines, croyant que, pour obtenir des dieux la vie d'un homme, il leur fallait le sacrifice d'un autre homme (1).

Pour accomplir leur vœu, ils se servaient quelquefois du ministère de leurs prêtres, qui leur avaient inculqué ces principes abominables ; d'autres fois, ils formaient des mannequins d'osier, auxquels ils donnaient la forme et l'attitude d'un homme d'une grandeur énorme (2); puis, remplissant la capacité intérieure de cette machine d'hommes vivans, ils y mettaient le feu, et faisaient périr de cette manière tous ceux qui s'y trouvaient renfermés. C'étaient des scélérats et des voleurs qui étaient pris de préférence, parce qu'ils se persuadaient que leur supplice était agréable à la Divinité.

---

(1) César, *de Bel. Gal.* L. VI.
(2) César et Strabon, Géograph. L. IV.

Les prêtres des Gaulois s'appelaient *Druides*. On les rangeait en plusieurs classes, chargées de fonctions différentes, et ayant chacune leur dénomination particulière ; les *Bardes* célébraient, par des chants, les exploits glorieux des héros de la nation ; les *Eubardes* exerçaient la médecine et s'occupaient de la philosophie ; les *Saronides* étaient chargés de l'éducation de la jeunesse et de l'interprétation des lois ; les *Vates* offraient les sacrifices, et dirigeaient tout ce qui avait rapport à la religion.

Les Druides avaient une autorité si absolue, que jamais on n'entreprenait aucune chose avant de les avoir consultés. Si quelqu'un refusait d'obéir à leurs décisions, il était frappé d'anathême, et personne n'osait le fréquenter. Les principaux dogmes qu'ils publiaient, étaient l'obligation d'assister à leurs instructions et aux sacrifices ; de ne point révéler les mystères de leur religion, et de ne point les discuter. Ils punissaient le larcin, l'oisiveté et le meurtre ; ils prescrivaient les sacrifices des victimes humaines, lorsque l'État était en péril ou menacé ; ils accordaient aux pères de familles le droit de vie et de mort sur leurs enfans ; ils insinuaient aux peuples qu'ils avaient le pouvoir de changer de forme et de voyager dans les airs ; ils consultaient les entrailles des victimes pour se procurer la connaissance de l'avenir ; ils prétendaient encore acquérir cette connaissance en immolant des hommes de la manière la plus cruelle, et dont le récit inspire l'horreur.

Rien n'était si sacré aux yeux des Druides que le
gui (1), et l'arbre qui le porte, pourvu que ce fût
un chêne ; c'est pourquoi ils employaient, dans
toutes les cérémonies, des couronnes de feuilles de
chêne, ayant pour principe que tout ce qui croît
sur cet arbre vient des cieux, et que c'est une
marque que Dieu même a choisie (2).

En conséquence de ce principe, les Druides, accompagnés de tout le peuple gaulois, choisissaient,
en grande cérémonie, le plus beau chêne qui se
trouvait dans leurs forêts; ils environnaient le tronc
de cet arbre d'un massif en forme triangulaire, et
décoraient cet autel.

La cérémonie du gui se faisait encore avec plus
de solemnité : le premier jour de l'an (3), les Druides
quittaient leurs retraites, parcouraient les campagnes, et préparaient sous l'arbre qui le portait, un
festin ; et un prêtre, revêtu d'une robe blanche,
montait sur l'arbre, coupait le *gui* avec un tranchant d'or, et on le ramassait dans un *sagum*
blanc; ensuite on sacrifiait des taureaux blancs,
et l'on conjurait la Divinité de faire que son présent
portât bonheur à ceux qui en seraient honorés (4).

(1) Le gui est une plante parasite, qui croît sur les branches d'un
grand nombre d'arbres différens, tels que les pommiers, les poiriers,
l'orme, le chêne.
(2) Pl. L. XVI, c. xliv.
(3) Le premier jour de l'an, des mois et des siècles, commençait
toujours par le sixième jour de la lune.
(4) Pl. L. XVI, c. xliv.

Sur la fin du deuxième siècle du Christianisme,
on vit quelques missionnaires qui, à leur retour
d'Angleterre, firent des prédictions dans le pays des
Morins.

Il s'en fit aussi dans les autres parties des Gaules,
de sorte que la première religion de ces peuples
s'oublia peu-à-peu. C'est vers l'an 362 que l'on
trouve pour premier évêque de Boulogne (*pagus
bononiensis*) Victrice, Nervien d'origine, suivant le
témoignage de saint Paulin, évêque de Nole.

En 530, saint Remy envoie Antimundus pour occuper le siége épiscopal de Terrouenne et celui de
Boulogne.

Industrie.

La quantité de bêtes féroces dont les forêts de la
Morinie étaient remplies, fit de la chasse une occupation indispensable pour les habitans. Cet exercice, en opérant la destruction des animaux nuisibles qui répandaient de tous côtés la crainte et l'effroi, procurait aux hommes qui s'y livraient, une
force, une légèreté et une hardiesse qui les rendirent la terreur des nations et leur donnèrent un goût
passionné pour la guerre. Cet art meurtrier devint
pour les Gaulois un besoin qui les obligeait de
quitter leur famille et d'abandonner la culture de
leurs terres, pour aller combattre au loin lorsque
l'occasion leur manquait dans leur pays (1).

(1) Strabon, L. IV. Cés. *Comm. de Bel. Gal.* L. IV.

Par ce moyen, ils acquirent une telle réputation de bravoure et de courage, que tous les potentats se glorifiaient d'avoir des Gaulois dans leurs armées; et cette coutume était si généralement répandue, qu'il était passé en proverbe que, dans toutes les batailles, il y avait des soldats de cette nation : *Nullum bellum sine milite gallo* (1).

Toujours ils étaient prêts à marcher contre ceux qu'ils soupçonnaient seulement de vouloir attenter à leur liberté, de laquelle ils étaient extrêmement jaloux.

C'est avec la massue que les Morins, comme les autres peuples nomades, commencèrent à se défendre contre les animaux destructeurs qui infestaient leur pays. Ils eurent ensuite le *gæsum*, espèce de javelot qu'ils maniaient avec une dextérité étonnante, et qu'ils lançaient d'une main si sure qu'ils en perçaient les oiseaux (2); ils se servaient aussi de piques, de dards, et de longues épées sans pointe (3).

Ils avaient pour armes défensives, le bouclier de forme ovale ou octangulaire, et le casque surmonté de hauts panaches, et décoré de têtes d'oiseaux ou d'autres animaux. La cavalerie était armée de lances et de haches.

Jamais les Gaulois n'abandonnaient leurs armes:

(1) Strabon, L. IV. Cés. *Comm. de Bel. Gal.* L. IV.
(2) Strabon, L. IV.
(3) Tit.-Liv. *Decas.* L. VIII.

ils les portaient dans leurs assemblées, dans les festins, dans les négociations, et jusque dans le tombeau.

Les grands seigneurs belges combattaient sur des charriots armés de faux, tirés par deux ou quatre chevaux (1). Ils portaient le désordre dans l'armée ennemie, en lançant des traits de tous côtés; puis ils mettaient pied à terre et se servaient de leurs épées.

Pendant que les uns s'occupaient de la destruction des animaux malfaisans qui ravageaient les campagnes, que d'autres faisaient la guerre aux ennemis de leur liberté et de leur repos, les autres veillaient à la conservation des troupeaux qu'ils élevaient; et ce ne fut que vers l'an 600 avant l'ère chrétienne, qu'ils commencèrent à s'adonner à la culture des terres.

Cultivant le lin, ils surent le tisser; ils coloraient les étoffes, et ils y figuraient des fleurs et des feuillages : tous les auteurs s'accordent sur ce fait (2).

La manière dont les Morins disposaient et façonnaient leurs habitations, peut encore se reconnaître aujourd'hui dans la plupart des bâtimens de nos campagnes, et principalement dans la construction des huttes que les marchands de bois font dans les forêts pour s'y loger et y retirer les choses néces-

---

(1) Mela. L. III, C. v.
(2) Strabo., Diod., Sicul., Plin.

14

saires à leur exploitation. On y retrouve ces cabanes de bois et de claies, couvertes de chaumes et de roseaux, telles que Strabon les dépeint (1); et celles que Vitruve dit que l'on élevait au moyen de fourches entrelacées de branches, enduites de terre grasse, sur lesquelles on établissait des toits inclinés, pour faciliter l'écoulement des eaux.

Commerce.

Il est certain qu'à l'arrivée des Romains dans ce pays, les habitans étaient en relation de commerce avec les Bretons, puisque César dit qu'il assembla les marchands qui trafiquaient sur la côte d'Angleterre, pour tirer d'eux quelques connaissances sur la grandeur de l'île, le nombre de ses habitans, etc.; mais ceux-ci lui avouèrent qu'ils ne pénétraient jamais dans l'intérieur du pays, parce que les Bretons ne le leur permettaient pas, et que par cette raison ils ne pouvaient satisfaire sa curiosité.

Strabon (2) indique les marchandises que les Morins transportaient en Angleterre : il dit que c'étaient des étoffes de laine, fabriquées dans le pays, et des viandes salées; qu'ils rapportaient au retour, des blés, des pelleteries, de l'étain, du plomb, de l'or, de l'argent et de l'*electrum* (3).

(1) Strab. Lib. IV.
(2) *Ibid.*
(3) Cet *electrum* était sans doute le succin ou l'ambre, dont on connaissait déjà alors la propriété d'attirer les corps légers par le frottement.

Ils en rapportaient aussi des vases de verre, de l'ivoire ouvragé, des esclaves et des chiens de chasse.

Pline indique encore une branche particulière du commerce des Morins.

Il dit que, dans ce pays, on élevait des oies en grande quantité, et que les marchands les conduisaient par troupeaux jusqu'à Rome : *les conducteurs des oies les chassaient devant eux, et ils faisaient marcher les plus fatiguées devant les autres, pour que celles-ci les fissent hâter.* Ce passage de Pline, joint à la tournure qu'il donne aux moyens dont les conducteurs de ces oiseaux se servaient pour accélérer la marche du troupeau, pourrait être pris pour une plaisanterie, si l'auteur lui-même ne faisait connaître combien les Romains et les Grecs estimaient les foies des oies.

Navigation.

Quant à la navigation des Morins, elle n'était pas plus perfectionnée que celle des autres peuples navigateurs de ces anciens temps; cependant, d'après César, leurs vaisseaux offraient plus d'avantages que les vaisseaux romains; ayant le fonds plat, ils étaient moins sujets à la dérive, et ils pouvaient mieux tenir la mer, tant à cause de leur solidité, que parce qu'ils étaient construits en bois de chêne et que leurs bords étaient élevés. Leurs voiles étaient faites en peaux molles et bien passées, soit

14*

faute de toile (1), soit pour mieux résister à la tempête.

Les Morins avaient trois ports sur l'Océan, dont César fait la description ; l'un est le *portus Iccius*, d'où il fit voile pour ses expéditions dans la Grande-Bretagne.

Les sentimens sur la situation de ce port ont été long-temps partagés ; cependant la plupart des auteurs cherchent à prouver qu'il existait près de Boulogne, et que ses restes se trouvent au *Portel*, anse de mer vers le sud, à une demi-lieue de cette ville, et tout proche des ruines de l'ancien *Gessoriacum*.

L'autre port, plus avant (*ulteriorum portum, Jules-César*), où devait s'embarquer la cavalerie de Jules-César, était à Ambleteuse (*Ambletosa*), encore petite ville du département du Pas-de-Calais, et où Jacques II aborda, en 1688, après sa sortie d'Angleterre.

Le troisième port, situé un peu au-dessous du port Iccius (*paulo infra*), est l'endroit où se retranchèrent deux vaisseaux de transport de la flotte romaine. Ce port était où est Étaples (*Stapulæ*), à l'embouchure de la Canche. (Voyez la carte du pays des Morins).

---

(1) Les habitans de Vannes surtout avaient de ces voiles.

(JUL.-CÉS.)

Économie rurale.

L'état de civilisation dans lequel les Romains trouvèrent la Morinie, lorsqu'ils vinrent en faire la conquête, ne laisse aucun lieu de douter que les habitans n'aient eu dès-lors quelques connaissances agricoles. Sa population nombreuse, si l'on en juge par le contingent de vingt-cinq mille hommes, que les Morins fournissaient pour la défense du pays (1), et la facilité que César y trouva pour la subsistance de ses troupes, sont des preuves certaines que l'on y faisait des récoltes abondantes en grains. On y cultivait aussi le lin (2).

Les Romains, passionnés pour l'agriculture au point de lui ériger des autels, et des prêtres nommés *Arvales,* du nom des champs, *Arva ;* les Romains, qui surent tirer le meilleur parti possible de leurs conquêtes, n'épargnèrent rien pour faire fleurir ce bel art, cet art nourricier, dans la Morinie (3).

Dans l'administration sage et éclairée de M. Agrippa, en l'année 726 de Rome, correspondante à la vingt-huitième de l'ère chrétienne, on voit

_____

(1) Cés. *Comm.* L. I, *de Bel. Gal.*

(2) Pline, L. XIX, C. 1.

(3) Divers empereurs firent porter à grands frais des végétaux de l'Italie et de la Grèce dans la Morinie ; et c'est à Claudius que nous devons le platane, qui fait l'ornement des habitations du Boulonois, entr'autres, où on le cultive avec soin.   (PLIN. L. XII, C. 1.)

(214)

que l'agriculture de ce pays était à son plus haut degré de splendeur, puisque le sol de toutes les Gaules était aussi riche et aussi fertile que celui de l'Italie (1). L'histoire fait encore mention de cet état florissant de l'agriculture, sous le règne de Marc-Aurèle, vers la fin du deuxième siècle du Christianisme; mais on le voit s'éclipser vers le commencement du cinquième, lorsqu'un essaim de barbares sortis des pays septentrionaux, vint fondre sur cette contrée, ravageant et détruisant tout ce qui se trouvait sur son passage. Les habitans, obligés d'abandonner leur patrie pour chercher un asile contre ce fléau dévastateur, quittèrent avec regret une terre malheureuse, sur laquelle ils ne trouvaient plus que la désolation et la mort.

La retraite des habitans tarit la source des richesses et de l'abondance qui coulait dans ce pays. Près de quatre siècles s'écoulèrent dans la stupeur et l'engourdissement, et ce ne fut que vers le milieu du septième siècle, avec la formation des établissemens claustraux, dans lesquels les moines s'occupèrent à défricher la terre, que ce pays se couvrit de nouveaux trésors.

Vers la fin du huitième siècle, sous le règne de Charlemagne, l'agriculture reparut avec tout l'éclat qu'elle avait eu précédemment; mais une nouvelle irruption de Nord-Mans, et le régime féodal qui la suivit, ensevelirent la Morinie sous des monceaux

(1) Dio. L. XLIV.

de ruines, et la replongèrent pour long-temps dans les ténèbres de l'ignorance.

Ce n'est que vers la fin du dix-septième siècle que l'on voit l'art de cultiver la terre s'y relever un peu.

Voyez au Chapitre III de cette partie, pour ce qui concerne les progrès récens de l'agriculture, dans ce pays.

§ III. Faits chronologiques ayant rapport à la Morinie, jusqu'à l'arrivée des Francs.

Les Morins, les Ménapiens, les Nerviens, les Atribates, etc., se gouvernaient aristocratiquement; l'autorité, comme on sait, était toute entière entre les mains des Druides et des Chevaliers : la fertilité du sol, le courage des habitans, l'importance de la population, firent apprécier aux Romains tous les avantages de la possession de ces contrées ; aussi pendant l'espace de cinq cents ans qu'ils s'y sont maintenus, n'ont-ils rien négligé pour se concilier la confiance des peuples, auxquels ils avaient d'ailleurs conservé leurs usages et leurs privilèges.

César (1), après avoir battu les Helvétiens, qui voulaient pénétrer dans la Gaule pour s'y établir, entre dans la Belgique. Les guerriers belges, fiers d'avoir repoussé quelques années auparavant l'invasion des Cimbres et des Teutons, ne voulurent pas même garder la défensive et allèrent assiéger

(1) Cinquante-huit ans avant l'ère chrétienne.

Bibrax (Bièvre), capitale des Rémois, alliés des Romains : mais César divisa les ennemis par des manœuvres habiles, et les soumit, excepté les *Morins*, les *Atribates* et les *Nerviens*.

Pour se venger de leur résistance, il ravage et brûle tout le pays ; mais ne pouvant les forcer dans leurs retranchemens, il se retire pour établir ses quartiers d'hiver.

An 57
Av. J.-C. Les Belges rassemblent de nouveau une puissante armée, César tombe sur leur arrière-garde, la défait ; le gros de l'armée se disperse, et chaque contingent prend la route de son pays.

César les poursuit et les taille en pièces. Cette victoire met la Belgique sous la domination romaine, sauf la Morinie et le pays des Atribates.

56. César marche contre les Morins et les Ménapiens, qu'il ne peut réduire sous son obéissance ; ce ne fut qu'à l'extrémité qu'une partie de leur canton (les habitans du Boulénois (*gesauriacum pagus*) lui envoyèrent des députés pour faire des excuses du passé et des promesses pour l'avenir ; l'autre partie des Morins, qui habitait le pays que l'on comprenait, il y a quelque temps, dans le diocèse d'Ypres, persistait à défendre sa liberté avec les Ménapiens et les Nerviens. Ainsi réunis, ils allèrent au-devant des Romains et se campèrent hardiment proche de leur armée. La bataille qu'ils livrèrent à ces fiers ennemis, sur les bords de la Sambre, pensa arrêter le cours de leurs victoires, dont la rapidité pouvait être attribuée à la désunion des Gaulois.

L'armée de César en fut si diminuée, qu'il se vit obligé de retourner en Italie avant la mauvaise saison, pour y faire des recrues.

César, après une campagne de dix-huit jours   55. dans la Germanie, revient dans la Gaule et arrive dans la Morinie : il fait reconnaître les côtes anglaises par Volusenus, et donne ordre de rassembler tous les vaisseaux dans les ports moriniens.

Départ de la flotte romaine, le 26 août vers minuit, au nombre de quatre-vingts vaisseaux de transport. César, afin de dompter les Morins, laissa le reste de son armée à Q. Titurius Sabinus et à L. Aurunculeius Cotta, ses lieutenans, avec ordre de passer dans leur canton et dans le pays de Ménapiens, dont il n'avait point encore reçu de députés, et aussitôt qu'il fut de retour de l'Angleterre (environ dans le mois de septembre), il envoya des troupes fraîches à *Labienus*, qui, enfin, força les Morins à se rendre.

Trois cents hommes embarqués sur deux vaisseaux portés un peu au-dessous du Portus-Iccius, sont attaqués par les Morins ; Labienus vient les délivrer. César réunit le pays des Morins à celui des Atribates, qu'il exempte de tout tribut.

Les Gaulois profitèrent des troubles occasionnés   52. à Rome, par la mort de *Clodius*, pour secouer le joug des Romains. Siége d'*Alésie* par les Romains ; les Gaulois envoient, au secours de cette place, une armée de deux cent cinquante-huit mille hommes, dont les Morins fournissent un contingent de cinq mille, et les Atribates de quatre mille.

César ordonne aux légions, en quartier d'hiver dans la Morinie, de le suivre à Trèves, où il les passe en revue. Il laisse Q. Pedius dans la Morinie.

45.   César, après avoir soumis les Gaules, retourna à Rome. L'histoire nous apprend comment il y perdit la vie, lès troubles de Rome et les guerres civiles des Triumvirs.

Pendant tous ces troubles, qui durèrent une quinzaine d'années, les lieux circonvoisins de Cassel se trouvèrent assez tranquilles sous la direction des gouverneurs romains qui y avaient été placés, et particulièrement sous celle de Quintus Métellus Celer, qui fit assez long-temps sa résidence sur les côtes maritimes de Dunkerque, occupées par des Morins nommés Diabintes ; et sous celle du proconsul *Carinas*, qui établit sa demeure à Cassel, un des lieux principaux du pays Morin, à l'époque de la naissance de Jésus-Christ, et qui y régla, sous les ordres d'*Auguste*, de quelle manière les peuples des Pays-Bas seraient gouvernés, et quel serait le tribut qu'ils payeraient tous les ans à l'Empire.

27.   Agrippa fait construire des grandes routes dans la Morinie.

15.   Auguste envoie dans la Morinie une colonie de vétérans de troupes romaines.

13.   Révolte dans la Morinie, occasionnée par les vexations des préposés au recouvrement des impôts. Elle est apaisée par la conduite sage et prudente de *Nero Claudius Drusus*, gouverneur du pays.

Nouvelles peuplades envoyées chez les Morins. 4 (1).
Le mélange de ces étrangers avec les indigènes
altère le langage, et forme un idiôme composé dont
il reste encore des traces dans le pays.

A la mort d'Auguste, qui arriva la quinzième   15.
année de Jésus-Christ, le Pays-Bas passa sous le
pouvoir de Tibère.

Germanicus fait équiper une flotte dans la Bel-   16.
gique et dans la Morinie, pour une expédition dans
la Germanie.

Nouvelle révolte à cause des impositions.   20.

Les Gaules sont ravagées par les nations voisines.   26.

Après *Tibère*, *Caligula*, devenu empereur, vint   38.
en Flandre avec une armée prodigieuse, au moyen
de laquelle il ravagea et pilla les plus belles provinces du Pays-Bas.

Claudius, son successeur, y tint long-temps   43.
aussi une puissante armée. Il envoie le platane
pour former des plantations dans la Morinie. Il
abolit la religion des Druides.

Après *Claudius*, *Aulus Plantius*, sénateur romain et gouverneur des Pays-Bas, fit passer en
Angleterre une grande partie de ses troupes, pour
achever de la réduire entièrement.

Il serait trop long de dire ce qui se passa sous   50.
Sanguinius Maximus, successeur de *A. Plantius*,
et qui mourut en l'an 50 de Jésus-Christ.

Domitius Corbulon, grand observateur de la   58.

_____

(1) Ère chrétienne.

discipline militaire, qui gouverna la Flandre, tant sur la fin du règne de *Claude*, que sous celui de *Néron*, son successeur, avait laissé de si bons ordres dans le Pays-Bas, avant d'en sortir, que la tranquillité s'y conserva durant le règne de *Néron*, malgré tous ses désordres : mais la mort de cet empereur y fit succéder les troubles au repos ; car *Galba*, élevé à l'Empire par ses soldats, mécontenta tellement les légions de la Germanie, qui comprenaient aussi celles de la Flandre, qu'elles rompirent le serment qu'elles lui avaient prêté, et saluèrent César, *Vitellius*, gouverneur de la Basse-Germanie.

Vitellius, qui avait conquis la souveraine puissance par la défaite d'*Othon*, fut tué par les soldats de *Vespasien*, qui devint son successeur, et régna paisiblement une dizaine d'années. Au bout de ce temps, il laissa, par sa mort, l'Empire à *Tite*, son fils, dont la douceur fit sentir plus vivement la cruauté de *Domitien*, héritier de la souveraineté de son frère. *Domitien*, régnant tyranniquement, fut tué, et Nerva fut élu à sa place ; celui-ci adopta *Trajan*, qui régna après lui.

121.   Ce fut sous le règne de cet empereur, et vers la fin du premier siècle, que la religion chrétienne commença à se répandre dans les pays septentrionaux, par le zèle de trois évêques de Trèves, qui vinrent successivement les premiers dans les Pays-Bas, pour y prêcher l'évangile.

Trajan, après avoir été sur le trône vingt ans

environ, laissa, par son décès, l'empire à *Adrien*.

Cet empereur, dans son voyage d'Angleterre, passa par le pays des Morins; il y séjourna long-temps, y rétablit la justice, et ordonna qu'elle s'y exercerait suivant le droit romain, qui, depuis, s'y est toujours observé. L'établissement de ces lois romaines dans les Pays-Bas, en rendit les habitans assez soumis, et les maintint dans un assez grand calme, l'espace de cent soixante années, sous les vingt-cinq empereurs qui régnèrent successivement jusqu'à *Probus*, sous lequel ces peuples se révoltèrent; mais il sut bientôt les ranger dans le devoir. (277).

Durant ces cent soixante années, on a noté, comme remarquable pour la Morinie, les faits suivans :

Antonin, successeur d'*Adrien*, visite les ports des Morins et fait des préparatifs contre l'Angleterre. 138.

Avitus, évêque de Tongres, se réfugie chez les Morins. L'agriculture et le commerce sont florissans dans la Morinie. 170.

Persécutions contre les Chrétiens. Premiers martyrs dans la Morinie. 174.

Les Morins se révoltent à cause des vexations exercées par les Romains; mais bientôt ils redeviennent alliés de leurs persécuteurs. 187.

Établissement du Christianisme dans ce pays. 196.

Arrivée de Sévère dans la Gaule. L'armée est rassemblée à Reims. L'infanterie vient dans la Mo- 208.

rinie, par Terrouenne et Tournehem, pour passer en Angleterre.

211.   Septime-Sévère meurt à Yorck, le 4 février. Ses cendres sont rapportées dans le pays des Morins, pour être transférées à Rome. État florissant de la Morinie.

223.   Les Morins se ressentent des bonnes intentions d'Alexandre-Sévère, fils de Julie Mammée : ils voient leurs habitations repeuplées, leurs campagnes cultivées; le bonheur et la prospérité règnent dans la Morinie.

249.   Irruption des Francs dans la Gaule.

277.   Après Probus, il arrive au pays Morin ce qui suit :

291.   La Morinie, se trouvant dépeuplée par les ravages des barbares, Maximien donne aux Francs des terres de ce pays à cultiver.

307.   Les Flamands, qui ont toujours été extrêmement jaloux de leur liberté, se révoltent encore sous Constantin-le-Grand, premier empereur chrétien, qui sut d'abord les remettre dans l'obéissance.

314.   Division de la Gaule-Belgique en province, première et seconde. Dans la seconde se trouve comprise la Morinie.

367.   Valentinien établit dans chaque cité un officier, nommé *Comites,* auquel il confie l'autorité civile et militaire, sous les ordres d'un officier supérieur, qualifié du titre de *Dux,* ayant le gouvernement d'une province.

Pendant le règne d'Arcadius et Honorius, enfans

du grand Théodose, qui avaient partagé entr'eux la puissance souveraine, en la divisant en empire d'Orient et en empire d'Occident, on détruisit tous les temples du paganisme dans la Morinie, et des ordres monastiques s'y établirent.

A la même époque, un essaim de peuples barbares se répandit dans tous les états d'*Honorius*, qui avait l'Occident, et ravagea beaucoup d'endroits de ceux d'*Arcadius*.

Une grande partie de ceux des Vandales, qui firent alors des incursions en Flandre, furent une espèce de brigands qui avaient leur retraite dans les marais, aux environs de Cassel; et les dégâts qu'ils firent, furent comme des présages de ceux qui devaient affliger toute l'Europe; car, quelque temps après, elle fut en proie aux fureurs des barbares, qui détruisirent tout ce qu'ils rencontrèrent dans les Gaules.

Les désordres qui en résultèrent jusqu'à l'an quatre cent vingt, cessèrent enfin lorsque les Francs ou Français, peuples sortis de la Frise ou de la Franconie, sous la conduite de *Pharamond*, leur premier roi, firent aussi une irruption dans les Gaules, et s'emparèrent aussitôt de la Gaule-Belgique et s'y établirent: ils s'étendent jusqu'à l'Océan, et comprennent la Morinie dans leur domaine.

Cette irruption, l'établissement de leur puissance, le besoin de l'accroître, et cet esprit de conquête qui les avait fait sortir de la Germanie, tout annonçait une révolution prochaine dans les pays qui environnaient leur nouveau royaume ; tout présageait aux Romains qn'ils ne conserveraient pas les provinces lointaines où ils se croyaient solidement établis.

En l'année 446, Clodion, roi des Francs, déjà maître de Tournai, pénètre dans le pays des Atribates, défait les Romains à *Helena Vicus* (aujourd'hui le village d'Évin, à deux lieues de Douai), et s'empare de tout le pays, jusqu'à la Somme ; un peu plus tard, *Mérouée*, son successeur, soumit tout-à-fait le pays à la domination des Français. Après en avoir chassé le peu de Romains qui y restait, le pays conquis passa aux successeurs de ces premiers rois, et il fut plusieurs fois divisé et subdivisé sous les règnes des rois des deux premières races. La Morinie fit dès-lors partie de la Flandre.

Le P. Mallebránq, de Saint-Omer, a donné une histoire estimée des Morins (*de Morinis et Morinorum rebus*). Elle commence à l'an 309 avant Jésus-Christ, et finit à l'an 1513, époque ou Terouanne, capitale de ce peuple, fut détruit par Charles-Quint. Évènement exprimé par ce chronographe : *De LetI MorInI.*

On peut consulter aussi les Annales de *Bernard*, l'ouvrage de l'abbé *Lefèvre de Calais*, celui sur Boulogne et les environs de M. Henry. Ces savans auteurs ont écrit de manière à satisfaire amplement la curiosité du lecteur sur ce sujet.

§ IV. Voies romaines qui aboutissaient dans le pays Morin, et communiquaient avec Cassel; Places-Fortes de la Morinie.

Puisque, dans la première partie de cette Topographie, nous avons parlé des souvenirs que les Romains ont laissés à Cassel, n'oublions pas ici de faire mention des routes de communication qu'ils organisèrent pour faciliter leur marche vers les villes voisines, et même jusques à leur territoire.

« Qui n'admirerait pas l'industrie des Romains, » dit l'historien de l'Artois (Hennebert), en con- » sidérant les obstacles qu'il leur a fallu surmonter » pour ouvrir de grands chemins de communica- » tion d'un pays avec un autre, et les faire presque » tous aboutir à la Morinie? Il les ont rendus pra- » ticables au travers de longues forêts, dans les plus » hautes montagnes, au milieu des marais. Ils ont » employé des légions à leur construction; et des » travaux opiniâtres leur ont assuré une solidité » qui triomphe encore, en plusieurs endroits, des » ravages du temps (1). »

Ces chemins sont, en prenant Cassel pour point de ralliement :

1.° De Cassel à Terouane, en passant par Ba-

_____

(1) Nous avons malheureusement perdu l'usage du ciment qui liait les matières caillouteuses de ces chemins ; ce qui fait, comme le dit Rollin, que l'imitation n'en a été faite depuis par aucune nation.

vinckove, la forêt de Réhouet, à Ecques, dans le voisinage de Bilque, de là à Clarques, et puis à Terouane.

2.° Celui de Cassel à la Lys, par le village de Thiennes, en passant par Oxelaère et Staple. De cette rivière on communiquait avec Aire et Boëseghem.

3.° Celui de Cassel au Port-Itius (que Malbranq prétend être à Saugate); on rencontrait d'abord Ocḱtezeele, laissant Arnicke à côté, sur la rivière de Pèene; ensuite on entrait à Lederzèele, Waten et Holckes; puis on arrivait à Tournehem, et au promontoire d'Itius.

4.° Celui de Cassel à Mardick (1), ou la côte des Saxons. Il passait par Ekelsbeque, Bussezèele, Crochte, et Spièkre.

5.° Celui de Cassel à Estaires: après avoir passé au-delà de Sainte-Marie-Cappelle et Saint-Silvestre-Cappelle, on parvenait à Strazèele, qui est dans le voisinage de la forêt de Niépe.

Schrickius dit : « Via Castello, antiquitus stratu
» lapidibus lata et rectissima est, etiam num hodie
» de *heyr strate* dicitur *via exercituum* quæ ætii ter-
» ram (ut in descriptione Flandriæ notavit. Io
» Bapt. grammay) perlabens, et se trifariam divi-

---

(1) Cette route est la continuation de celle de Terouane à Cassel. Les Romains avaient jugé qu'il était d'une utilité évidente de conduire ainsi la chaussée de Terouane au port de Mardick (*marcis in littore Saxonico*), dût-il y avoir un détour.

» dens viroviacum, tornacum et in atrebates ten-
» dit. »

6.° Celui de Cassel à toute la Flandre : on se rendait d'abord à Steenvoorde, Poperingue et Ypres,
puis par la forêt de Tourhoult à Bruges, etc.

Il est impossible de fixer l'époque de laquelle
datent ces routes; il serait même difficile, à présent, de déterminer exactement leur direction,
parce qu'elles se croisent avec d'autres chemins, et
qu'elles sont, dans quelques endroits, couvertes
de quelques pieds de terre.

La route d'Estaires à Cassel est la mieux conservée, malgré l'écoulement de quatorze à seize
siècles, depuis sa formation.

Les pavés sont doublés, posés l'un sur l'autre,
ce qui explique la solidité de ces chaussées que,
sous la première race des rois francs, Brunehaut fit
réparer, ainsi que Charlemagne, sous la seconde
race.

En général, les voies romaines sont prises par
les endroits les plus facilement praticables du pays,
alors, comme on le sait, pour ainsi dire inculte.

Ainsi quand on voit, dans l'Itinéraire d'Antonin (1), les distances des villes les unes des autres,
on est à même de se convaincre des détours
que les routes devaient présenter alors.

Par exemple, la route de Boulogne à Bavais,

____

(1) Augustus-Antoninus, qui vivait peu de temps après le règne
de Constantin, d'après M. Thiebaut de Berneaud.

15*

comptait quatre-vingt-trois milles à-peu-près; les distances étaient indiquées comme il suit :

A portu gessoriacensi, bavacum,

	millia plus	minus	LXXXIII.
Tarvenna,	millia plus	minus	XVIII.
Castellum,	millia plus	minus	IX.
Viroviacum,	millia plus	minus	XVI.
Tornacum,	millia plus	minus	XVI.
Pons scaldis,	millia plus	minus	XII.
Bavacum,	millia plus	minus	XII.

Il n'est pas étonnant que la route du port Gessariacum soit prise par Terouane et de là par Cassel, pour aller à Bavais, vu que ce port était dans un lieu bas et marécageux, et qu'il fallait se diriger par le côté le plus élevé, pour éviter ces terrains impraticables.

Schrickius donne le même motif par cette phrase belge :

« De have (*portus Gessoriacensis*) Zynde op den » westerschen cant, deweghen wierden genonem » op de hooghste syde, door dien de oosterche » niet en is dans broucken ende meersschen, ende » eertyden poelachtighe bossc hn. »

Il faut croire que des motifs à-peu-près semblables ont dirigé les Romains quand ils ont établi la route de Cassel à Cologne, pour laquelle ils comptent cent soixante-deux milles (1) d'Italie.

(1) Le mille romain ancien est de 755 toises 3 pieds. (La lieue commune de France ou raste germanique, composée de deux lieues gauloises, est de 2,266 toises 3 pieds.)

A Castello, Coloniam, Agrippinam,

                 millia plus minus CLXII.

D'autres routes, au contraire, ont jusqu'à présent conservé, pour ainsi dire, les mêmes distances. Pour le pays que nous décrivons, je citerai celle de Cassel à Tournai.

L'Itinéraire d'Antonin le marque comme il suit ;

A Castello, per Compendium (par le plus court),

     Tornacum,   millia plus minus   XXXVIII.

Minariacum,   millia plus minus   XI.

Turnacum,   millia plus minus   XXVII.

En observant que ces milles, selon les coutumes de Rome, ne doivent être pris que pour la moitié des nôtres, le tout devient assez exact, et prouve que certains chemins ont encore la même direction, nonobstant les changemens qui ont pu avoir lieu depuis cette époque.

Les places-fortes marquées dans l'Itinéraire d'Antonin, comme appartenant au territoire Morin, sont :

1.° Gessoriacum, tout proche de Boulogne, et dont on voit encore les ruines sur la langue de terre élevée qui est au sud du port de Boulogne et de la Liane ; c'est le Γεσσορριακον de Ptolémé. Le *Gessoriacum, Morinorum navale* de Suetonius, où fut conduite la seizième légion romaine. Son nom lui venait de Gesser-Ye, qui, en celte, signifie *bord herbeux* (graminea ripa).

2.° Castellum, Cassel. Καστελλον Ptolémé.

3.° Tarvanna , Terouane , Teruana Morini. Ταρϐάλλα Ptolémé. Tarubanuum de Bouillus, dont le nom dérive de deux mots celtes, *tar ou ter et bane*, qui signifient *ad aream*, à la place d'armes : en effet, c'était une place très-forte pour les Morins, située sur la Lys ; elle n'existe, pour ainsi dire, plus que de nom.

4.° Minariacum, qu'il ne faut pas confondre avec Estaires, Stegra. Ce Minariacum était à l'endroit du pont dit d'Estaires d'à-présent.

Son étymologie vient, selon Schrickius, de *Min-der-Yck*, deux mots celtes qui signifient *minor ripa*, petit rivage.

§ V. Lieux cités dans le pays Morin changé en diocèse ; c'est-à-dire au moyen âge, qui va jusqu'au douzième siècle.

Au moyen âge, le pays Morin, changé en diocèse de Terouane, conservait ses limites respectives ; il était divisé en deux cantons, celui de Terouane et celui de Boulogne ; on comptait les lieux suivans dans le premier canton.

Tarvanna, Terouane. Quoique enclavée dans les terres des comtés de Flandre et d'Artois, cette ville n'a jamais reconnu d'autre maître immédiat que le Roi de France, jusqu'à l'année 1553, qu'elle fut prise par les armées de Charles-Quint, qui la fit renverser de fond en comble. Elle n'a point été rétablie.

Sithiu, abbaye, origine de la ville de Saint-Omer, sur la rivière d'Aa. Ce monastère fut bâti vers le milieu du septième siècle (en 648), par les libéralités du seigneur Odoalde et par les conseils de Saint-Omer. Saint-Momelin en était le premier abbé.

Blangiacum, Blangi. Monastère fondé en 685, sur la rivière de Ternois.

Alciacum, Auchi, sur la Ternois, proche d'Hedin. C'était, dans son origine, un oratoire où saint Bertin se retirait souvent.

Rentica, Renti. D'abord monastère, fondé, sur la fin du septième siècle, par Wambert, seigneur de ce lieu, et donné à Bertulphe, son économe.

Ariacum, Aire (de Aria, place d'armes ainsi nommée par les Romains, d'après Schrickius). Cette ville, de l'ancien comté d'Artois, est de la fondation du second forestier de Flandre (Antoine de Buc). Elle est connue, pour la première fois, par un diplôme que Charlemagne donna en faveur de l'abbaye de Saint-Bertin, la première année de son règne (en 768).

Castellum Morinorum, Cassel, très-fortifiée dans ce temps.

Saint-Pol, sur la Ternois, seigneurie possédée, vers l'an 970, par Hugues, second fils de Guillaume, comte de Ponthieu.

Lillercum, bourg, dans ce temps connu sous le nom de Lillers. Son église collégiale fut fondée, en 1043, par Venemare, seigneur de ce lieu.

Watte , où il y avait alors une abbaye d'hommes de l'ordre de Saint-Augustin, sur une élévation à l'orient de la petite ville de ce nom, sur l'Aa.

Bourbourg, alors monastère de nobles bénédictins, fondé, vers l'an 1099, par Clémence de Bourgogne.

Gravelines, alors village nommé Saint-Willibrode. Théodoric en fit une ville vers l'an 1160, et la nomma Nieuport. (Dict. géog. de l'Encycl.)

Le canton de Boulogne, ou le Boulonois (*bononiensis pagus*), dont il est parlé l'an 835 dans le partage des États de Louis-le-Débonnaire, comprenait les lieux suivans :

Bononia. Boulogne, capitale du Boulonnois, renfermant les restes du Gessoriacum de Jules-César. Ville épiscopale dès le cinquième siècle.

Witsantum, Witsand, port de mer entre Ambleteuse et Calais; le roi Louis-d'Outremer le répara en 938.

Gisna, Gisne, anciennement du domaine de l'abbaye de Sithiu ou de Saint-Bertin, comme il paraît par un diplôme de Charles-le-Chauve, de 877; mais, vers l'an 928, Sifrid, un des chefs des Normands, s'en empara et y fit bâtir un château. Les Anglais le possédèrent ensuite jusqu'en 1558, époque où Calais, avec ses dépendances et tout le pays voisin, fut conquis par Henri II; de là vient qu'on le nommait dans le pays, reconquis.

Le diocèse de Terouane, anéanti l'an 1553, est rétabli en quelque sorte par l'érection des diocèses de Boulogne, Saint-Omer et Ypres, qui partagèrent le territoire de l'ancien peuple Morin (*civitas Morinum*).

Quant au *pagus Mempiscus*, ou *Menapiscus*, nommé dans les États de Louis-le-Débonnaire en l'an 847, et dont Cassel était une des villes, il s'étendait, dans la partie orientale, du territoire des Morins d'une part, et de l'autre, dans une partie de celui des anciens Ménapiens.

§ VI. Détails sur la Flandre (1), et particulièrement sur le pays des Morins, à partir des premiers Rois de France, jusqu'au dernier changement politique (1790).

Attila, roi des Huns, entre dans les Gaules avec une armée de quatre cent mille hommes, met tout à feu et à sang; il détruit Terouane de fond en comble.

449.

Aëtius atteint Attila dans la Champagne; aidé de Théodoric et de Mérouée, il taille en pièces l'armée du roi des Huns. Les Morins se trouvèrent à cette affaire, sous la conduite de Flandebert, qui resta sur le champ de bataille.

---

(1) On prétend que la Flandre a reçu le nom de *Flandebert*, neveu de Clodion, roi de France, qui en chassa les Romains ; d'autres disent que ce nom vient de Flandrine, femme de Lidéric II, grand-forestier de Flandre.

524. Les Huns et les Vandales font une nouvelle descente sur les côtes de la Morinie. Le comte Léger leur oppose une vigoureuse résistance, et perd la vie dans un combat.

58o. Les anciens chemins des Romains prennent le nom de Chaussée-Brunéhaut, à cause des réparations que cette reine de France fit faire à ces routes.

618. Clotaire II, vers l'an 618, pour chasser les voleurs qui se retiraient dans les forêts dont la Flandre était couverte, y établit des officiers qu'il nomma forestiers (parce qu'ils n'avaient que des forêts à garder et des terres à défricher) ; il leur donna beaucoup de pouvoir, afin qu'ils pussent plus facilement gouverner les Flamands, leur administrer la justice et délivrer ce pays des brigandages. Cette qualité commença dans la personne de Lidéric I.er, et dura pendant plus de deux siècles, jusqu'au temps du roi Charles II.

628. La Morinie est réunie au comté de Boulogne.

771. Roland, le preux chevalier, est nommé, par Charlemagne, gouverneur des côtes britanniques et de la Morinie.

779. Inglevert remplace Roland dans le gouvernement. Cette année, la disette est extrême, et des maladies contagieuses viennent encore aggraver les maux qu'elle cause dans la Morinie.

791. Nitard, fils d'Inglevert, succède à son père dans le gouvernement de la Morinie ; comme lui, il sert dans les armées de Charlemagne, et s'y distingue.

Lidéric, grand-forestier de Flandre, est nommé 805.
gouverneur de la Morinie. Ce gouverneur s'adonne
à l'agriculture, et s'occupe de grands défrichemens
dans ce pays, qu'il rend florissant.

Charlemagne visite la Morinie, et fait mettre la 808.
côte de Boulogne en état de défense contre les Normands, barbares du Nord qui faisaient souvent des
tentatives de descente.

La mer rompt ses digues, ou plutôt des marées 820.
extraordinaires, jointes aux pluies continuelles,
causent des inondations considérables pendant
six mois de l'année. Les habitans, effrayés, s'ima-
ginent voir arriver un déluge, et s'enfuient sur les
hauteurs. Une grêle prodigieuse et un ouragan terrible achèvent de détruire les récoltes. Une famine
cruelle vient à la suite de ces fléaux réunis, et la ri-
gueur de l'hiver augmente encore la somme des
maux qui désolent cette contrée. Pour combler la
mesure, les Normands débarquent et ravagent le
pays.

Engelram secourt les peuples de tout son pouvoir.

Les Morins, ayant à leur tête leur gouverneur 824.
Odoacre, volent au secours de Louis-le-Débonnaire.

Les maladies pestilentielles qui désolaient la 828.
France depuis plusieurs années, se manifestent
dans cette contrée. C'est à cette époque que remonte l'origine des églises souterraines où les Chrétiens célébraient leurs offices nocturnes.

Tel était le bas-chapitre de l'Église Saint-Pierre
à Cassel.

847.　Les Normands reviennent désoler le pays des Morins, ayant à leur tête le jeune Pépin.

850.　Ils détruisent tout ce qu'ils trouvent sur la côte maritime, et pénètrent jusqu'à Terouane, qu'ils renversent.

860.　Les Normands reparaissent tout-à-coup : ils abordent vers Nieuport, puis à Mardick ; ils attaquent sans succès le fort de Cassel.

862.　Charles II, dit le *Chauve*, vingt-sixième roi de France, voulant assurer un sort à Baudouin, son gendre, l'institua comte de Flandre, et lui donna tout le pays compris entre l'Escaut, la Somme et la mer (à l'exception du Cambrésis).

915.　La tranquillité renaissant dans la Morinie, chacun revient dans sa propriété.

918.　Les Normands descendent encore sur la côte.

924.　On fait une cueillette par toute la France, pour se rédimer des ravages des Normands.

987.　Les gouverneurs des provinces s'érigent en souverains des pays confiés à leur surveillance. Ils se créent des cours à l'imitation de celle des rois. La cour de Cassel date probablement de cette époque.

1033.　*La famine fait rage dans l'univers*, dit la Chronique ; les horreurs qu'elle occasionne ne peuvent être rapportées sans effroi. On assemble des conciles dans diverses parties de la Gaule ; on y apporte les corps et reliques des saints, et l'on y arrête qu'à l'avenir on fera abstinence de vin le vendredi, et abstinence de viande le samedi.

Départ des premiers Croisés pour conquérir 1096.
la Terre-Sainte, au nombre de quatre-vingt mille
hommes. Godefroi de Bouillon, né en Flandre,
marche à leur tête. Entr'autres bannières, l'on
remarque celles d'Eustache, comte de Boulogne, et
de Baudouin frère de Godefroi; celles de Foulques,
comte de Guines, d'Arnoul d'Ardres, de Raoul
d'Oderselles, d'Eustache de Terouane.

Le mal des ardens fait de grands ravages dans le 1124.
pays Morin, et la rareté des comestibles les élève à
un prix excessif.

Louis-le-Gros crée des mayeurs et échevins dans 1127.
les villes : il leur donne le droit de sonner la cloche
pour s'assembler, celui d'établir des beffrois pour
faire le guet, et d'avoir un scel pour les actes.

Les Anglais de la garnison de Calais, qu'ils avaient 1350.
pris en 1347, ravagent le pays.

Nouvelles courses des Anglais dans le Boulon- 1553.
nois; ils pillent plusieurs villes, ravagent le territoire de Terouane et de Saint-Omer. Le roi de
France assemble une armée autour de cette dernière place, présente le combat à Édouard, qui le
refuse. Jean l'envoie défier en combat singulier,
ce qui est également refusé.

Pendant plus de cinq siècles, la Flandre, le Hai- 1477.
naut et le Cambrésis étaient successivement passés
au pouvoir de divers maîtres, lorsqu'en 1477, ces
provinces entrèrent dans les possessions de la maison d'Autriche, par le mariage de *Maximilien* avec

1496. *Marie de Bourgogne.* Leur fils monte sur le trône de Castille, et ses descendans régnèrent sur toute l'Espagne et les Pays-Bas, jusqu'à Louis XIV.

1566. Division de l'archevêché de Terouane en trois parties.

Siéges épiscopaux établis à Saint-Omer, Ypres et Boulogne.

Cassel fait partie de l'évêché d'Ypres.

La Flandre et le Hainaut étaient encore des provinces espagnoles, lorsque Louis XIV en fit la conquête en 1667; laquelle fut confirmée par les traités d'Aix-la-Chapelle, de Nimègue et d'Utrecht, en 1668, 1678 et 1713.

1790. Depuis ce dernier traité, la province de Flandre a toujours appartenu à la France; mais, par un décret du 1.er février 1790, elle a changé de nom, l'Assemblée nationale en ayant fait le département du Nord, qui a, pour ainsi dire, conservé les mêmes limites.

C'est aussi à cette époque, qu'entr'autres parties de cette ancienne province, la Flandre maritime ou Flamingante (sous-division de la Flandre-Française, et qui était séparée de la province de Lille, même sous les princes de la maison d'Autriche), a été divisée en deux parties, savoir : l'arrondissement de Dunkerque et l'arrondissement d'Hazebrouck.

Voici les noms des villes de la Flandre maritime comme elles existaient avant la Révolution française.

Dunkerque, Gravelines, Bourbourg, Mardick (1),
Berg Saint-Winoch, Hondschootte, Cassel, Watten,
Hazebrouck, Bailleul, Morbecque (Marquisat).

Par la marche quoiqu'incomplette de ce chapitre, l'on a pu suivre Cassel et le pays environnant,
depuis les Morins jusqu'aujourd'hui, pour ce
qui regarde les changemens politiques auxquels
cette contrée a participé jusqu'à la fin du dix-huitième siècle.

Nous allons maintenant nous occuper d'une manière spéciale de l'arrondissement d'Hazebrouck,
dont Cassel fait partie, comme chef-lieu de
canton.

---

(1) Mardick, qui n'est que village à-présent, était un lieu de garnison romaine important. C'est là que les Saxons bornèrent leurs
conquêtes, après s'être rendus maîtres de la côte qui s'étend depuis
Calais jusqu'à l'embouchure de l'Escaut, et qui pour cela fut appelée
Littus Saxonicum, comme on peut le voir dans les écrits anciens.

Dans ces derniers temps, il y avait un fort à Mardick. Ce fort en
imposait autant aux Anglais que les fortifications de Dunkerque : il
est devenu moins important.

CHAPITRE SECOND.

STATISTIQUE DE L'ARRONDISSEMENT D'HAZEBROUCK.

> Ille terrarum mihi, prœter omnes,
> Angulus ridet..............
> HORACE.

§ I. Géographie historique, etc.

L'ARRONDISSEMENT d'Hazebrouck est situé à l'occident du département du Nord, dont il est le deuxième.

Il comprend une partie de l'ancienne Flandre maritime.

Il est borné au nord et nord-ouest, par l'arrondissement de Dunkerque (autre partie de la Flandre maritime); à l'est, par les frontières de la Belgique-Hollandaise (ancien département de la Lys); au sud-est, par l'arrondissement de Lille; au sud,

sud-ouest et ouest, par les frontières du département du Pas-de-Calais.

Sa longitude est du 19.e deg. 58 min. au 20.e
deg. 33.e min.

Sa latitude est entre le 50.e deg. 37 min. $\frac{1}{2}$, et
le 50.e deg. 52 min. $\frac{1}{2}$.

La superficie totale de cet arrondissement est de
70,818 hectares (46 lieues), dont 353 en eaux,
grands chemins et marais incultes ; elle paraît être
une vaste et délicieuse forêt, tant les chemins et
les propriétés sont soigneusement plantés.

Le sol est en partie couvert de pâtures closes.
L'éducation du bétail, et le tissage de la toile, partagent, avec le labourage, les momens du culti-
vateur (1).

Des cinquante-trois communes qui composent
cet arrondissement, Estaires, Lagorgue, Merville,
Neuf-Berquin, Haverskerque et Steenwerck, sont
les seules qui parlent le français par habitude.

L'idiome du peuple, dans le reste de l'arrondissement, a été presque généralement jusqu'à-présent du flamand.

L'aspect de l'arrondissement d'Hazebrouck est
moins irrégulier que ses limites ; il présente généralement une surface plane, qui pour cela, dans
quelques parties et à certaines saisons, est un peu
marécageuse.

---

(1) L'article *Agriculture* est compris dans le Chapitre III de cette
Partie, et les détails géologiques se trouvent dans la troisième Partie.

Sa longueur est de huit lieues, que l'on peut diviser en partie supérieure, vers le nord, et en partie inférieure, vers le midi.

On y rencontre six principales éminences, dont les plus remarquables sont le mont Cassel (le plus élevé), le mont d'Écouffles ou des Récollets, le mont des Cattes, de Boueschepe, le mont Noir, le mont de Lille ; tous sont situés à la direction *est* de l'arrondissement, et leur noyau est un sable mêlé d'une faible partie de grès fort tendre.

L'arrondissement d'Hazebrouck est baigné par la Lys, qui le longe dans la partie *est* de son circuit, et le sépare du département du Pas-de-Calais et de l'arrondissement de Lille.

Il possède plusieurs grands ruisseaux et rivières, qui sont : 1.° l'Ysser, qui naît au territoire de Rubrouck (même arrondissement), entre dans l'arrondissement de Dunkerque, et se jette dans l'Hiperlée.

2.° La Pèene, très-petite rivière, qui naît des coteaux de Cassel, et va se jeter dans l'Ysser, près de Wilder, après avoir arrosé une partie de l'arrondissement.

3.° La Borre, petite rivière qui naît au territoire de Borre (même arrondissement), et se réunit au canal de Préavin, au Grand-Dam, près La Motte-au-Bois.

Sa longueur est de 0 m. 7794 mètres ; sa largeur de 10 m.

4.° La Lawe, qui vient du Pas-de-Calais et se jette dans la Lys au-dessous de la Gorgue.

Cet arrondissement compte aussi cinq canaux de navigation, savoir : 1.° le canal du Neuf-Fossé ou de Saint-Omer, qui réunit la Lys à l'Aa.

2.° Le canal de la Nieppe, qui prend son origine dans la Lys, au-dessous de Thiennes, et se réunit avec le canal d'Hazebrouck, au-dessous de La Motte-au-Bois, pour former le canal de Préavin.

Longueur 9742 m.; largeur 5 m.

3.° Le canal d'Hazebrouck, dont il est question dans l'article précédent, qui va se terminer au port du rivage d'Hazebrouck.

Longueur 5845 m.; largeur 7 m.

4.° Le canal de Préavin, ci-dessus cité, qui se jette dans la Bourre, au-dessus de l'écluse du Grand-Dam.

Longueur 198 m.

5.° Le canal de la Bourre, qui naît à Lynde, et va se perdre dans la Lys, à Merville, et qui est navigable depuis sa jonction avec le canal de Préavin, dans la forêt de Nieppe.

Les canaux de communication vicinale sont :

1.° La Becque (1) du vieux Berquin, petit canal qui naît à Strazèele et à Cœur-Joyeux, près Borre, et se jette dans la Bourre, près Merville.

2.° La Metter-Becque, qui naît au mont des Cattes, et se jette dans la Lys, au-dessous du pont d'Estaires ; elle est navigable depuis le hameau d'Outersteene jusqu'au moulin d'Estaires.

3.° Le ruisseau de Steenwerck, Becque, qui prend

(1) Le mot *becque*, dans les arrondissemens de la ci-devant Flandre maritime, est synonyme de ruisseau.

16*

sa source au mont de Boeschèpe et au mont Noir,
et se jette dans la Lys au-dessous de Sailly (Pas-
de-Calais), navigable depuis Steenwerck jusqu'à
son embouchure.

4.° La Becque de Nieppe, qui naît au mont dit
de Lille, et se jette dans la Lys, au-dessus d'Er-
quinghem.

5.° La vieille rivière, qui naît dans les marais de
Clairmarais, et se jette dans l'*Aa* au-dessous de
Saint-Omer. Il y a en outre vingt-cinq à trente ruisseaux, parmi lesquels on compte la *Schoebecque*,
qui naît de la partie *sud-est* du mont Cassel, par
trois petites sources qui, s'étant rencontrées dans
un même endroit, se réunissent à la Pèene-Becque,
après avoir fourni aux beaux viviers du château
d'Oxelaère, ainsi qu'aux prés environnans; et la
Lynke, *ruisseau dont il a été question à la bataille de Pèene.* (Voyez I.ʳᵉ partie.)

Les seules substances minérales de l'arrondissement sont : du quartz hyalin arenacé en masses
informes, ayant plus ou moins d'adhérence aux
monts Cassel, des Cattes, de Boeschèpe, au mont
Noir, ainsi qu'à Nieppe et à Morbecque.

Du quartz-agathe pyromaque (cornues ou silex),
sur le territoire de deux ou trois communes (Thiennes, Boeseghem); on l'y exploite en grand. Les
cornues sont ou noires ou jaunes dans leurs cas-
sures (1).

---

(1) Calcinées et réduites en poudre, elles entrent dans la compo-

Des carrières de sable dans les différens monts ; de la marne à Steenvoorde ; de la terre à potier (1), dans une partie des communes.

Il existe des terres marécageuses le long de la Lys et de la Nieppe.

Les pluies sont en général assez abondantes dans cet arrondissement. En automne et au printemps, elles sont plus nuisibles dans la partie méridionale ou inférieure que dans l'autre.

Lorsqu'il tombe beaucoup de neige, et qu'elle vient à fondre subitement par une grosse pluie, il en résulte des inondations et de grands dommages pour les terrains qui environnent la Lys, lesquels se trouvent détériorés par la perte d'une partie de leur humus et fumier que l'eau enlève.

Dans la partie nord de cet arrondissement se trouvent vingt-huit communes, dont la culture est très-analogue. Le terrain plus sec y produit des colzats, du houblon, du lin en abondance, peu de tabac, lequel est d'une qualité inférieure à celui cultivé vers la Lys ; toutes les autres céréales et oléagineuses y viennent parfaitement.

---

sition de la pâte de faïence, façon anglaise, qui se fabrique dans le département du Nord.

(1) L'argile-glaise, d'une couleur jaune-grisâtre ou un peu verdâtre, est employée à la confection des poteries, suivant leur degré de finesse, depuis la cruche rouge grossière jusqu'au vase délicat d'un blanc éclatant, vulgairement appelé grès anglais. Lorsque l'argile est naturellement mêlée d'une trop grande quantité de sable, on l'emploie à la fabrication des briques.

Dans la partie inclinée ou méridionale de l'arrondissement, il y a vingt-cinq communes où le sol est
plus humide, mais en-même-temps plus compact.
On y cultive avec avantage toutes sortes de céréales,
ainsi que le tabac, qui est très-estimé. Le lin y
réussit assez bien ; mais il est plus tardif, et l'on est
obligé, à cause que l'humidité s'y fait sentir plus
long-temps, de le cultiver deux mois plus tard que
dans l'autre partie.

Les jachères, autrefois assez usitées, sont presque abolies : dans la partie supérieure, elles n'ont
lieu qu'à la fin de juin ; en novembre pour le colzat,
ou après la moisson ; jusqu'à la fin de mai, pour la
plantation du tabac ; parfois aussi, pour former
des prairies artificielles, principalement les trefles
et la luzerne.

Dans la partie inférieure, les assolemens sont fré-
quens et étendus.

Un des meilleurs moyens d'amender les terres,
et qui tient lieu de jachères, est une opération
qu'on appelle en termes vulgaires *lit-à-vent ;* elle
consiste à retourner le champ avec un louchet de
12 à 18 pouces de profondeur, selon l'épaisseur
de la terre glaise, et dont l'effet est d'améliorer le
terrain pour trois à sept ans, surtout dans les communes de Merville, Vieux-Berquin, Neuf-Berquin,
Lagorgue et Estaires.

Cet arrondissement, dont le sol est très-spon-
gieux, comme le dit M. Bottin (*Annuaire statistique
du département du Nord, en* 1804 *et* 1805.), demande

à être percé de nouvelles chaussées. Dans plusieurs parties, l'industrie y a suppléé jusqu'à ce jour par des blocs de grès, taillés quadrangulairement et placés de distance en distance sur un des côtés des grands chemins, sur lesquels il est curieux de voir le voyageur cheminer en sautant.

L'arrondissement est traversé par trois grandes routes pavées, savoir : celle de Dunkerque à Liége, passant par Bailleul, Cassel ; de Paris à Dunkerque, par Hazebrouck, Cassel ; de Saint-Omer à Dunkerque, par Cassel.

La grande route de Lille à Dunkerque, qui traverse l'arrondissement d'Hazebrouck, et passe par Bailleul et Cassel, est sans contredit une des plus belles qu'il y ait en France. Le pays est ombreux et bocager; le sol est celui d'un jardin ; les champs sont couverts de moissons ; les chemins sont bordés de peupliers et de saules : on laisse monter les premiers, on étête les seconds, d'où il naît des nuances de verdures qu'augmentent encore les couleurs sombres de l'aune planté le long des ruisseaux, et la teinte moins foncée de l'orme, qu'on met en quinconce auprès des fermes et des châteaux voisins.

L'arrondissement d'Hazebrouck compte sept villes, savoir : Hazebrouck (chef-lieu), Bailleul, Cassel, Merville, Steenvoorde, qui sont chefs-lieux de canton, puis Estaires et Lagorgue, qui sont du canton de Merville ; toutes sont villes ouvertes.

Il y a près de 50 villages, et l'on y comptait

18,747 maisons d'habitation en 1805; dont dans
les campagnes, un tiers construites en pisé, et un
tiers couvertes en paille; 20,127 feux. Le total des
habitans de l'arrondissement est aux environs de
100,901 à 101,000. Il était, en 1805, de 101,970
âmes; c'est-à-dire à Bailleul (nord-est), 13,576;
Bailleul (sud-ouest), 13,844; Cassel, 13,820;
Hazebrouck (nord), 14,674; Hazebrouck (sud),
14,206; Merville, 17,410; Steenvoorde, 14,440,
De ce nombre, il y avait 1,766 militaires sous les
drapeaux.

Dans cet arrondissement, l'industrie s'occupe
d'un peu d'orfévrerie, de faïencerie, des poteries de
terre, des fabriques de pannes, tuiles, carreaux;
des briqueteries (1), des fours à chaux, des raffine-
ries de sel. On y fabrique de plus, amidon, bière,
huile, savon vert, fil de lin simple et retors; beaucoup de toiles, linges de table, cordons de fil et
de laine, dentelles, cotonnettes, tabacs, sabots,
bateaux. Il y a beaucoup de blanchisseries, de tan-
neries, quelques fabriques de grosses étoffes, de
flanelle blanche et mêlée, de calamandes; enfin,
on y peigne et file un peu de laine à l'usage des
bonnetiers du pays.

(1) Les briques blanches s'embarquent à Dunkerque pour les
colonies; les rouges servent ordinairement pour les besoins du pays.
En tout, le nombre des briques fabriquées dans tout le département
du Nord s'élève de cinquante à soixante millions par an, ce qui est un
objet de commerce de près d'un million.

Distances des Communes aux Chefs-lieux de leurs Cantons.

(Le kilomètre est à très-peu de chose près le quart d'une lieue de poste ancienne, 2,000 toises).

Arrondissement d'Hazebrouck, sept Cantons, trente-trois Communes.

CANTON BAILLEUL. (N.-E.)

Bailleul, de Paris. . . . 320 kil.
Saint-Jean-Cappel. . . . 5
Nieppe. 10
Steenwerck. 6

CANTON BAILLEUL. (S.-O.)

Berthen. 8
Flêtres. 8
Merris. 7
Meteren. 4
Vieux-Berquin. 10

CANTON CASSEL, 319 DE PARIS.

Arneke. 6
Bavinckove. 5
Bysscheure. 15
Cassel. 11
Hardifort. 5
Marie-Cappel. 4
Noord-Pêene. 8
Ochtezeele. 5
Oxelaere. 3
Rubrouck. 10
Wemaers-Cappel. . . 4
Zermezeele. 5
Zuytpeene. 6

CANTON D'HAZEBROUCK (N.) 292.

Blaringhem. 16
Caestre. 7
Ebblinghem. 13

Houdeghem. . . . . . 6 kil.
Lynde. 13
Renescure. 17
Sercus. 10
Staple. 9
Wallon-Cappel. 7

CANTON D'HAZEBROUCK. (S.)

Boeseghen. 15
Borre. 5
Morbecque. 5
Pradelles. 6
Steenbecq. 10
Strazeele. 8
Thiennes. 14

CANTON DE MERVILLE, 296.

Estaires. 7
Haverskerque. 10
Lagorgue. 6
Merville. 11
Neuf-Berquin. 3

CANTON STEENVOORDE, 322

Boeschêpe. 10
Eecke. 3
Godewaersvelde. . . . 7
Houtkerque. 11
Houdezeele. 10
Sylvestre-Cappel (St.). 5
Terdeghem. 6
Winnezeele. 5

Clairmarais.

Au sud-ouest, entre Cassel, Hazebrouck et Saint-Omer, se trouve la terre marécageuse appelée *Clair-marais*, qui est citée depuis des siècles comme offrant des îles flottantes couvertes de pâturages, que l'on dirige à volonté, à-peu-près comme un bateau, au moyen de longues cordes armées de crampons, dans des clairs ou flaques d'eau considérables (1). Cette terre a 58 hectares 33 ares d'étendue, et donne de bons pâturages. On a soin de tenir ses arbres un peu bas, pour ne pas laisser trop de prise aux vents.

Le poëte de Lacroix, dans le Connubia florum, parle ainsi de ces espèces d'îles :

« Remigio tali visæ quandoque paludes
» Sedibus exiliisse suis, perque arva moveri.
. . . .
» Audomarum contra sic naut Delphinia Contis
» Ambæ cespitibus præsignes, frondibus ambæ,
» Seque errabundæ sociant per stagna sorori. »

Ce qui signifie :

« On a vu même quelquefois des marais entiers
» se détacher et flotter ensuite au gré des eaux....
» C'est ainsi qu'on voit flotter, près de Saint-Omer,
» l'île Dauphine et l'île Conti, aussi remarquables
» par la verdure riante de leurs prairies, que par

(1) Presque toutes ces îles adhèrent aujourd'hui au rivage.

» l'épais feuillage des différens arbres qu'elles pro-
» duisent. »

Ce Clairmarais a été visité avec plaisir par S. A. R.
Madame la Duchesse de Berry, dans le mois de septembre 1825.

On extrait beaucoup de tourbe en cet endroit.
J'emprunte à l'*Annuaire statistique* de 1813, les
détails suivans sur cette exploitation :

« La tourbe, produit imparfait de débris végétaux
à demi charbonnés ou bituminisés, s'extrait à différentes profondeurs, depuis 5 jusqu'à 12 mètres ;
en divers endroits, on la trouve immédiatement sous
la couche de terre végétale ; dans d'autres, on est
obligé de l'aller chercher au fond d'espèces de lacs,
formés par le niveau d'eau qui est venu remplacer
les premières couches de tourbe, à mesure qu'elles
ont été enlevées ; on parcourt alors ces masses
d'eaux sur de petits baquets, et l'on se sert, pour
détacher la tourbe, d'une pelle de fer recourbée à
angle aigu, montée sur un manche assez long pour
atteindre la couche ; cette pelle, tranchante à son
extrémité, a environ 52 centimètres de longueur
sur 21 de largeur. La tourbe est ensuite pétrie et
moulée en briques de 22 centimètres sur 54 milli-
mètres de largeur et d'épaisseur ; on en fabrique
quelquefois de plus larges et de plus épaisses, lorsque les particuliers le désirent. On porte à 120 millions la quantité de briques de tourbes qui se mou-
lent par année dans le département du Nord (l'ar-

rondissement d'Hazebrouck n'en a que la plus
petite portion). Les couches de tourbes, principalement dans les lieux secs, alternes avec du
sable assez fin, noirci par les sucs bitumineux dont
il est imprégné. Les tourbières sont généralement
situées dans les terrains marécageux; leur formation
est vraisemblablement le résultat de quelques ca-
tastrophes du globe, semblables, mais postérieures
à celles qui ont donné naissance aux dépôts de
houille.

Il n'est pas rare d'y trouver des arbres entiers,
seulement à demi décomposés ; on y rencontre
encore des bois de cerfs, de daims, et autres
défenses d'animaux qui habitent les forêts. »

Forêt de Nieppe.

La belle forêt de Nieppe, l'une des mieux tenues
de France, est située à la partie méridionale de l'arrondissement d'Hazebourck ; elle a 2,521 hectares
d'étendue.

Le chêne et le charme en font l'essence.

Sanderus, d'après Gramajus, en parle ainsi :
» Sylva Niepensis totius Flandriæ maxima, atque
» amænissima in hac Niepa et borra torrentes lizam
» augentes piscationi, prata agriquc adjacentes
» aucupio, nemus autem hoc venationi insignem
» præbet commoditatem. Arx ibi regia, ampla et
» valida. »

En effet, il y avait, au milieu de cette forêt, un château appelé la Motte-au-Bois. Il était autrefois très-régulièrement fortifié ; Robert-le-Frison l'avait fait bâtir, en 1065, pour défendre la Flandre contre les entreprises de l'Artois. Ayant été pris en 1645, par les maréchaux de Gassion et de Rautrau, ses fortifications furent démolies, et il ne reste plus que quelques traces de ses remparts, baignés par le canal d'Hazebrouck.

Ce château fut long-temps habité par Robert-de-Cassel, comme le prouve le passage suivant de Meyrus (Lib. XII, *Annalium ad annum*, 1324).

« Robertus Casletanus, Ludovici nivernensis pa-
» truus plurimum se, in sylva niepensi continuit,
» loco ibi fortissimo cui *wal* nomen. »

C'était aussi de ce lieu que Iolente de Flandre, dame de Cassel, donnait ses ordonnances (1378). Cette résidence lui plaisait beaucoup (1).

_____

(1) Dans ce même lieu, Isabeau, duchesse de Bourgogne, et fille du Roi de Portugal, fonda un couvent de Sœurs-grises, de l'ordre de Saint-François (mendiant), et elle alla s'y enfermer.

En ce pays, et à cette époque, un marchand pelletier, nommé Jean Pinto, étant mort, sa femme le fit enterrer, et le jour même de la cérémonie funèbre, elle en fit une autre plus gaie : elle épousa Willeret de Neuville, autre marchand de fourrures. Ces mariages si diligens n'étaient point rares dans ce temps, et ils avaient bien leur excuse ; car il était d'usage alors qu'aussitôt qu'une femme était veuve, si elle était en âge de se remarier, surtout si elle avait du bien, le seigneur du lieu qu'elle habitait désignait parmi ses archers ou ses gardes celui qu'elle devait prendre en secondes noces. A grand'peine obtenait-elle, à prix d'or, et à force de cadeaux faits aux principaux personnages de la seigneurie, ou au seigneur lui-même, de faire un choix selon son cœur. Les filles étaient de même

On prétend que la forêt de Nieppe, existant du temps de l'arrivée des Romains dans ce pays, a donné de son bois pour la construction des navires destinés à l'expédition d'outre mer de Jules-César. *(Cæsar ad portum itium cum legionibus pervenit : ibi cognoscit naves* XL *quæ erant in meldis factæ.* Jules-César, Comm.)

En effet, le canton de la Morinie appelé *Meldes,* selon le P. Malbranq de Saint-Omer, était situé sur la Lys, près de laquelle était placé Terouane.

Cette forêt devait alors être encore bien plus considérable qu'à-présent.

Mont des Cattes (Cats-Berg). — *Mont Noir.*

Le mont des Cattes, *mons cattorum de Malbranq,* vulgairement appelé le mont dés Chats, est situé à l'est, et distant de trois lieues de Cassel. On ne sait au juste d'où lui vient ce nom.

Suivant les apparences, dit le P. Wastelain, les Ménapiens, après avoir étendu leurs quartiers, y auraient placé un essaim de Cattes, autrefois leurs voisins, au-delà du Rhin; mais ce n'est pas vraisemblable, d'après l'étymologiste Schrieckius, qui prétend que ce peuple de l'île Batave n'a laissé aucune trace de son approche vers ces contrées.

---

forcées de se marier de bonne heure, et furtivement, en quelque sorte; sans cela, leur comte ou duc les pourvoyait, et les retenait pour ses officiers ou ses valets, selon la qualité ou la richesse de la belle.

Néanmoins, on doit encore restèr dans le doute sur cette étymologie ; car ce n'est pas sans quelque raison que Malbranq prétend que les Cattes, et les Espagnols après eux, ont cherché à y découvrir de la mine d'or. Ce qu'il y a de certain, c'est que l'on trouve, dans la montagne, des excavations qui ont pu être des commencemens de fouille.

On l'appelle improprement mont des Chats : c'est en francisant le mot *cats* ou *catten*, que l'on a cru trouver cette dénomination pour la montagne. Ne viendrait-elle pas plutôt de *mons Castri*, montagne ou élévation du camp (1) ?

Le village Castres, *Castrum*, à côté de ce lieu, qui en effet fut occupé par les Romains, le ferait assez croire.

MM. Sazerac et Duval, éditeurs lythographes, ont fait exécuter le dessin de la vue de cette montagne ; elle orne les magnifiques livraisons qu'ils viennent de publier sous le titre de *Description de la France au dix-neuvième Siècle.*

C'est une des plus belles lythographies que l'on possède.

Avant Louis XIV, Bailleul était dans l'état le plus florissant ; on le citait pour les étoffes de laine, et dans tous les villages environnans, on en fabriquait

---

(1) Ceci est aussi une supposition : il y a peut-être une autre étymologie mieux fondée, mais qui échappe encore aux recherches des savans, de même que celle de Catts kil, nom de la grande chaîne de montagnes qui existe dans l'état de New-Yorck, et s'étend jusqu'à la rivière d'Hudson.

jour et nuit, pour satisfaire aux demandes qui arrivaient de toutes parts. Le mont des Chats ou des Cattes et le mont Noir, tous deux proche de la ville, étaient couverts de petites bourgades où des ouvriers industriéux faisaient des draps pour les magasins de Bailleul; mais ces ouvriers étaient protestans : ils furent persécutés sous ce règne; on sait assez comment (1).

Les Protestans de ces endroits n'eurent qu'un pas à faire pour éviter les outrages dont ils allaient devenir l'objet. Ils sortirent du royaume, et transportèrent en Belgique, en Allemagne, en Angleterre, leurs métiers et leur industrie. Ceux, en petit nombre, qui restèrent et abjurèrent, montrés au doigt par les catholiques, furent long-temps encore désignés, à Bailleul, par le nom de *Hauts-Capiers*, parce que; dans le principe, ils portaient de hauts chapeaux.

Les fabriques de laine disparurent avec les Religionnaires, et ce qui fut tissé depuis par quelques individus, ne consiste plus qu'en étoffes grossières.

Sur le sommet du mont des Cattes, M. Ruissen a fait construire un grand bâtiment où est placé un

---

(1) Madame de Maintenon ne fut pas la seule femme qui persécuta les Protestans. Avant elle, la princesse Marguerite avait, sous Philippe II, roi d'Espagne, introduit en Flandre les horreurs de l'inquisition; et elle disait en plein conseil, « qu'il valait mieux réduire » ce peuple misérable à passer en pays étranger, ou l'exterminer par » le fer et le feu, s'il ne voulait renoncer à l'hérésie. »

pensionnat. Loin du monde, au milieu des bois, les enfans sont là comme des hermites.

M. Ruissen est un peintre qui sortit de France à la Révolution, et qui, après avoir fait fortune par son talent, en Angleterre, est venu jouir de son bien dans sa patrie. La maison qu'il a établie serait peut-être mieux placée sur le mont des Récollets, près Cassel, ou sur le *mont de Lille*, près de Bailleul; mais, telle qu'elle est, elle rend des services. Tout ce qui sert à répandre des lumières est bon et utile, et, dès qu'il y a quelque part une maison d'éducation, on ne peut qu'en rendre grâce aux fondateurs (1).

Sur le sommet du mont Noir est la borne qui sépare la France de la Belgique.

Mont des Récollets.

Le mont des Récollets, qui faisait partie du domaine royal du bois de Nieppe, a toujours été nommé mont d'Escouffles; mais en 1610, Albert et Isabelle y faisant construire un couvent aux Récollets, il prit dans la suite leur nom.

Les Flamands l'appellent aussi Ouwenberg ou Nieuwenberg, soit à cause que l'archiduc Albert a dit : *het is Ouwem berg* (cette montagne est à vous), soit que l'on ait dit : *Nieuwen berg* (nouveau

(1) *La France au dix-neuvième Siècle.*

17

mont), par la raison qu'en élevant davantage sa cime (de Kruyn), le mont paraissait comme changé au moment de la construction du couvent et d'un calvaire.

Ce couvent des Récollets est démoli depuis la Révolution ; il n'en reste plus d'autres vestiges, qu'un puits toujours plein d'eau de source, qui servit pour la brasserie des frères, et qui se trouve presque au sommet de la montagne.

Au commencement de ce siècle, on y avait placé un télégraphe. On avait aussi fortifié son sommet et mis des canons à de certaines positions, en l'an 2 de la République, époque à laquelle les coalisés perdirent quatre mille hommes, dans une bataille qui eut lieu en germinal, au bas de la montagne, dans la plaine d'Ardifort.

Le mont des Récollets est tout-à-fait boisé. Nous avons vu que son sol et son élévation sont en tout semblables au sol et à la hauteur du mont Cassel ; sa forme est conique.

Un cèdre du Liban, planté sur l'endroit le plus élevé de ce mont, aurait, en peu de temps, une grandeur colossale, et ce serait un aspect des plus imposant pour cet endroit si bien aéré.

La verdure de ce bel arbre, dont on connaît le port majestueux, d'après celui qui existe au Jardin du Roi, à Paris, se confondant avec la verdure des autres arbres, ferait paraître le mont beaucoup plus élevé (de 15 toises au-moins), et serait une curiosité unique pour le pays.

Je dois faire des démarches pour la réussite de ce projet.

§ II. Divers Tableaux pour l'indication des Foires, Marchés, de la Population, des Naissances, des Décès, des Mariages, etc., pour les lieux communaux et cantonaux de l'arrondissement d'Hazebrouck.

Nota. Ces Tableaux ont été vérifiés, la plupart, sur ceux des Annuaires statistiques de M. Bottin. Nous n'avons pas pu donner tous les détails désirables pour bien des objets, parce que les papiers de la sous-préfecture de l'arrondissement ont été abîmés ou dispersés lors de la révolte des conscrits, aux Cent-Jours ; la Société d'Agriculture de l'arrondissement d'Hazebrouck s'occupera sans doute du moyen de restaurer cette branche importante de renseignemens.

17*

TABLEAU des Foires, Francs-Marchés et Marchés hebdomadaires des villes de l'arrondissement d'Hazebrouck.

NOMS des villes.	Marchés hebdomadaires	FOIRES et grands marchés.	DURÉE.	OBJETS QU'ON Y VEND.
BAILLEUL.....	Mardi.	Le 9 septembre.	1 jour.	Bêtes à cornes, blé, féves, bœufs, volailles.
		Le dimanche après la Trinité.	7 jours.	*Idem*, et détail de toute sorte de marchandises.
		Le mardi gras.	1 jour.	Bêtes à cornes, blés, féves, bœufs, volailles.
		Le dernier mardi d'avril.	1 jour.	*Idem.*
		Le dernier mardi de juillet	1 jour.	*Idem.*
CASSEL........	Jeudi.	Le Jeudi-Saint.	1 jour.	Chevaux, vaches, moutons, porcs, volailles, blé, féves, avoine, beurre, légumes, lin, fil, fruits, étoffes, etc.
		Le jeudi après la Trinité.	8 jours.	*Idem.*
		Le 1.er jeudi d'août.	1 jour.	*Idem.*
		Le dernier jeudi d'octobre.	1 jour.	*Idem.*
		Le dernier jeudi de novembre.	1 jour.	*Idem.*
ESTAIRES......	Mercredi et jeudi.	Le quatrième jeudi de juillet.	2 jours.	Toiles en assez grande quantité, bestiaux de toute espèce, blés, graines oléagineuses, denrées de toute nature.
		Le troisième jeudi d'octobre	2 jours.	*Idem.*
		Le troisième jeudi des autres mois.	1 jour.	*Idem.*

Suite du Tableau.

NOMS des villes.	Marchés hebdomadaires	FOIRES et grands marchés.	DURÉE.	OBJETS QU'ON Y VEND.
HAZEBROUCK..	Lundi et vendredi	Le 11 juin.	2 jours.	Bestiaux, beurre en assez grande quantité, dit de saison, laine, et détail de diverses marchandises. En cas de pluie, il y a un magasin pour y déposer les laines.
		Le lundi de la mi-carême.	1 jour.	*Idem.*
		Le troisième lundi d'avril.	1 jour.	*Idem.*
		Le premier lundi de mai.	1 jour.	*Idem.*
		Le premier lundi de mai, août, octobre.	1 jour.	*Idem.*
		Le premier dimanche après l'Assomption.	9 jours.	*Idem*, et de plus, détail de diverses marchandises de luxe.
		Le premier lundi après la Toussaint.	1 jour.	*Idem*, comme au 11 juin.
LA GORGUE....	" "	Le premier mardi de mai.	1 jour.	Bêtes à cornes, porcs, volailles, beurre, œufs, légumes, lin, fil, détail de quelques étoffes.
		Le premier mardi d'octob.	1 jour.	*Idem.*
MERVILLE.....	Mercredi et tous les jours.	Le deuxième mercredi de septembre.	2 jours.	Vente de graines pour les semailles, quelques bêtes à cornes, porcs, volailles, lin, fil, linge de table, fruits, légumes.
		Le deuxième mercredi des autres mois.	1 jour.	*Idem.*
STEENVORDE..	Samedi.	Le premier samedi d'avril, mai, août, septembre, octob. Le deuxième samedi de novembre.	1 jour.	Aux foires du printemps, assez grande quantité de bêtes à cornes maigres, bêtes à laines, porcs, fil brut, denrées ; aux foires d'automne, bêtes à cornes grasses, et une assez grande quantité de beurre.

Dans ces marchés principaux, cent mille hectolitres de grains se vendent annuellement.

AUTRES TABLEAUX STATISTIQUES.

1.º *Canton de Bailleul, distant de 264 kilom.*
de Paris.

NOMS des communes.	RIVIÈRES et ruisseaux.	Population.	Ménages.	Maisons.	OBSERVATIONS, établissemens publics.
BAILLEUL......	Cappel-Becque..	9,475	2,013	1,490	Deux cures; succursale à son hameau de Outersteene; deux justices de paix; brigade de gendarmerie; étape; bureau de l'enregistrement et des domaines;
BERTHEN.....	" "	546	134	77	receveur particulier des droits indirects; poste aux lettres, poste aux chevaux; école secondaire communale; hos-
FLÊTRES.......	" "	1,131	262	210	pice civil et commission administrative; marchés et foires; collége existant à Bailleul.
JANS – CAPPEL (S.t)	Cappel-Becque.	939	151	133	Les autres communes ont des succursales.
MERRIS........	Meter-Becque.	1,210	294	242	
METEREN......	*Idem.*	2,228	523	413	
NIEPPE........	Lys (rivière). Warnave Waterlanden.	2,916	594	499	
STEENWERCK.	Lys (rivière). Steenwerck Bec-que.	4,580	749	799	
VIEUX-BERQUIN	Borre (rivière). Meter-Becque, Platte-Becque.	3,317	677	522	
TOTAL(¹)...		26,351			(¹) Ce qui fait pour le canton de Bailleul, Nord-Est.... 13,410 Sud-Ouest... 12,941 Total..... 26,351

2.º *Canton de Cassel, distant de 284 kilom. de Paris.*

NOMS. des communes.	RIVIÈRES et ruisseaux.	Population.	Ménages.	Maisons.	OBSERVATIONS, établissemens publics.
ARNEKE........	Peene-Becque.	1,447	246	223	Il est à observer que c'est du recensement de 1821.
BAVINCKOVE... (Appelé aussi Ba-rinkove dans la carte de Cassini.)	Linke et Peene-Becque.	931	169	140	Succursale.
BUYSSCHEURE..	Yser (ruisseau).	926	171	140	*Idem.*
CASSEL.........	Sources de la Schoebecque et de la Peene-Becque.	4,241	960	795	Cassel possède : Cure, justice de paix, brigade de gendarmerie, étape, receveur de l'en-registrement et du do-
HARDIFORT. ...	″ ″	564	120	106	maine, un contrôleur et un receveur particulier
SAINTE-MARIE-CAPPEL....	″ ″	957	216	151	des droits indirects ; poste aux lettres et aux chevaux ; hospice civil
NORD-PÉENE...	Peene-Becque.	1,256	260	200	et commission adminis-trative; foires et mar-chés ; collège, etc.
OCHTEZEELE..	*Idem.*	562	120	94	Départ des courriers tous les jours.
OXELAERE. ...	Schoebecque et la Peene-Becque.	526	111	74	Toutes ces communes ont des succursales.
RUBROUCK.....	Yser (ruisseau).	1,496	309	228	
WEMAERS-CAP-PEL.......	″ ″	533	105	72	
ZERMEZELLE..	Zermezelle-Becque.	404	82	60	
ZUYTPEENE....	Peene-Becque.	913	184	157	
TOTAL......		14,756			

3.º *Canton d'Hazebrouck, distant de 298 kilom. de Paris.*

NOMS des communes.	RIVIÈRES et ruisseaux.	Population.	Ménages.	Maisons.	OBSERVATIONS, établissemens publics.
BLARINGHEM..	Canal de jonction de la Lys et l'Aa ; Melle (petite rivière).	1,815	371	321	Succursale ; bureau pour la déclaration des droits réunis.
BOESEGHEM...	Melle (rivière).	978	196	182	Succursale.
BORRE.........	Borre (rivière).	756	176	124	*Idem.*
CAESTRE.......	" "	1,669	363	237	*Idem* ; deux marchés francs.
ÉBLINGHEM....	" "	761	153	127	*Idem*, sans marché.
HAZEBROUCK...	Canal d'Hazebrouck (rivière), Papotte-Becque.	7,374	1,484	1,294	Sous-préfecture ; cure ; tribunal de première instance ; deux justices des paix ; lieutenant et brigade de gendarmerie ; receveur part. d'arrondissement communal ; contrôleur des contributions ; vérificateur ; receveur du domaine et de l'enregistrement ; conservateur des hypothèques ; contrôleur ; receveur principal des droits indirects ; sous-inspecteur et garde général forestier ; postes aux lettres et aux chevaux ; école secondaire communale ; collége ; école spéciale communale de dessin ; bureau de pesage, jaugeage et mesurage public ; hospice civil ; commission administrative ; maison d'arrêt ; foires et marchés.
HONDEGHEM...	Borre (rivière).	1,399	308	257	
LYNDE.........	*Idem.*	778	196	170	
MORBECQUE... (Cure.)	Borre et Nieppe (rivières), canal d'Hazebrouck. Canal du Pré-à-Vin. Papotte-Becque.	3,806	820	622	
PRADELLES...	" "	339	81	68	
RENESCURE....	" "	1,657	311	303	
SERCUS........	Lovelt-Becque Bremier - Becque	574	128	111	
STAPLE.	Borre (rivière).	1,176	244	167	
STEENBECQUE..	Nieppe (rivière).	2,068	467	380	
STRAZEELE....	" "	497	131	101	Les autres communes ont des succursales.
THIENNES.....	Lys, Melle, Nieppe (rivières).	1,023	205	169	
WALLON-CA-PELLE.....	Borre (rivière).	631	124	110	
TOTAL......		27,301			

4.º *Canton de Merville, à 296 kilomètres de distance de Paris.*

NOMS des communes.	RIVIÈRES et ruisseaux.	Population.	Ménages.	Maisons.	OBSERVATIONS, établissemens publics.
MERVILLE.....	Lys, Clarance, Borre (rivières); Becque du Vieux-Berquin.	5,909	1,204	1,184	Cure; justice de paix; receveur de l'enregistrement et du timbre; receveur particulier des droits indirects; poste aux lettres; foire; douze francs-marchés.
ESTAIRES.......	Lys (rivière). Meter Becque.	6,175	1,322	1,263	Succursale pour la ville; *idem* pour le hameau (le Doulieu.); poste aux lettres; école secondaire communale; deux foires; douze marchés mensaires, etc.
HAVERSKERQUE	Lys, Nieppe (rivières).	1,428	264	260	
LA GORGUE....	Lys, Lawe (riv.)	3,224	695	647	Succursale pour Haverskerque et Neuf-Berquin.
NEUF-BERQUIN.	" "	1,302	204	204	
TOTAL......		18,038			Succursale, une foire et des marchés pour La Gorgue.

5.º *Canton de Steenvoorde, à 322 kilomètres de distance de Paris.*

STEENVOORDE.	Steenvoorde-Becque.	3,629	748	734	Cure; justice de paix; receveur des domaines et de l'enregistrement; receveur particulier des droits indirects; hospice civil, commission administrative de l'hospice; trois foires; trois francs-marchés; etc.
BOESCHEPE....	" "	1,862	365	260	
CECKE.........	" "	1,345	304	301	
GODEWAERS-VELDE......	L'Horg-Becque.	1,980	406	308	
HOUTKERQUE..	Yser (petite riv.).	1,370	242	199	Les autres communes ont des succursales.
OUDEZEELE...	" "	1,031	180	150	
SYLVESTRE-CAPPEL (S.t)...	" "	1,158	244	214	
TERDEGHEM...	Un ruisseau.	623	143	130	
WINNEZEELE..	Carrée-Becque.	1,457	275	233	
TOTAL.....		14,455			

Pour la population et son mouvement dans l'arrondissement, je vais donner pour exemple l'annéc 1807.

NAISSANCES.

ENFANS légitimes.		ENFANS naturels reconnus.		ENFANS abandonnés.		TOTAL.	MARIAGES.
Mâles.	Femell.	Mâles.	Femell.	Mâles.	Femell.		
1,590	1,531	67	63	3	//	3,254	698

DÉCÈS.

Au-dessous d'un an.	D'un an à 15.	De 15 ans à 50.	De 50 ans à 80.	De 80 ans à 90.	De 90 ans à 100.	TOTAL.
833	626	625	730	146	16	2,976

La population était alors de 101,478.

Par conséquent le rapport des naissances à la population était de............ 1 à 3,118,
Le rapport des décès de.......... 1 à 3,410,
Et celui des mariages de.......... 1 à 14,538;
Et comme le nombre des naissances a excédé celui des décès, la population est accrue cette année de........................ 278.
Ce qui donne par hectare de terrain de l'arrondissement, le nombre d'habitans, savoir : 1 habitant par 0 hect. 36 ares 70 centiares.

En 1803, la population était de 101,970 âmes; comme l'on compte 35 4/7 lieues carrées de 25 au degré, on avait trouvé qu'il y avait, dans l'arrondissement, 2,848 2/3 individus par lieue carrée.

Donnons maintenant d'autres tableaux pour les cinq dernières années.

TABLEAU des Naissances, Mariages et Décès, pendant les années 1820, 21, 22, 23 et 24.

ÉTAT des individus.	Décès. Totalité.	Morts de la petite vérole enfans	MORTS D'UN AGE AVANCÉ. De 85 à 90.	Le 90 à 95.	De 95 à 100.	De 100 à, etc.
ANNÉE 1820. (Mariages 713, naissances 3,411.)						
Garçons........	783	6	4	//	//	1
Hommes mariés.	327	//	4	//	//	//
Veufs..........	175	//	13	6	1	//
Filles.........	665	4	3	//	//	//
Femmes mariées.	288	//	1	2	//	//
Veuves.........	230	//	14	4	2	//
TOTAL....	2,468	10	39	12	3	1
ANNÉE 1821. (Mariages 744, naissances 3,300.)						
Garçons........	789	//	4	1	//	//
Hommes mariés.	294	//	5	2	1	//
Veufs..........	135	//	7	5	//	//
Filles.........	721	//	2	4	//	//
Femmes mariées.	282	//	2	//	//	//
Veuves.........	234	//	14	3	4	//
TOTAL....	2,455	//	34	15	5	//
ANNÉE 1822. (Mariages 814, naissances 3,557.)						
Garçons........	856	//	1	//	1	//
Hommes mariés.	268	//	4	1	//	//
Veufs..........	147	//	7	2	1	//
Filles.........	773	//	5	1	//	//
Femmes mariées.	280	//	3	1	1	//
Veuves.........	206	//	8	4	2	//
TOTAL....	2,530	//	28	9	5	//
ANNÉE 1823. (Mariages 802, naissances 3,569.)						
Garçons........	934	9	4	//	1	//
Hommes mariés.	311	//	4	//	//	//
Veufs..........	171	//	10	5	//	//
Filles.........	884	6	2	2	//	//
Femmes mariées.	281	//	3	//	//	//
Veuves.........	267	//	19	4	//	//
TOTAL....	2,848	15	42	11	1	//
ANNÉE 1824. (Mariages 742, naissances 3,647.)						
Garçons........	1,060	42	2	//	//	//
Hommes mariés.	285	//	4	1	//	//
Veufs..........	144	//	17	5	//	//
Filles.........	997	29	2	//	//	//
Femmes mariées.	304	//	1	1	//	//
Veuves.........	225	//	13	5	2	//
TOTAL....	3,015	71	39	12	2	//

Il paraît qu'en fait de décès, l'influence des saisons apporte peu de différence au nombre mensuel, comme on peut le voir par l'exemple suivant (pour l'arrondissement d'Hazebrouck).

Année 1824. — Décès.

Janvier 271; fevrier 236; mars 331; avril 305; mai 257; juin 254; juillet 253; août 207; septembre 224; octobre 220; novembre 222; décembre 235. Total 3,015.

———

Relevé des Mariages célébrés pendant l'année 1824, par ordre de fréquence.

1.° Entre garçons et filles........ 596

2.° Entre veufs et filles.......... 94

3.° Entre garçons et veuves....... 27

4.° Et, en dernier lieu, entre veufs et veuves................ 25

TOTAL........... 742

TABLEAU des Naissances pendant cinq années.

ANNÉES.	ENFANS légitimes.		ENFANS naturels reconnus.		ENFANS abandonnés.		TOTAL.	OBSERVATIONS
	Mâles.	Femell.	Mâles.	Fem.	Mâles.	Fem.		
1820	1,620	1,595	19	22	75	80	3,411	"
1821	1,545	1,562	20	34	61	78	3,300	"
1822	1,753	1,620	29	27	65	63	3,557	"
1823	1,747	1,633	19	22	71	77	3,569	"
1824	1,750	1,687	11	15	94	90	3,647	"

Le total des habitans de l'arrondissement d'Hazebrouck est aux environs de 100,901 à 101,000.

~~~~~~~~~~~~~~~~~~~~~~~~~~~~~~~~~~~

CHAPITRE TROISIÈME.

REMARQUES GÉNÉRALES SUR LA PLAINE QUI ENTOURE LE MONT CASSEL.

> O fortunatos nimium sua si bona norint
> Agricolas !
> VIRGILE, *Géorg.*

Étude du terrain et de ses productions.

O<small>N</small> peut dire que Cassel offre des environs fertiles et des plus délicieux. La vaste plaine qui l'entoure a été comparée à une de celles de l'heureuse
Thessalie (1); l'œil, partout extasié, s'arrête sur
les belles productions de ses terres, sur ses gras
pâturages, sur ses champs variés et jamais lassés
de produire, sur les ruisseaux qui les arrosent sans
cesse, sur les bestiaux si nombreux et si bien

---

(1) Quam si videas tempe et aprica Thessaliæ non immerito voci-
tabis   (SANDERUS.)

nourris, sur les arbres vigoureux qui offrent au paisible campagnard des fruits et le meilleur bois de construction et de chauffage ; enfin on y rencontre tout ce qui peut faire la richesse et l'ornement d'un pays cultivé (1).

Dans l'ouvrage intitulé : *Historie van Belgis* de Marc Van Vaernewyck, on trouve le passage suivant sur cette belle plaine :

« Het aenschouwen der vrugten in West-Vlaen-
» deren als sy in hunnen tyd zin, strekt niet allen
» tot vermaek, maer selfs tot verwondering ; want
» die op den Cassel of opden uwen-berg, of op
» sommige hoogden ortrent belle staet, siet alo-
» meen angenaem groen en vele verscheyde andere
» Koleuren in de land-gewassen, soo dat de vel-
» den een uytgespreyd kostelyk tapyt schynen,
» van den hemel verryckt met allerleye verwen. »

Voici comment Meyerus de Vleteren s'exprime, en parlant des environs de Cassel.

« Ager omnis cum primis optimi fertilis tritici,
» equis, armentis, gregibus locuples, lino abun-
» dans, nemoribus atque arbustis suavissimis con-
» situs, torrentibus ac rivulis lœtus, hand paucis

---

(1) M. de Launoy fait observer judicieusement que l'on pourrait dire des peintres de l'École flamande ce que le professeur *Hallé* disait de Rubens : que l'idéal chez eux doit peut-être autant à la beauté du climat qu'au génie qui a produit leurs chefs-d'œuvre. En effet, on conçoit, en voyant ces vallées, que ces peintres ne durent pas aller chercher ailleurs des inspirations. On rencontre à chaque pas des objets qui se reportent tout-à-fait aux Van Ostade et aux Paul Potter.

» amœnus pascuis, variis que pomorum generi-
» bus plenus. »

Sanderus dit aussi :

« Ditio tota amæna est, et aprica collibus ex-
» surgens, vallibus irrigua, præ cæteris etiam
» locis Flandriæ oppidis ac Castellis instructa,
» nobiliumque virorum ab omni ævo habitatione
» ac frequentia celebris. »

Vrientius, dans son Éloge de Cassel, caractérise
les environs de la montagne par ce vers :

« Vallibus insedit Chloris et alma Ceres. »

M. Binaut d'Estaires l'a imité en disant :

« Flore dans ces vallons assise,
» Épanche en souriant sa corbeille de fleurs ;
» Cérès, dans ces sillons que sa main fertilise,
» Appelle tous les ans la faux des moissonneurs. »

M. Brault, en parlant aussi de cette vaste plaine,
dit que « si elle n'offre point aux regards de l'ob-
» servateur ces sites variés, pittoresques, romanti-
» ques, apanage des pays montueux ; si quelques
» massifs d'arbres, plantés çà et là, rompent seuls
» l'uniformité du sol, combien ne doit-on pas
» admirer ses habitans qui, par leur constance,
» leur industrie, ont su ravir au domaine des eaux
» une partie de leur territoire, et transformer en
» campagnes fertiles de vastes marais ! »

C'est sans doute aux Flamands que Delille disait :

« La nature est à vous, et votre main féconde,
» Dispose pour créer des élémens du monde. »

En effet, toute cette plaine, comme l'indique le nom de ses anciens habitans, a été conquise sur les eaux ; et les immenses tourbières que l'on y rencontre, le prouveraient sans cela (1).

Soumise aux débordemens de la mer, dans les temps les plus reculés, couverte de marais et de forêts impraticables, elle ne pouvait profiter sous le rapport agricole, et son terrain était d'autant plus abandonné, que le soin de leur propre conservation occupait presque exclusivement les hommes dans des siècles barbares.

Mais un temps prospère ayant permis aux cultivateurs d'étendre leurs domaines, l'art et l'industrie y ont produit un grand changement ; ils ont en plusieurs endroits transformé les marais insalubres et dégoûtans, en prairies riantes et productives, et changé de sombres forêts en riches et utiles pâturages ; la charrue aussi a bientôt pu ouvrir le sein d'une terre si féconde que la mer ne mouillait plus, soit qu'elle se soit retirée d'elle-même, soit que l'on ait donné à cet élément des bornes reculées. Alors ce sol fut arrosé d'eaux vives et abondantes, et couvert de riches moissons. Les agriculteurs n'épargnèrent plus aucune peine ; ils savaient que dans un lieu tempéré, sans excès de sécheresse ou d'humidité, on devait tout attendre

_____

(1) Une collection des corps fossiles que l'on trouve dans les divers arrondissemens du département du Nord, serait une preuve sans réplique de la formation secondaire de son sol, arraché pas à pas à l'empire des eaux de la mer.

d'un sol à jamais préservé des stérilités accidentelles.

*La pourriture de la terre et sa position, qui est
toute plate, sont* (dit *Arthur Young,* en parlant de
ce pays) *les circonstances principales qui la distinguent des meilleurs sols du reste de cette partie de
l'Europe.* Ce jugement du savant agriculteur anglais n'est pas hasardé pour les terres des arrondissemens de Bergues, Hazebrouck, Lille et Douai,
comme le fait observer M. Bottin ; mais si elles sont
productives, elles le doivent peut-être moins encore
à ces circonstances, qu'aux travaux opiniâtres et aux
soins continuels des estimables cultivateurs de ces
contrées (1).

Vers le treizième siècle, le pays comptait au
nombre de ses productions, des vignobles qui
réussissaient assez ordinairement, pour que le cul-
tivateur consacrât annuellement à sa culture une
partie de ses terres, et dont le vin qui en provenait
avait assez de volume pour constituer une partie
des revenus qu'il payait (*Thèse méd. de* M. *De-
lannoy*).

_____

(1) Les Flamands ont été les maîtres des Anglais dans les manu-
factures et le commerce ; il les ont aussi instruits dans l'agriculture.
Ce fut des environs de Cuency que sortit la colonie de cultivateurs
qui alla donner à nos rivaux une grande partie des moyens qui ont
fait d'eux une nation riche et puissante. Ce fut sous le règne de
Henri VIII qu'eut lieu cet événement. Avant cette époque, dit
Chalmers, il n'y avait en Angleterre ni carottes, ni navets, ni
choux, ni salades ; et dans le dernier siècle, dit le docteur Smith, la
majeure partie des pommes de terre et des oignons consommés dans
l'île, venaient de Flandre.

Aujourd'hui le sol, ou le climat (peut-être l'un et l'autre), se refusent à la réussite de cette branche de l'agriculture, et comme on l'a sagement fait observer, ce serait à tort qu'on imputerait à l'ignorance ou à la négligence, le peu de succès qu'on obtiendrait dans sa culture ; bien des tentatives des mieux entendues sont restées infructueuses : maintenant la vigne est seulement cultivée dans les jardins où elle est tardive, et où le raisin est exposé à ne pas mûrir. Elle ne donne de bon raisin qu'en serre chaude.

On s'attache particulièrement aux cultures céréales, plantations forestières, vergers, productions légumineuses, prairies artificielles et naturelles ; il n'est point de plantes céréales ou légumineuses qui ne soient connues et récoltées ici.

L'ensemble des produits agricoles représentent annuellement une valeur de. . . . 150,000,000 ^{fr}.

Les frais d'exploitation s'élèvent à. 140,000,000

Le bénéfice est de. 10,000,000

Nul terrain n'est inculte, et les paysans tâchent, par des sarclages continuels, de détruire les mauvaises herbes qui croissent en grand nombre dans leurs champs. Je crois, avec M. Brault, pouvoir attribuer leur reproduction à l'habitude qu'ont ceux-ci de les laisser sur les lisières des champs. L'humidité du sol suffit à leur développement ; la semence mûrit, et les vents la poussent au loin.

On devrait conseiller aux habitans de la campagne de brûler toutes ces plantes, ou de les convertir en fumier bien avant leur floraison.

La coutume généralement répandue de planter les bords des rivières de peupliers, saules, etc., en retient le lit, et rend quelquefois possible quelques inondations locales ; les crues d'eau, qui arrivent après de forts orages, vu le peu de largeur ou de profondeur des ruisseaux, couvrent les prés d'alentours, entraînent souvent les productions de ces terres et sablent l'herbe. On s'occupera sans doute des moyens d'y remédier.

Les bestiaux, nourris abondamment d'herbages verts et secs, produisent beaucoup d'engrais ; néanmoins il est souvent nécessaire d'avoir recours à d'autres moyens plus appropriés au sol que l'on veut amender ; il en existe plusieurs.

1.° Le plus ancien consiste à former des fossés profonds, d'où l'on tire une terre argileuse vierge, qu'on appelle marne ; on répand cette marne sur le terrain auquel on veut donner une nouvelle végétation, après l'avoir laissé passer l'hiver.

2.° Le deuxième moyen est de faire usage de la pierre calcaire non-calcinée, qu'on se procure à un prix très-médiocre dans le département du Pas-de-Calais ; ou de cette même pierre calcinée qui, répandue sur un champ épuisé, y donne un sel très-propice aux plantes céréales, et travaille plus promptement que le premier, en secondant les moyens ordinaires ; cette pierre calcaire rend en

18*

outre le terrain plus léger, et l'eau le traverse plus facilement.

3.° Un autre engrais consiste dans l'emploi de tourteaux, provenant de graines oléagineuses réduites en poudre, mélangées avec de la gadoue et répandues ensuite comme terre. L'expérience en démontre les bons effets; on préfère ceux qui proviennent de la graine de chanvre.

Il faut ajouter encore que dans beaucoup de cas, on emploie de la gadoue pure, qu'on achète dans les villes, et que l'on dépose provisoirement dans des caves creusées en plein champ.

Il est d'un grand usage pour le houblon et le tabac, qui exigent un stimulant actif. Il ne faut pas oublier les boues que l'on tire des fossés et des canaux, que l'on emploie plus particulièrement à l'engrais des herbages.

M. Bottin s'exprime ainsi, en parlant des cultivateurs de la Flandre :

« C'est à ces infatigables agriculteurs que la
» France doit l'emploi de la gadoue; c'est aussi
» eux qui ont enseigné à leurs voisins l'art de fé-
» conder les terres glaises, par le mélange de la
» marne, du sable; les terres marneuses et sablon-
» neuses, par l'amalgame des terres glaises; de
» diviser ces dernières par la chaux, les cen-
» dres de tourbes, les boues des rues; d'échauffer
» les terres froides avec la fiente de pigeons, qu'ils
» vont acheter, à grand prix, au loin; c'est encore
» eux qui ont enseigné l'art de perfectionner la

» culture faite à la charrue, par l'emploi de la bê-
» che; de multiplier les engrais par le bétail; le
» bétail par les prairies artificielles; de garantir les
» récoltes par le chaulage, le changement fréquent
» de semences; d'en doubler le produit par des
» sarclages continuels.

» Ce sont les cultivateurs des environs de
» Lille qui ont, les premiers, emprunté des
» *Belges,* leurs voisins, cette charrue légère qui
» économise les chevaux et améliore le travail.
» Que dirai-je enfin? Leurs champs produisant de
» grasses moissons, sous ces dômes majestueux
» dont les environnent les cordons d'arbres de la
» plus belle venue, détruisent victorieusement le
» préjugé élevé par la routine ou la paresse, contre
» les plantations des propriétés rurales.

» Je viens, sans m'en apercevoir, de révéler tous
» les secrets d'une bonne culture : c'est l'histoire
» des agriculteurs lillois, auxquels ceux des arron-
» dissemens d'Hazebrouck et Bergues ne le cèdent
» guère. Puisse l'influence de leur exemple se
» répandre, comme une rosée fécondante, sur
» les parties encore peu productives des autres ar-
» rondissemens! »

Les plantes céréales cultivées dans la plaine de
Flandre sont le blé barbu (*triticum compositum*),
et non barbu (*triticum sativum*), le blé de mars,
triticum œstivum, qui y sont de bonne qualité.

Le méteil, le seigle (*secale cereale*), l'orge d'hiver (*soucrion* dans le pays), (*hordeum hexastichon*),

l'orge d'été (*hordeum æstivale*), l'avoine (*avena sativa*), y croissent en abondance.

La pamelle et le sarrasin, ou blé noir, s'y trouvent aussi.

On change fréquemment les semences (1).

Les plantes légumineuses, tels que les pois (*pisum sativum*), les haricots (*phaseolus nanus et vulgaris*), les vesces (*vicia sativa*), les fèves (*faba vulgaris*), ne sont pas négligées.

Le trèfle, la luzerne, le sainfoin, le foin, offrent de grasses pâtures aux animaux, et sont aussi destinés à être convertis en fourrages.

On cultive le trèfle dans les bleds, c'est un procédé très-avantageux.

Parmi les plantes oléagineuses, on cultive les suivantes : la navette (*brassica asperifolia*, le colzat (*brassica oleracea*) (2), l'oliette ou pavot

---

(1) Après le *blé*, on met indistinctement orge, avoine, colzat, seigle, fèves, oliettes, tabac, navets, chanvre, treffle, luzerne, hivernage ; après *avoine*, blé, caméline, colzat, tabac, chanvre ; après l'*orge*, froment, seigle, avoine, fèves, lin, oliettes, tabac ; après *navets*, blé, avoine ; après *fèves*, blé, seigle, oliette, camelines ; après *oliettes*, blé ; après *sarrasin*, fèves, orge ; après *colzat*, pommes de terre et carrotes, blé ; après les *grands choux*, avoine, blé de mars ; après toute *production manquée*, cameline, oliette. Par ce moyen, on met en pratique le précepte du quatrain suivant des *Adages des Champs*, pour novembre 1824 :

> *Grain sur grain* est une hérésie
> Dans la rurale économie.
> Après les grains, à tes guérets
> Donne herbages, fèves, turneps.

(2) On repique le plant du colza, comme on repique les jeunes

(*papaver somniferum*), la cameline (*myagrum sativum*).

Le lin (*linum usitatissimum*) ramé ou non ramé, est encore une grande partie de spéculation, de même que le chanvre, pour leur précieux fil, etc.

Les plantes dont les racines servent de nourriture aux hommes et aux bestiaux, sont : la pomme de terre (*solanum tuberosum*), les navets (*brassica napus*), la carotte (*daucus carota*), la betterave champêtre ou disette (*beta cycla*); ces plantes se cultivent en grand et avec succès.

La chicorée amère (*chicorium intybus*) sert de succédanée au café.

Les mêmes plantes qui complètent la culture de ce terrain, sont :

Le tabac (*nicotiana tabacum*), dont on fait des plantations considérables et très-belles. Il y a des années où l'on emploie 15,072,170 hectares, pour l'arrondissement d'Hazebrouck : tel a été l'an 1808. Il y avait alors dans cette division du département du Nord, vingt mille quatre cent quatre-vingt-quatre cultivateurs.

Le houblon, qui se perfectionne et qui, tous les ans, donne des résultats de plus en plus avantageux.

---

choux; le colza subit aussi une autre pratique appelée *palotage*, qui consiste en la formation, à trois mètres au moins l'un de l'autre, de fossés de soixante-dix centimètres de profondeur et largeur, dont la terre est rejetée sur le pied des plantes.

La wedde ou pastel, notamment à Hallenes-lez-Marais, Herrin et Gondecourt, arrondissement de Lille.

La moutarde, qui se cultive aussi en grand.

De même le grand chou, dit chou collet (*brassica oleracea* variété).

Arbres forestiers.

Les bois qui forment l'essence des forêts sont : le chêne, qui y est plus ou moins propre à la marine ; le hêtre, employé à la tonnellerie, boissellerie ; le frêne, si propre au charronnage et dont on fait des douves de baril ; l'érable, rare et précieux ; l'aune, aussi durable que le chêne, étant employé en conduits et canaux souterrains ; le charme, bois excellent pour le tour et les manches d'outils ; l'orme, gros et ordinaire, qui a fait la réputation du charronnage de l'arsenal de Douai ; l'orme pyramidal ; le bouleau, dont on fait des balais ; le châtaigner, rare ; le peuplier noir ; le peuplier d'Italie ; le peuplier blanc, dont on se sert pour faire planches, meubles, charpentes légères ; le tremble, employé aux constructions rurales ; le platane ; le poirier ; le pommier et le prunier sauvage, en petite quantité ; le néflier ; le merisier ou cerisier sauvage, dont les fruits donnent le meilleur kirsch-wasser ; le cornouiller, dont le bois est recherché par les tourneurs.

La plupart de ces arbres forment en outre de

riches plantations. On rencontre encore, le long
des chemins et des propriétés, beaucoup de hallots
(saules têtards), qui sont d'un si beau rapport
par leur tonte périodique.

« Nous sommes engagés à faire une observation
» sur les quinconces d'ormes du pays, dans l'inté-
» rêt des propriétaires. Comme ces arbres deman-
» dent beaucoup d'espace pour se développer, et de
» place pour étendre leurs racines, on devrait les
» planter de préférence en ligne et sur les routes,
» comme l'ordonna Colbert dans ses réglemens
» d'administration publique; comme l'indiquait
» François de Neufchâteau, dans ses circulaires,
» lorsqu'il était ministre de l'intérieur; comme
» MM. Lainé et Decazes en ont depuis renouvelé
» l'invitation. Si l'on veut planter *en bosquets*, du-
» moins faut-il mettre les pieds à de grandes dis-
» tances les uns des autres, afin d'obtenir les pro-
» duits les plus beaux et le plus entier développe-
» ment ».   (*France au dix-neuvième siècle*).

Arbres fruitiers.

Pommiers, poiriers, pruniers, cerisiers, abrico-
tiers, pêchers, très-peu de noyers. Quoique peu
riche en variété des espèces, on remarque cependant en Flandre, comme étant le plus cultivés en
grand, les calvis d'été et rosats; la poire mansuède
ou bon-chrétien d'Espagne; la cerise gros-gobet
ou courte-queue. Les fruits à pépins sont assez

bons; ceux à noyaux ont besoin du concours de toutes les circonstances favorables à la végétation pour être passables.

Arbrisseaux et arbustes indigènes.

L'aubier, dont la boule de neige n'est qu'une variété; la bourdaine, ou aune noir, dont le charbon est propre à la confection de la poudre à canon; le coudrier; le fusain, dont le bois réduit en charbon, sert aux dessinateurs; le troëne; le sorbier des oiseleurs, dont les fruits servent d'appâts aux oiseleurs; le nerprun, dont les baies donnent une couleur gommeuse d'un beau vert et servent en médecine; l'aubépine; l'églantier, ou rosier sauvage; le sureau; l'épine-vinette; le groseiller à épines; le framboisier; le buis; sont toutes plantes sous-frutescentes communes en Flandre.

Plantes des jardins.

Outre les plantes de serres, assez multipliées dans certains points, quelques arbustes et plantes exotiques cultivées sous la libre influence du climat, se trouvent dans les jardins particuliers. Les plantes d'ornemens ne sont pas rares : on aime généralement les fleurs, et on les fait prospérer. Le printemps tenant en réserve, pour cet endroit, comme pour le reste du département du Nord, les plus douces et les plus soudaines faveurs, il y a partout

en ces cantons une grande recherche de jardinage,
et la terre, secondant les soins, de la main qui la
cultive, se plaît à se venger des rigueurs passagères
du ciel. Si l'hiver est froid et humide, si les vents
sont rudes et impétueux, si le soleil est long-temps
caché par de noirs et épais brouillards, si la terre
est en son absence insènsible et décolorée, tout-à-
coup, aux mois de mai et de juin, quand la neige
a cessé de couvrir les guérets de sa nappe d'albâtre,
la végétation se ranime, et va déployer ses mer-
veilles. Les vallées et les collines se parent de leur
manteau nuancé des plus riantes couleurs; la thy-
mêlée des champs, la selli des montagnes, l'orni-
thogale jaune, la paquerette chérie des enfans, le
buplèvre faucilier, brillent à l'envi de toutes parts.
Auprès de la violette de Parme, qui depuis peu y
est introduite, on voit la fleur pourpre de l'iris de
Sibérie, l'hémérocale aux grappes d'or, l'anémone
de Sylvie, à fleurs de narcisse, d'un éclat argenté;
le rosier du Bengale est dans tous les parterres,
aussi bien que l'amaryllis, peut-être la plus belle
des fleurs; la tulipe aux larges calices (1), et l'œillet aux houppes panachées, y reçoivent de particuliers hommages. Quand vient l'automne aux tons
grisâtres, on distingue, au milieu des fleurs qui
naissent en cette dernière saison, l'aster de la

_____

(1) La tulipe apportée en Flandre de Cappadoce, en 1573, y
devint l'objet d'une sorte de passion : en 1614, une tulipe fut vendue
à Cambrai, 260 florins.

Chine, ou plutôt la reine-marguerite , la plus belle
espèce de ce genre , qui se varie à l'infini.

Je dois finir ce Chapitre en disant que Cassel
est environné d'un grand nombre de villages, qui
sont pourvus de tout ce qui peut prouver l'aisance
et le bonheur de ses habitans.

Comme on l'a pu voir par le passage de Sanderus,
cité au commencement de ce Chapitre , de belles
maisons de campagne et des châteaux s'y trouvent
aussi ; on cite avec plaisir , entr'autres , le château
d'Oxelaere ; il est à la famille de feu M. Lenglé de
Schoebecque qui , en tout temps , fut le bienfaiteur
de ses compatriotes et de ses administrés. Outre
la beauté de son intérieur, ce château est entouré
d'un jardin anglais, entretenu dans le dernier goût;
tout y est frais et verdoyant; l'air y est embaumé
de mille parfums; sa fraîcheur continuelle est due
aux magnifiques rivières qui l'entourent, et à un
bassin, dont la fontaine fait jaillir à une grande
hauteur l'eau de la Schoebecque, qui y est reçue
en totalité.

Les fruits des espaliers ont la saveur des fruits
de Provence, et leur parfum n'en diffère guères :
néanmoins les melons y réussissent plus difficilement que les autres fruits d'un climat méridional.

~~~~~~

CHAPITRE QUATRIÈME.

OBSERVATIONS MÉDICALES ET CONSEILS HYGIÉNIQUES REGARDANT LES HABITANS DE LA PLAINE FLAMANDE.

Ad utilitatem vitæ omnia consilia factaque nostra dirigenda sunt.

TACITE.

§ I. Caractère des Villageois de la Flandre; leur manière de vivre, etc.

Parler des villageois de la plaine qui entoure Cassel, c'est parler d'hommes chez qui, pour la plupart, la vertu et la simplicité sont des caractères dominans. On aime en eux leurs mœurs douces, leur cœur compatissant, l'amour du travail qui les anime pour nourrir une famille nombreuse (1) Ils sont

---

(1) Des observations faites avec patience ont fait connaître les quantités moyennes de pain, viande, beurre et bierre consommées dans le Nord par les habitans des campagnes. Chaque individu mange par an 450 livres de pain; chaque fermier, 200 liv. de viande; chaque domestique, 150; le fermier, 100 liv. de beurre; le domestique, 75. Il est bu par chaque fermier, 250 litres de bière, et par chaque domestique, 125 litres.

hospitaliers : si un indigent se présente à leur porte,
il partagera le repas frugal que l'appétit et la santé as-
saisonnent. Exempts de vices, ils coulent leurs jours
paisiblement. Leur religion est sans fanatisme, leur
politique consiste à bien cultiver leurs terres, et leur
cœur connaît rarement ces funestes passions qui
dégradent la plupart des hommes ambitieux ; éloignés de la société, ils n'en contractent pas les vices.
Bons cultivateurs, honnêtes fermiers, ils n'épar-
gnent leurs soins, ni à leur troupeaux, ni à la
terre. Presque toujours occupés dans les champs,
ils, fournissent une longue carrière exempte des
infirmités qui assiégent les hommes que leur profession rend sédentaires, et ils sont rarement malades ; l'air vif de la plaine les rend forts et vigoureux.

Trouvant presque sous la main les moyens de
leur existence, comme ceux de leurs plaisirs, ces
heureux colons arrosent de peu de sueur les champs
qu'ils cultivent ; ils jouissent d'une aisance peu commune aux campagnards des autres provinces ; aussi
la terre n'est-elle pas simplement féconde, elle est
encore embellie, ornée de sa fécondité ; chaque demeure a ses eaux, son ombrage, ses embellissemens
particuliers ; en un mot, tout peint les affections
douces de ces Flamands, tout porte le cachet
d'un bonheur présent, ou d'une attente qu'un sol
inépuisable ne saurait tromper.

Il y a cinquante ans, on ne trouvait pas dans ce
pays un fermier sur vingt qui parlât Français ; mais

depuis lors, le passage des troupes, les nouvelles
formes d'administration, les transactions chez les
officiers publics, ont fait connaître la langue nationale dans la plupart des fermes et des familles. Les
écoles ouvertes partout, achèveront ce qui est commencé, et la génération devenant de plus en plus
éclairée, abandonnera enfin l'usage de ce patois
mêlé de hollandais et de flamand.

Voici pourquoi les Flamands sont restés si long-
temps en arrière de la civilisation : Il y avait dans
la Flandre-Flamingante une coutume singulière,
et qui rendait témoignage des goûts casaniers des
habitans du pays, en-même-temps qu'elle aidait à
les comprendre.

Nul ne pouvait quitter le lieu où il avait vu le
jour, ni se marier, ni acheter des biens ailleurs et
s'y fixer, sans payer un droit assez fort. La crainte
de ces frais empêchait les déplacemens. Plus tard,
les villes de cette partie de la Flandre convinrent
entr'elles que le droit ne serait perçu que quand
on irait s'établir hors de la province.

Cela annonçait déjà un changement dans les
idées, et un besoin de se dépayser, qui ne fit que
s'accroître depuis cette époque.

On voulut voir, on vit. On quitta ses foyers pour
courir le monde; on entra dans les régimens et
dans les administrations; on participa au mouvement partout imprimé; et enfin, l'on fit des progrès sensibles dans toutes les branches de l'indus-

trie et de l'éducation, ainsi que l'a fait remarquer dernièrement M. le baron Charles Dupin.

Les femmes, ces compagnes de notre sort, qui influent si visiblement sur notre bonheur ou sur nos ennuis, qui causent notre ruine ou notre fortune; les femmes, dans la Flandre, ont toujours passé pour être belles et bonnes. Nous ne voulons pas attaquer cette renommée; mais pourtant il y a des restrictions. Les Flamandes sont blanches à-la-vérité, et leurs couleurs sont fraîches et vives; mais elles se passent promptement, et c'est ici que la beauté n'est réellement qu'une fleur qu'un souffle ternit et décolore: quant à la bonté, elle demeure. Il ne faut pas oublier de dire que les Flamands, malgré leurs anciennes relations avec les Espagnols, ne sont ni vains, ni despotes, ni jaloux; ils s'occupent des affaires du dehors, et laissent leurs femmes maîtresses au logis, et c'est là, peut-être, ce qui assure le repos des familles et la paix des ménages.

Diverses causes successives, et toutes puissantes ont contribué à enlever aux Flamands cet esprit de mutinerie qui caractérisait chez eux les siècles du moyen âge. D'abord on abattit leurs forêts, qui rendent toujours les hommes plus farouches, plus amis de leur indépendance; ensuite, on les vit se livrer à la culture de leurs champs, et ces travaux, essentiellement pacifiques, modifièrent encore leur tempérament et leurs idées. Enfin, des guerres sont arrivées qui, sans se faire à leur profit, ont amené sur leur territoire des nations de tous les pays; qu'ils prissent ou non partie dans la mêlée, ils étaient toujours écrasés. Il fallait, dans les momens de trève, retourner à la charrue, pour rétablir son patrimoine; et cette succession de fatigues, soit des temps de guerre, soit des temps de paix; cette série de chefs différens, qui s'emparaient de leurs provinces; ces réglemens contradictoires qui tour-à-tour leur étaient donnés; toutes ces causes n'étaient que trop faites pour dompter leur génie, et leur faire oublier la trace de leur antique liberté.

Ce qui a achevé de séparer, à leur égard, les temps anciens des temps modernes, c'est cette multitude de places fortes qu'on a élevées au milieu d'eux; ils en ont vu couvrir leurs héritages. Il n'y avait pas un hameau qui ne fût entouré d'un fossé et défendu par des palissades. Leurs jardins se terminaient par des redoutes, et, pour aller à la messe ou à la halle, il fallait nécessairement passer sous le canon de la citadelle. *Les bourgeois* et les *citadins* étaient assujétis, à peu de choses près, aux règles faites pour la garnison. Il y avait *la diane* et *la retraite*, qui faisaient lever et coucher tout le monde. Les *qui vive* allaient leur train jour et nuit, et c'était une alerte continuelle. Comment était-il possible qu'avec un semblable régime, prolongé pendant des siècles, les esprits les plus fiers ne fussent pas réduits et abattus? ils l'ont été sans nul

19

doute, et les descriptions d'autrefois passeraient aujourd'hui pour des fables; mais pour être comprimés, les sentimens ne sont pas éteints. Cette vieille ardeur belliqueuse s'est ranimée aux jours de l'invasion; et, s'il s'agissait encore à-présent de défendre nos frontières, on reverrait les courages sortir de leur sommeil, et l'on retrouverait alors le vrai Belge des Commentaires (1).

Quoique ce terrain soit bas, humide et froid, il doit être rangé dans la classe des pays de plaine, quand on l'envisage hygièniquement; car les eaux y ont un écoulement facile, et le sol n'offre point de ces marécages étendus où l'eau est stagnante et croupit perpétuellement.

Les habitans, également à l'abri des atteintes de la puissance tonique des lieux élevés et de l'influence relâchante des lieux bas, ont les fonctions de la vie modifiées seulement par la saison et le régime dont la force active, comme celle de l'air atmosphérique, efface les trop faibles impressions qui pourraient dériver de la position du pays.

Là on ne trouve pas un secours réel ou des propriétés agissantes pour certaines maladies; mais au-moins c'est une retraite utile aux malades qui devraient fuir les lieux élevés ou les marécages.

Les maladies n'ont pour ainsi dire jamais revêtu

(1) Extraits de *la France au dix-neuvième Siècle*.

la forme épidémique dans cette partie de la Flandre; elles y sont néanmoins lentes et de résolution imparfaite.

Les maladies des enfans n'offrent point de caractère particulier; le croup y est rare.

Quant aux autres affections qui s'y rencontrent, ce sont des scrophules; quelques espèces de dartres, que des charlatans entretiennent; des ophtalmies, qui, par la négligence des malades, passent souvent à l'état chronique. Les phthisies, les inflammations intestinales s'y rencontrent aussi; les calculs urinaires y sont plus rares que dans le reste de la France: cela est indubitablement dû à l'usage de la bière.

Quant à la variole, ce fléau a fait quelquefois bien des victimes dans ce pays; mais la vaccine a surmonté les obstacles mis à sa propagation par les préjugés et l'ignorance de la classe peu éclairée qui, malgré sa prévention, apprécie les bienfaits de ce préservatif.

Pour ce qui regarde l'influence de ce terrain humide de plaine, sur les facultés physiques et morales, je dirai avec l'immortel observateur de Coos, qu'elle tend à rendre mou et lourd.

En effet, là où l'on n'a ni des rochers ni des montagnes à gravir; là où le terrain, par le moyen d'une très-médiocre culture, fournit tout à l'homme au-delà de ses besoins, on est naturellement disposé à l'indolence et à la mollesse. *Le Tasse* a exprimé

19*

cette mollesse par des vers d'une harmonie si noble, et, par conséquent, si adaptée au sujet, qu'en les lisant, je dirai avec le docteur Coray : on sent presque l'envie de ne rien faire?

« La terra molle, e lieta, e dilettosa
» Simili a se gli abitator produce.

Gerusal. Liberat. Cant. I, ott. 62.

Kermesses, Ducasses.

On désigne sous ce nom, dans ce département, les fêtes locales ou patronales des communes. Dans toute la France, l'usage de ces fêtes se conserve, mais nulle part avec autant de soin que dans la partie du nord ; cette époque de délassement et de réunion des familles y est toujours attendue avec impatience. Parler de la Ducasse à un habitant du département du Nord, c'est lui causer la plus agréable distraction au milieu de ses peines. Ces fêtes durent trois, six, huit jours, et pendant ce temps là, c'est une foire, des danses et des fêtes continuelles. Les villageois surtout, si flegmatiques, si froids dans les temps ordinaires, s'enflamment tout-à-coup par l'abus du vin et des boissons fermentées. Tous, grands et petits, plus ou moins riches, sont amateurs de ces fêtes, qui remuent la population toute entière.

D'autres circonstances plus intéressantes signalent ces fêtes : ce sont des jeux publics, de balle,

d'arc , d'arbalette , de tir à la cible et à l'oiseau ,
pour lesquels les habitans de la Flandre ont un
penchant qui tient de la passion.

Ces jeux, annoncés un mois à l'avance par des
programmes placardés, donnent lieu à des luttes
de commune à commune. Le gain d'une des parties est une vraie victoire; le prix consiste en une
timbale d'argent, en mouchoirs, couverts d'argent,
montres, et autres objets fournis par la municipa-
lité du lieu.

Tableau d'un Village Flamand , à deux lieues de Cassel (1).

Quand on sort de Dunkerque , et qu'on veut aller à Cassel, le terrain commence à monter à
Wormhont, après la petite rivière de l'Yser, qui
passe au midi de ce village , ou plutôt de ce bourg ,
ou même de cette ville.

On donne en Flandre le nom de village à des
lieux qui , dans les Alpes ou les Pyrénées , seraient
très-bien des préfectures. Wormhout a trois ou
quatre mille âmes , et les maisons sont tenues avec
une propreté qui annonce l'aisance des habitans ,
et fait la consolation du voyageur. Quand on a
quitté sa famille et ses amis, et qu'on traverse, seul
et rêveur , un pays jusque là inconnu, il est doux
de rencontrer ce bon ordre, ces soins , qui vous

(1) Extrait de *la France au dix-neuvième Siècle.*

font un peu oublier les plaisirs que vous avez perdus. Rien ne manque dans la chambre qui vous est
donnée ; tout y est simple, mais de bon goût ; et le
luxe des rideaux de croisées, des papiers de ten-
ture, des franges de l'alcove, s'est glissé jusque
dans les plus humbles demeures.

On ne voit pas ici précisément des parquets à
la mode parisienne ; mais des planchers très-bien
joints, lissés, cirés, quelquefois recouverts d'un
sable fin qu'on renouvelle tous les jours. Une chose
qu'il ne faut pas oublier, et qui n'est pas indigne
de nos remarques, c'est le brillant de la batterie
de cuisine : le cuivre a l'éclat de l'or, et le fer a le
poli de l'acier. Tandis qu'à Paris, chez les restau-
rateurs, vous voyez des cheminées enfumées et des
fourneaux qui répugnent à l'œil, à Wormhout et
dans toute la Flandre, les fours de campagne, *les
trois-pieds* et les crémaillères sont fourbis matin et
soir, et ne laissent au gourmand le plus timide
aucune crainte d'être empoisonné.

Ces choses ne doivent point être dédaignées.
Qu'on prenne ses gens dans la Flandre, qu'on
mette ceux qu'on a sur le pied des gens de ce pays,
et l'on en éprouvera bientôt les plus notables avantages. Les cuisinières flamandes ont, chez les con-
naisseurs, le même renom que les perruquiers
gascons, les rémouleurs de Lorraine, les porteurs
d'eau de l'Auvergne et les ramoneurs savoyards.

L'Yser, qui passe à Wormhout, a des bords vraiment enchanteurs ; et, quand on passe en ce pays

dans l'arrière saison, on est surpris d'y voir encore
la terre parée de ses fleurs les plus belles. Les plantes
s'endurcissent avec le climat, et elles résistent, plus
long-temps dans le nord, à une température alternativement humide et froide, qu'elles ne le feraient
dans le midi. En approchant de Wormhout, notamment du côté de Cassel, on respire un air embaumé qui sort des jardins, des vergers, des parterres et des bocages. De ce village à Bergues, et
dans tous ces cantons, on trouve des haies formées
d'épines entrelacées, vives, mais étroites, et qui ne
prennent que très-peu de terrain; on n'a que rarement des murs pour entourer les héritages; les
haies suffisent dans les plus riches domaines, et
cette espèce de clôture, plus riante que l'autre,
ajoute encore à l'agrément du pays. Les maisons
portent sur leur toit la date de leur construction;
les barrières, les arbres mêmes, ont un chiffre qui
indique l'année de leur plantation, tant on aime,
dans ces contrées, à se rendre compte de tout et
à tenir en règle les moindres affaires!

Les propriétés sont extrêmement divisées dans
le nord; *raison*, dit Bernardin de Saint-Pierre,
*pour que l'agriculture s'y perfectionne, et pour que le
peuple soit heureux.*

§ II. Conseils Hygièniques, nécessaires aux Cultivateurs de la plaine flamande.

On prévient les maux en s'opposant à leurs premières causes ; mais ces causes elles-mêmes sont souvent ignorées. Si les hommes connaissaient mieux ce qui leur peut nuire, ils ne seraient pas si sujets aux maux qui affligent la plupart d'entr'eux. C'est toujours loin d'eux-mêmes qu'il faut aller chercher ces causes ; l'air qu'ils respirent, les lieux qu'ils habitent, etc., etc., renferment les principes de la conservation ou de la destruction de leur être.

Il ne faut pas croire qu'à l'abri des influences qui sont, pour les habitans des villes, une source intarissable de maladies, les heureux cultivateurs doivent être entièrement des objets d'envie ; car si les campagnes offrent de précieux avantages pour la conservation d'une bonne santé, ces avantages ne se trouvent pas dans toutes les localités ; et d'ailleurs, des travaux pénibles exposent à beaucoup de maladies, à divers accidens. L'ignorance et les anciennes routines font commettre aussi plusieurs fautes de régime, etc.

Essayons de donner quelques conseils salutaires, d'après les observations que nous avons été à même de faire à la campagne, afin de nous rendre utile à cette classe si intéressante de citoyens, les cultivateurs Flamands. Nous rangerons nos observations

selon les cinq divisions établies par Hippocrate, et
nous nous contenterons d'exposer simplement les
dangers, sans entrer à cet égard dans des explica-
tions médicales, inutiles pour les gens de l'art,
obscures pour les gens du monde.

1.ere CLASSE. *Circumfusa.*

On doit regarder comme portant atteinte à la
santé, l'humidité de l'atmosphère non combattue
par des feux aux foyers.

On doit, pour se préserver de l'effet dangereux
des pluies, se couvrir davantage aux champs, surtout quand on est en transpiration.

On doit avoir plus de soin que l'on n'en a
d'habitude, pour se soustraire aux vents, lors des
sueurs abondantes.

Il est nuisible de rester tête nue aux ardeurs du
soleil, pendant les moissons. Les maisons rurales
ne doivent pas être basses, mal couvertes ; on ne
doit pas leur donner des portes et fenêtres étroites,
qui empêchent la libre circulation de l'air, et qui
n'admettent qu'une faible portion de lumière.

Il faut que l'on se garde d'avoir pour plancher
une terre humide, un sol battu d'où s'échappent
sans obstacles l'humidité et les émanations terrestres.

Les lits ne doivent pas être placés dans des
espèces d'alcoves rétrécies, dont les rideaux fermés

empêchent le renouvellement de l'air, retiennent concentrées les exhalaisons produites par les personnes qui y couchent, et contribuent à nuire à leur santé.

Ces lits, ainsi mal aérés, ne doivent du-moins pas être occupés par plusieurs personnes en-même-temps.

Les habitans agricoles ne doivent pas entasser des fumiers jusqu'au seuil de leurs demeures; ils doivent au contraire les éloigner d'eux et de leurs étables : les miasmes fétides qui s'en dégagent vicient l'air ambiant.

On doit avoir soin d'enterrer les cadavres d'animaux au loin et profondément.

Les demeures ne doivent pas être entourées de bois de chauffage amoncelés, et qui s'opposent à ce que l'air puisse librement circuler.

Ces bois ne doivent surtout pas être placés sur des conduits d'eau; ils les empêchent de couler et les rendent stagnantes. Ces petits cloaques deviennent souvent, mal-à-propos, le réservoir des ordures des maisons, et la fermentation putride ne tarde pas à s'y établir.

On devrait éviter d'étendre les chanvres, lorsqu'ils sont humides, près des maisons ou dans le voisinage; de même ne pas les faire rouir dans des eaux qui auraient communication avec celles qui sont employées comme boissons; car elles acquerraient une propriété stupéfiante et vénéneuse.

IIe. CLASSE. *Applicata.*

Il est dangereux, surtout aux femmes, de se promener nu-pieds sur un terrain ou un plancher frais et mouillé.

Un pareil refroidissement est aussi dangereux, quand il résulte du lavage des pieds dans l'eau froide, particulièrement aux époques où, chez les femmes, l'organisme est plus facilement affecté.

Il est nuisible de ne pas se munir de vêtemens chauds, même en été, pour le retour des champs, au moment où l'atmosphère se refroidit.

Il faut se couvrir aussitôt après avoir interrompu le travail.

Il ne faut pas trop se couvrir pendant la nuit, quand on doit entreprendre le lendemain des travaux dans des lieux frais. Tandis que les balles d'avoine sont communes et remplissent toutes les conditions requises pour former un bon lit, il faut éviter de se coucher sur de la paille.

Le linge des lits et des vêtemens doit être changé plus souvent.

Au nombre des moyens qui ont été dans tous les temps recommandés par les médecins comme propres à l'entretien de la santé des enfans comme des grandes personnes, les bains tiennent un des premiers rangs, surtout ceux dont la température est de 26 à 30 degrés; on n'en fait pas assez usage à la campagne.

Les chauffrettes dont se servent les femmes occupées à des travaux sédentaires, les exposent, par
une chaleur trop forte et par les gaz délétères qui
s'en dégagent, à bien des troubles de l'économie.

Les mères ne délivrent point encore assez vo-
lontiers leurs enfans de la tyrannie du maillot ;
elles devraient les accoutumer de meilleure heure
et davantage aux impressions de l'air, et leur faire
faire plus d'exercice, sur un sol isolé de toute
humidité.

IIIe. CLASSE. *Ingesta*.

Le tabac est goûté en Flandres avec avidité ;
aucune substance n'est d'un usage plus général ;
il y devient même d'une nécessité si indispensable,
lorsqu'on en a contracté l'habitude, que le misérable supporte plutôt la privation du pain que
celle de cette substance narcotique, soit pour la
mâcher, la fumer ou la priser. Les personnes d'une
constitution molle peuvent en effet en user sans
danger, surtout lorsqu'elles sont peu irritables ;
mais les personnes nerveuses doivent éviter une
pareille habitude, et dans tous les cas, comme
l'usage du tabac occasionne de grandes pertes de
salive, fluide éminemment récrémentiel, on doit
se garder de fumer beaucoup ou de le mâcher immédiatement après les repas, si l'on ne veut point
rendre la digestion pénible et imparfaite.

On prodigue trop les purgatifs à la campagne ;

mais c'est encore un de ces funestes préjugés chez le paysan : il lui faut des *médecines*; sans cela, le médecin n'a pas sa confiance. Les jeunes médecins, moins imbus de ces idées erronées de l'ancien système, parviendront sans doute à déraciner peu-à-peu ces habitudes des purgations, qui finissent par donner lieu à des phlegmasies chroniques de l'appareil digestif.

Il est nuisible de manger *par raison* comme on le dit; c'est-à-dire sans appétit et avec répugnance, lorsque la santé se dérange.

L'on ne doit pas manger du porc conservé pendant plus d'un an, pendu dans des lieux humides ou trop chauds, surtout quand on n'a pas saupoudré cette viande de salpêtre.

Les convalescens et les personnes d'une constitution faible, ne doivent pas manger de lard.

On ne doit pas faire son alimentation unique de porc, sans mélanges d'autres viandes et légumes.

Il est dangereux de manger du pain chaud, sortant du four, et cela sans le mâcher parfaitement. Les enfans surtout peuvent en être très-incommodés.

Le pain fait avec de la farine de froment mêlée à des pommes de terres est humide, lourd et d'un volume resserré, ce qui le rend très-indigeste.

On doit faire attention de rejeter le seigle ergoté et l'ivraie qui sont quelquefois mêlés au froment destiné à être moulu.

Les enfans mangent trop de fruits à peine mûris,

ce qui fait que quelques-uns en ont la constitution détériorée pour toujours, et sont épuisés par le grand nombre de vers qui se développent dans leur tube intestinal.

Il est nuisible de boire de l'eau froide quand on a chaud.

L'on doit mettre quelques gouttes de vinaigre ou de jus de citron dans l'eau que l'on a puisée dans des puits où cette eau est stagnante, et devient par là même insalubre.

On doit filtrer l'eau impure prise non loin des marais, au moyen d'un vase dans lequel on met alternativement plusieurs couches de sable et de charbon,

Les femmes font trop usage d'un café concentré; elles ignorent les désavantages qui résultent d'un pareil excès.

Les hommes font abus de boissons fermentées et surtout de bière; nous renvoyons au chapitre suivant pour quelques observations à ce sujet.

IV.ᵉ CLASSE. *Gesta.*

Il est nuisible de se fatiguer et de s'échauffer trop, surtout pour les enfans, les femmes grosses ou qui allaitent, et les convalescens.

On ne doit pas bercer les enfans pour les endormir, parce que cela détermine souvent des mouvemens convulsifs, ou des vomissemens.

En s'accoutumant à se servir tantôt d'un pied,

tantôt d'un autre, quand on fait usage de la bêche , on prévient les hernies, etc.

On évite aussi des inconvéniens de ce genre, en mettant une ceinture de corps, et en ne prenant point une trop grande quantité de grain dans le tablier lorsqu'on ensemence les champs.

Pour ce qui regarde le sommeil, je dois conseiller de ne pas dormir sur un terrain toujours plus humide qu'on ne le croit.

On ne doit point s'endormir étant exposé au soleil, ou placé sur les tas de grains ou de foin récemment récoltés.

V.ᵉ CLASSE. *Percepta.*

Il est extrêmement nuisible de se porter à un haut degré d'exaltation par les funestes passions, telles que la colère, la haine, la jalousie, le chagrin, le découragement; ces passions déterminent des maladies, ou donnent à celles qu'elles ne déterminent pas un caractère de gravité parfois effrayant.

Les cultivateurs doivent considérer leur santé, ainsi que l'égalité d'âme et le calme nécessaire pour la conserver, comme des biens plus précieux que les jouissances dont ils sont privés.

Je dirai, avec M. Beaunier, de Vendôme, que s'ils travaillent avec activité, mais sans inquiétude, il leur sera permis d'espérer d'une providence qui régit tout avec autant de bonté que de sagesse, des temps plus heureux, pour lesquels ils se seront conservés sains de corps et d'esprit.

Il est de mon devoir, ici, de dénoncer aux administrateurs, à l'humanité toute entière, une espèce d'êtres aussi pernicieux qu'imprudens, dont la fourbe ignorance, abusant de la crédulité publique, commet chaque jour mille bévues, engendre mille maux. Je veux parler des charlatans, des renoueurs, etc. Le vulgaire accueille et écoute avec avidité leurs sottises. Heureux, après tout, quand il n'est pas leur dupe ! Ami du merveilleux et jaloux d'une prompte guérison, le paysan apporte ses urines à un pareil effronté, qui lève un impôt sur la misère publique; et ce charlatan, qui exerce presque librement, prétend connaître, traiter et toujours guérir les maladies les plus rebelles aux ressources de la vraie médecine !

Verra-t-on long-temps encore dégrader ainsi le plus sublime comme le plus difficile des arts?....

Avant de terminer cet article, je dois dire quelques mots sur la rage. Il se passe peu d'années que l'on n'ait à observer quelque cas d'hydrophobie communiquée. Cette maladie, contre laquelle les efforts de la médecine sont pour ainsi dire impuissans jusqu'ici, est propagée par des chiens souvent errans dans la campagne. Ceux qui ont été mordus par ces animaux, font presque tous un pélerinage à Saint-Hubert des Ardennes. Là, on les soumet à des pratiques imposantes, qui ne peu-

vent agir que fortement sur des esprits pénétrés
de frayeur; il est notoire aussi que l'on exécute
une sorte de cautérisation dont on fait un secret;
quoi qu'il en soit, la plupart reviennent guéris de
leurs inquiétudes, et la rage ne se déclare pas.
Peut-être faut-il reconnaître qu'un violent ébran-
lement de l'imagination n'est pas sans quelque
utilité dans le traitement d'une maladie qui semble
affecter spécialement le systême nerveux. On peut
ajouter aussi que cette cautérisation, opérée en
temps convenable, est un moyen vraiment spécifique contre la rage.

La police de Paris fait afficher tous les ans un
modus agendi, pour prévenir les funestes accidens
qu'occasionne l'absorption de la bave envenimée.
Il consiste à presser la plaie en tous sens pour
provoquer un écoulement sanguin qui entraîne
la bave; ensuite à laver la plaie avec de l'eau
alcaline, ou de l'eau de savon, ou même de l'u-
rine, puis à faire chauffer un fer jusqu'au blanc,
et à cautériser en tous sens la plaie. Cette dernière opération doit être pratiquée de préférence
par un médecin.

Le nitrate de mercure ou l'hydrochlorate d'an-
timoine sont reconnus pour être les meilleurs
caustiques chimiques à employer dans cette circonstance.

§ III. Observations sur la bière, et sur les effets qui résultent de son usage modéré ou excessif.

La bière est une boisson qui répare les forces, sans produire de médication active. Elle est on ne peut pas plus salutaire.

Produit de la fermentation d'une décoction plus ou moins concentrée de graines céréales, la bière a pour avantage d'offrir les saveurs agréables des alimens. Son origine est sans doute due à ce que les hommes ont cherché à corriger les vices de l'eau, que la nature ne leur offrait pas toujours pure.

D'abord, à cet effet, les Gaulois mêlaient de l'eau d'orge et du miel qu'ils laissaient fermenter.

La bière, en gaulois, se nommait *cervisia*, et le grain qu'on employait pour la faire s'appelait *brance*; du premier de ces mots vient celui de *cervoise*, qu'on donna long-temps à cette boisson, et du second est venu celui de *brasseur*, qui est encore employé. La bière fut, en divers temps, d'un usage général, non seulement en France et dans le nord, mais aussi dans le midi de l'Europe. Cette coutume eut plusieurs motifs; les guerres et les dévastations y furent pour une part, et les ordres des souverains pour une autre. Domitien et Charles IX, également exécrés, voyant leur empire désolé et leurs peuples menacés de la famine, ordonnèrent, à des époques bien éloignées l'une de l'autre, qu'on détruisît les vignobles, afin de laisser de l'espace pour semer du bled. Quand il n'y eut plus de vin, il fallut bien se jeter sur la bière, et ce fut le temps de son triomphe. Il y avait des brasseurs dans tous les monastères, et jusque dans le domaine des rois (1).

Charlemagne, dans son capitulaire *de Villis*, prescrit de fournir ses métairies d'ouvriers et artisans, entr'autres, de faiseurs de bière. Quand Richard, roi d'Angleterre, vint en France épouser la fille de Charles IV, le beau-père et le gendre se firent des présens d'argenterie ; *ceux du monarque anglais*, dit Juvénal des Ursins, *étaient un vaisseau à mettre eau, garni de pierres précieuses, et un très-beau vase à boire cervoise.*

Ainsi, peu-à-peu, le désir et le besoin de se procurer des jouissances ont fait perfectionner sa fabrication.

Cette fabrication varie chez chaque brasseur par les divers procédés que l'on y emploie.

Schookius (*de cervisiâ ann.* 1661) fait mention des bières de la Flandre de son temps ; il dit qu'on y ajoutait, outre le houblon, des baies de laurier, de la gentiane, de la sauge, de la lavande, des fleurs et graines d'autres plantes aromatiques.

---

(1) *La France au dix-neuvième Siècle.*

20 *

Il paraît que nous sommes infiniment plus sobres que nos ancêtres à cet égard.

Le goût que nos pères prirent pour les épices et pour les saveurs fortes, date des Croisades, dit *Legrand d'Aussi ;* ce goût se répandait aussi sur quelques-unes de leurs boissons. Ils ne voulurent plus que des bières vigoureuses ; de là vient cette expression populaire, *comme de la petite bière,* pour exprimer un homme sans mérite, ou quelque chose qui ne fait aucune sensation.

Afin d'avoir la bière telle qu'ils la désiraient, on y mêlait jusqu'à du piment, de la poix-résine, etc. ; *choses,* disent les statuts de Boilève, pour les brasseurs, *qui ne sont mie bonnes ne loyaux.*

Heureusement qu'aujourd'hui tous ces moyens sont à-peu-près oubliés ; car si par des aromates, on peut ajouter quelque chose à la bière, on y parvient rarement sans altérer sa salubrité ; et, en effet, une boisson comme celle-là, dont on use beaucoup et souvent, ne doit point être excitante ; car une excitation intense, fréquemment renouvelée, n'exalte momentanément l'action tonique des organes digestifs, que pour les jeter bientôt dans le relâchement.

La bière offre, pour effets généraux, d'étancher la soif d'une manière assez durable, de nourrir et d'exciter légèrement les organes digestifs et l'action des reins ; elle étanche bien la soif, surtout quand elle est fraîche et qu'elle contient beaucoup d'acide carbonique ; elle nourrit d'autant plus qu'elle a été fabriquée avec une plus grande quantité d'orge; elle excite d'autant plus les organes digestifs, qu'elle contient plus de principe amer et aromatique du houblon; enfin, quant à sa propriété diurétique, je crois, avec M. Gautier de Paris, qu'il faut l'attribuer plus à sa qualité de boisson légère, qui permet d'en boire une grande quantité, qu'à l'action des substances qu'elle contient sur les organes secréteurs de l'urine.

Le relâchement des solides est l'effet final de son abus, et on l'observe dans les pays flamands surtout.

La bière convient moins à la femme qu'à l'homme, parce que chez elle le système lymphatique prédomine. Pour cette même raison, l'enfant, jusqu'à l'adolescence, serait loin de tirer de l'avantage en faisant un usage continu de cette liqueur, dont l'effet, plus affaiblissant pour lui, empêcherait son parfait développement.

L'adulte, dont le corps a acquis une certaine force, dont les fonctions sont dans la plus grande activité, fait plus de profit en usant de la bière; elle ne peut que lui être avantageuse.

Depuis cet âge jusqu'au commencement de la vieillesse, rien ne contre-indique cet usage; tandis qu'aussitôt que la faiblesse de l'âge est arrivée, il faut avoir recours, pour exciter les forces de la vie, à des boissons plus stimulantes que la bière. Les vieillards qui ont l'estomac affaibli, surtout ceux qui ont fait des excès de bière, ne peuvent plus facilement digérer une si grande masse de liquide; habitués cependant à une excitation pareille, et devant naturellement la continuer, ils sont instinctivement forcés à user d'un moyen excitant moins volumineux.

J'ai dit qu'à l'âge de la virilité, rien ne contre-indique l'usage de la bière ; mais je dois cependant convenir que les personnes lymphatiques ou mélancoliques, qui ont une faiblesse habituelle et des digestions laborieuses, doivent exclure la bière de leur régime.

Les personnes qui se livrent à des travaux sédentaires, les gens de lettres, doivent l'éviter.

La bière rouge ou brune est meilleure que la blanche; elle nourrit plus, et peut être prise avec moins d'inconvéniens durant les repas, si elle est légère, parce qu'elle est plus cuite et moins susceptible de fermenter dans l'estomac. L'été est surtout la saison où elle convient le mieux.

« Œstate verò. . . . potio quam dilectissima,
» Ut sitim tollat, nec corpus incendat. »

A. Corn. Celsus.

Je ne parle point des maladies auxquelles la bière peut donner lieu, ni de celles qui sont traitées par son usage modifié, etc. ; cela m'entraînerait trop loin. J'ai voulu seulement faire voir aux Flamands mes compatriotes, avides de cette boisson, jusqu'à quel point l'usage leur en est permis. Si la tempérance modère et règle leurs besoins, ils n'ont dans tous les cas rien à craindre de la bière ; mais les excès auxquels ils s'adonneraient pourraient devenir pour eux la cause de bien des maux, que plus de retenue leur ferait éviter (1).

Ici mon devoir m'oblige de m'élever contre l'ivrognerie, que la morale et la médecine ont de tout temps signalée parmi les dérèglemens les plus funestes à l'humanité. Il n'en est point de plus terrible dans ses effets, ni de plus généralement répandu.

Quoique l'on puisse dire que ce vice est de tous temps et de tous lieux, il ne faut pas moins s'empresser de mettre en évidence tout le mal qui en résulte. Il est vrai, comme le dit le docteur Briand, que la religion, les bienséances, les lois, et l'expérience des désordres qui proviennent de l'ivresse, sont un frein qui doit les réprimer ; mais encore n'arrive-t-il que trop souvent que l'on se donne à cette honteuse passion.

Comment l'homme en société, qui a besoin du libre exercice de ses facultés pour accomplir sa destinée, oublie-t-il ainsi la noblesse de son rang ? comment peut-il s'appeler vertueux, lorsqu'il ne mène pas une vie sobre et réglée ?...

Dans le Voyage du jeune Anacharsis, on trouve ce passage :

« Les Spartiates ont la permission de boire du

---

(1) Turpe est, plus sibi quempiam ingerere cibi et vini quam capiat, et stomachi sui non nosse mensuram. (SENEC. Ep. 83.)

» vin tant qu'ils en ont besoin; mais ils n'en abu-
» sent jamais, et leur âme est trop fière pour con-
» sentir à se dégrader. Tel est l'esprit de la réponse
» d'un Spartiate à quelqu'un qui lui demanda
» pourquoi il se modérait dans l'usage du vin :
» C'est, dit-il, pour n'avoir pas besoin d'autrui ».

Les spiritueux, dit Huffeland, sont un feu liquide que l'homme avale ; ils accélèrent d'une
manière effroyable la consomption de sa vie, et
le détruisent pour ainsi dire à petit feu.

« Immodicis brevis est œtas et rara senectus ! »

L'abrutissement où nous jette l'ivrognerie ne
nous permet plus de concourir à l'utilité publique,
puisqu'il anéantit le génie, le courage, la santé,
et les qualités du cœur !

Je termine ici cette partie médicale, en faisant
des vœux sincères pour que ces principes hygiè-
niques puissent pénétrer un jour dans toutes les
villes et les villages de la Flandre !

TOPOGRAPHIE

HISTORIQUE, PHYSIQUE, STATISTIQUE ET MÉDICALE

DE LA VILLE ET DES ENVIRONS

DE CASSEL.

(Département du Nord.)

~~~~~~

TROISIÈME PARTIE.

HISTOIRE NATURELLE DES ENVIRONS DE CASSEL, COMPRENANT PRINCIPALEMENT L'ARRONDISSEMENT D'HAZEBROUCK.

Amant de la nature, il embrasse, il dévore
La science d'Hermès et du Dieu d'Épidaure.

~~~~~~

CHAPITRE PREMIER.

LISTE ZOOLOGIQUE,

ET DÉTAILS SUR QUELQUES ANIMAUX.

Toutes nos connaissances nous viennent
de la comparaison.

BUFFON.

INTRODUCTION.

La nature n'a point été avare envers le territoire Flamand, en ce qui concerne les productions, tant végétales qu'animales, qui croissent et se nourrissent sur son sol.

Par les listes ici tracées, l'on verra que cette contrée possède des richesses en produits alimentaires, médicinaux et industriels, dont la variété n'a point échappé aux savans observateurs qui tous les ans la visitent avec un nouveau plaisir.

Analogue au sol du centre de la France, elle laisse cependant apercevoir qu'on se rapproche du septentrion : les plantes n'offrent pas la même vigueur ; néanmoins leurs propriétés ne sont guères différentes.

Quant aux animaux, l'on verra que nous avons réuni tout ce qu'il y a de vertébrés dans ce pays ; les mammifères, les oiseaux, les reptiles, les poissons, sont détaillés avec exactitude ; mais les mollusques, annélides, crustacées, arachnides, zoophytes, etc., n'ont pu y avoir de place ; il ne nous a pas été possible de nous livrer à ces études de manière à pouvoir satisfaire complettement le lecteur ; cependant les lépidoptères nous ont un peu tentés, et nous en donnons une liste, incomplète peut-être... ? Les années varient pour ces beaux insectes ; car leurs chenilles et nymphes périssent souvent par les hivers, plus rudes en Flandre que dans le reste de la France.

Pour les autres insectes, nous dirons seulement que les coléoptères sont les plus communs, et qu'ils sont sensiblement plus gros qu'ailleurs ; du reste ils sont aussi nombreux, et il est inutile d'augmenter le volume de cette Topographie par une telle liste, qui serait d'ailleurs pour ainsi dire semblable à celle des environs de Paris.

Quant aux oiseaux, vu leur peu d'éloignement des lieux maritimes, on en voit souvent des espèces qui ne sont véritablement pas indigènes ; soit qu'ils aient été poussés dans l'intérieur des terres

par les bourrasques et les tempêtes, soit que quelques-uns s'égarent en voyageant. Nous les avons
tous mentionnés.

Il est à espérer que ceux qui ont pour occupation favorite l'étude de la nature, s'intéresseront à
ces recherches scientifiques.

Commençons cette partie par quelques détails
sur les animaux élevés dans l'état de domesticité.

§ I. Détails sur les Animaux domestiques que l'on élève à Cassel et dans les pays environnans.

Le Bœuf ordinaire (Bos Taurus).

Le nombre total des taureaux, bœufs et vaches,
était, en 1811, de 134,883 pour le département du
Nord, non compris les génisses ; on remarquait
qu'il y avait alors augmentation de plus du sixième
depuis 1801.

L'arrondissement d'Hazebrouck en compte à
présent 19,432 ; on n'y emploie jamais le bœuf au
labourage.

Quoique les pâtures soient la plupart plantées
d'arbres de haute futaie (ce qui est d'un grand
rapport pour le propriétaire, et diminue l'herbage
de qualité), on élève néanmoins une assez grande
quantité de vaches, dont il se fait un commerce

considérable pour l'intérieur. Ces animaux produisent aussi une grande quantité de beurre; la moitié est consommée dans le pays, et l'excédant, que l'on évalue tous les ans, pour l'arrondissement d'Hazebrouck, à un million de livres, est exporté pour l'intérieur.

Les pâturages excellens contribuent sans doute à la multiplication de l'espèce dont les élèves sont très-estimés : on en exporte des troupeaux entiers pour la Picardie et la Normandie, surtout les veaux d'un an à 18 mois, et les génisses pour Tourcoing et les environs, au nombre de 1,000 à-peu-près. Les cantons d'Hazebrouck, Cassel, Bailleul et Steenvoorde sont ceux qui en produisent davantage.

Il s'exporte également un très-grand nombre de vaches pleines pour Paris et les environs (1); elles sont, pour ce motif, appelées parisiennes : c'est peut-être la branche la plus importante du commerce de cette partie de la Flandre. La vache qui porte neuf mois, peut produire à dix-huit; on coupe le bœuf de dix-huit mois à deux ans, et on l'engraisse à dix.

Le poids d'un bœuf ordinaire de la race flamande est de 500 kilogrammes. Le poids des races dites du Hainaut et du Cambrésis, varie de 2 à 350 kilogrammes, et jamais au-delà.

---

(1) *Elles sont nos nourrices*, dit Collin-d'Harleville, dans ses *Châteaux en Espagne*.

(319)

On a introduit, il y a quelques années, le taureau sans corne. Le croisement qui en a été fait avec plusieurs espèces de vaches fait espérer les résultats les plus avantageux.

En hiver, ces animaux sont nourris dans les étables, où ils forment un engrais aussi abondant qu'utile à la fertilisation de la terre. Je dois faire observer pour ces étables, communément attenantes aux demeures des fermiers, que le foin entassé presque partout au-dessus de ces animaux, est imprégné des vapeurs de leurs respiration et transpiration et des exhalaisons du fumier, qui le rend moins bon à la nourriture et nuisible à la santé. Il faudrait aussi, comme aux beaux modèles de la Hollande, qu'il y eût des égoûts pour l'écoulement des urines.

Lés bêtes à cornes du pays sont sujettes aux maladies suivantes.

Le vent, l'enflure, l'entonnement : trois mots qui signifient ici une maladie occasionnée par la paisson d'une trop grande quantité de plantes fermentescibles.

Le chaud-sang, pleène, jet de bois, maladie rouge ou de sang, maladie de feu, maladie du bouton. On désigne sous ces différens noms, suivant les localités, une même maladie inflammatoire très-aiguë, laquelle est enzootique dans plusieurs parties du département du Nord.

Le pissement de sang (hématurie).

Les constipations opiniâtres à la suite des mauvais

traitemens des empyriques lors de cette hématurie

Les coliques : communes au premier équinoxe de l'année.

La maladie enzootique des veaux : au moment où ils passent de la nourriture au lait, à la paisson dans les pâtures.

Une autre maladie particulière aux jeunes veaux urtout, qui se déclare quatre, ou six à huit jours après la naissance, c'est une leucophlegmasie, que l'on peut prévenir, en donnant aux mères une poignée de sel par jour dans leur nourriture, deux mois avant de mettre bas. Le sieur Deschot, vétérinaire à Hazebrouck, s'est convaincu, par l'expérience, de l'efficacité de ce moyen.

Les fermes situées dans les lieux bas et humides y sont les plus sujettes.

Le Mouton. (Ovis, L.).

Il paraît que c'est du mouton ou de l'algali que l'on croit pouvoir faire dériver les races innombrables de nos bêtes à laines.

Les troupeaux bien employés portent la fertilité partout. La race flandrine, si connue de toute l'Europe par sa taille gigantesque et la qualité de sa laine, est d'un grand rapport (1)

(1) Les fabriques de Tournai et Roubaux font un achat considérable de la laine du pays, qui est abondante, et dont la qualité médiocre sert à la fabrication des étoffes. Arthur Young, qui n'est pas porté à flatter la France, trouve la laine de ce pays-ci aussi bonne à peigner que la laine anglaise.

L'agneau se sèvre à deux mois, se châtre à six, change ses dents de lait entre un et trois ans. La brebis peut porter à un an, et produit jusqu'à dix ou douze petits; sa gestation est de cinq mois; elle met bas deux petits. Le bélier pubère, à dix-huit mois, suffit à trente brebis : on l'engraisse vers huit ans.

Le nombre des béliers, moutons et brebis, dans le département du Nord, est aujourd'hui d'à-peu-près 130,000.

On en compte 1,500 sujets, y compris les béliers, pour l'arrondissement d'Hazebrouck ; il y en a qui portent deux et trois fois l'an, surtout dans le Furnambach (Steenvoorde), où il se fait un grand commerce de laines.

La race mérinos, introduite depuis quelques années dans tout le département du Nord, se propage avec succès, surtout dans les arrondissemens de Douai, Cambrai et Avesnes.

M. Morel de Rubrouck les introduisit le premier en 1806. A cette époque, il acheta huit béliers mérinos à l'établissement de Rambouillet, à Paris. Il s'empressa de les offrir gratuitement pour faire le service avec les brebis du pays. Quelques fermiers en ont profité, et ils en ont été récompensés par une grande amélioration dans la laine; mais le plus grand nombre s'est refusé aux offres bienfaisantes de M. Morel, dans la crainte de diminuer, par le croisement, le volume de la race du pays. Les huit béliers se sont parfaitement acclimatés.   (*Statistique du département du Nord.*)

21

Les bêtes à laine sont sujettes aux maladies suivantes :

Le chaud sang, comme chez les bêtes à cornes.

La rogne ou *mauvais museau :* maladie dartreuse et difficile à guérir.

Le piétain : dépôt qui se forme dans la bifurcation de l'ongle commun, après les récoltes, à cause des éteules.

Le mal de pied : fréquent au printemps.

Le vent, *enflure :* même maladie que chez les bêtes à cornes.

Le claveau : espèce de petite vérole contagieuse.

La pourriture.

La fièvre : résultant de la paisson de la douve, de la crapaudine.

La grise-foire ou *diarrhée cendrée :* très-commune dans l'arrondissement de Bergues; elle est due au poivre d'eau, et elle est réputée mortelle.

La gravelle : assez rare dans l'arrondissement d'Hazebrouck.

LA CHÈVRE (*Capra*, L.)

Les variétés de chèvre domestique, *capra hircus*, ont leur souche de la chèvre sauvage, *capra ægagrus* (Gm.)

Les chèvres sont rares dans l'arrondissement d'Hazebrouck; un recensement a donné pour résultat le nombre six. On les attèle quelquefois aux petits chars qui traînent les enfans.

La chèvre peut porter à sept mois, sa gestation en dure cinq ; elle fait d'ordinaire deux petits.

Le bouc engendre à un an ; un seul suffit à plus de cent chèvres ; il est vieux à six ans.

Le Cochon (*Sus*, L.)

Le sanglier (*sus scropha*, L.) est la souche de nos cochons domestiques et de leurs variétés, dont il existe une qualité énorme dans cette contrée.

Chacun sait combien le cochon domestique est utile par la facilité avec laquelle on le nourrit, par le goût agréable de sa chair, par la propriété qu'elle a de se conserver long-temps au moyen du sel ; enfin, par sa fécondité, qui surpasse de beaucoup celle des autres animaux de sa taille, la truie produisant quelquefois jusqu'à quatorze petits. Elle porte quatre mois, et deux fois par an. Le cochon grandit jusqu'à cinq à six ans, peut produire dès l'âge d'un an, et en peut vivre vingt.

L'arrondissement d'Hazebrouck possédait, en 1800, dix mille sept cent soixante-quinze porcs ; il y en a maintenant trente mille, dont les deux tiers sont consommés sur les lieux.

Il s'en exporte des troupeaux entiers en Artois et plus loin.

Il y a de ces porcs qui pèsent 450 livres.

Les porcs sont plus ou moins sujets *au feu Saint-Antoine :* Érésipèle inflammatoire contagieux ;

A la ladrerie ;

A l'engorgement des glandes du gosier, maladie appelée *la soie* ou *le poil.*

21*

Le Cheval. (*Equus caballus*, L.)

Ce noble compagnon de l'homme, à la chasse, à la guerre, et dans les travaux de l'agriculture, des arts et du commerce, est le plus important et le mieux soigné des animaux que nous avons soumis, dit M. Cuvier.

Dans le département du Nord, il existe deux races bien distinctes : la race flamande et celle du Hainaut.

La première, belle, d'une forme colossale et d'une bonne constitution, est surtout recherchée des Normands pour le perfectionnement de leurs races. La seconde, originairement petite, donne des individus beaucoup plus forts par le croisement avec la race flamande.

Dans l'arrondissement d'Hazebrouck, on se plaint que l'espèce n'est pas aussi belle qu'autrefois, parce que, par un cupidité mal entendue, comme le dit M. Bottin, on fait travailler les poulains beaucoup trop tôt, et saillir les pouliches avant l'âge de trois ans.

Le nombre des chevaux, dans le département du Nord, est à-peu-près de quarante-sept mille trois cents. Dans l'arrondissement d'Hazebrouck, il est de mille trois cent cinquante à mille cinq cents.

Le poulain tette six à sept mois; on sépare les sexes à deux ans; on commence à les attacher et à les panser à trois ans; ce n'est qu'à quatre qu'on les monte, et qu'ils peuvent engendrer sans se nuire.

La jument porte onze mois.

L'âge du cheval se connaît surtout aux incisives ; celles de lait commencent à pousser quinze jours après la naissance ; à deux ans et demi, les mitoyennes sont remplacées ; à trois et demi, les deux suivantes ; à quatre et demi, les deux extrêmes, appelées coins.

Toutes ces dents, à couronne d'abord creuse, perdent petit-à-petit cet enfoncement par la détrition. A sept ans et demi ou huit ans, tous les creux sont effacés, et le cheval ne marque plus.

Les canines inférieures viennent à trois ans et demi ; les supérieures, à quatre ; elles restent pointues jusqu'à six ; à dix, elles commencent à se chausser.

Le durée de la vie d'un cheval ne passe guère trente ans.

La *morve* se manifeste rarement dans le pays ; néanmoins, on devrait ajouter aux écuries des courans d'air plus élevés qu'ils ne le sont, et des plafonds.

L'Ane. (*Equus Asinus*, L.)

Chacun connaît sa patience, sa sobriété, sa tempérance robuste, et les services qu'il rend, surtout aux pauvres campagnards. Il est très-employé au transport à dos sur les marchés ; rarement au trait.

On sait que c'est du cheval et de l'âne que provient le mulet, animal qui est en petite quantité dans le pays, puisqu'on n'en comptait, en 1810, que quatre mille trois cent treize pour le département du Nord.

Dans les grandes fermes, il y en a toujours un qui est employé au même transport ; il erre librement nuit et jour dans la cour, vivant aux dépens des autres bestiaux.

Je ne détaillerai rien sur les autres animaux élevés en domesticité ; seulement, je ferai mention des suivans :

Le lapin de garenne (originaire d'Espagne), qui est très-répandu dans toute la Flandre : en domesticité, il multiplie infiniment.

Le cochon-d'Inde (*cabaye*), animal rongeur, que l'on trouve dans les bois au Brésil et au Paraguay. On en élève dans les maisons, en Flandre, parce qu'on croit que son odeur chasse les rats.

Le furet (*mustela furo*, L.), animal qui nous vient d'Espagne et de Barbarie : à l'état domestique, il s'emploie pour poursuivre les lapins dans leurs terriers.

Le chien, dont les nombreuses variétés du domestique (*canis familiaris*) sont : le mâtin, le danois, le chien-courant, le braque, le basset, le lévrier, le chien-berger, le chien-loup, le barbet, l'épagneul, le dogue, etc. Il y a de ces races qui sont tellement confondues par les croisemens, que l'on serait fort embarrassé de retrouver les souches primitives (1).

Le chat : il varie en couleurs , en longueur et en finesse de poil.

Examinons maintenant quelques oiseaux élevés dans les basses-cours.

LE PAON.

Cet oiseau, originaire des Indes-Orientales , est élevé chez les grands fermiers, où il étale son superbe plumage.

Il a besoin de cinq à six femelles, si l'on veut que leurs œufs soient fécondés à-propos ; leur fécondité a lieu à trois ans.

La paone ne pond qu'à trois ou quatre jours d'intervalle ; elle ne fait qu'une ponte par an , et cette ponte est de huit œufs la première année , et de douze la seconde, quand la saison n'est pas froide. Les œufs sont incubés de vingt-sept à trente jours.

LE DINDON.

Cet oiseau , connu seulement depuis la découverte de l'Amérique , est plus commun que le paon en Flandre.

---

(1) Dans un manuscrit du treizième siècle, qui est à la Bibliothèque du Roi, et qui, sorti du fonds de l'Abbaye Saint-Germain-des-Prés, est intitulé *Proverbes* , on nomme les chiens de Flandre, comme les meilleurs connus pour la chasse.

Sa femelle , la poule-d'Inde, n'est pas aussi féconde que la poule ordinaire ; elle ne fait guère plus d'une ponte par an, d'environ quinze œufs ; la coquille est quelquefois si dure et les dindonneaux si faibles , que ses petits périraient si l'on ne les aidait à les briser.

Le Coq.

Pas une basse-cour, pas une habitation ne voudrait se passer d'un oiseau si utile , et le vœu de *la poule au pot*, de notre bon Henri, se réalise tous les jours dans les petits ménages de ces campagnes.

Les coqs flamands sont d'un tiers plus grands que ceux des autres pays, excepté ceux d'Angleterre.

Si l'on veut ménager le coq, on ne lui laisse que douze à quinze poules.

Les poules pondent indifféremment toute l'année, excepté pendant la mue , qui dure ordinairement deux mois , sur la fin de l'automne et au commencement de l'hiver.

Presque tous les jours, une bonne poule donne son œuf. (Le seul département du Nord peut fournir, par an, cinquante-trois à cinquante-quatre millions d'œufs.)

Quand elle en a pondu vingt à trente , elle se met à les couver. L'œuf couvé est cassé par le poulet qui le contient, au bout du vingt-unième jour;

quelquefois le dix-huitième , d'autres fois le vingt-
septième (1).

Les hommes qui tirent parti de tout pour leur
amusement, dit Buffon, ont bien su mettre en
œuvre cette antipathie invincible que la nature a
établie entre un coq et un coq ; ils ont cultivé avec
tant d'art cette haine innée , que les combats de
deux oiseaux de basse-cour sont devenus des spec-
tacles dignes d'intéresser la curiosité des peuples,
même des peuples policés.

On a vu , on voit encore tous les jours, en Flandre et ailleurs , des hommes de tous états accourir
en foule à ces grotesques tournois , chacun de
ces partis s'échauffer pour son combattant, et joindre la fureur des gageures à l'intérêt de ce beau ,
mais cruel spectacle.

Le Pigeon.

Les pigeons, qui sont plutôt des captifs volon-
taires que des animaux domestiques , ne se tiennent
dans le logement qu'on leur offre , qu'autant qu'ils
s'y plaisent sous tous les rapports.

Dans les colombiers, on remarque qu'il ne faut
que huit paires de pigeons dans un espace carré
de huit pieds de côté ; plus on augmente le nombre
dans un espace donné, plus il y a de combats , de
tapage, et d'œufs cassés.

---

(1) Voyez l'immortel ouvrage de Buffon , pour les intéressans
détails sur l'incubation de la poule.

Les pigeons sont en état de produire à huit ou neuf mois d'âge ; mais ils ne sont en pleine ponte qu'à la troisième année ; cette ponte dure jusqu'à six ou sept ans. Elle se fait quelquefois en vingt-quatre heures, et dans l'hiver, en deux jours. La femelle commence à couver assidûment après la ponte du deuxième œuf ; l'incubation dure de dix-sept à vingt jours, selon les saisons. Le mâle couve quand la femelle se sent fatiguée ou qu'elle est pressée par le besoin de manger.

L'OIE.

Les oies commencent à se multiplier dans les environs de Cassel.

Elles ne produisent rien en hiver, et ce n'est communément qu'au mois de mars qu'elles commencent à pondre, et les pontes les plus nombreuses ne sont que de douze œufs.

La femelle seule couve, et avec une si grande constance, qu'elle en oublie le boire et le manger ; l'incubation dure trente jours.

Pour qu'un troupeau d'oies prospère, il faut que le nombre des femelles soit triple de celui des mâles.

Anciennement il y avait beaucoup d'oies dans le pays Flamand ; Pline même rapporte comme une chose merveilleuse, que ces oiseaux parcouraient tant de pays, que l'on en avait vus à Rome qui venaient de *la Morinie.*

« *Mirum in hac alite, à Morinis usque ad Romam*

» pedibus venire, gansæ vocantur. » PLIN, Lib. X, cap. XXII.

LE CANARD.

Les animaux de ce genre, depuis long-temps privés dans les basses-cours, y forment une des plus utiles et des plus nombreuses familles de nos volailles.

Vers la fin de février, le mâle recherche la femelle ; il lui indique le lieu où elle doit faire sa ponte : c'est ordinairement dans une touffe épaisse de joncs, près des eaux.

On y trouve dix à quinze, et quelquefois jusqu'à dix-huit œufs ; l'incubation dure trente jours. Tous les petits naissent dans la même journée, et le lendemain, la mère les appelle à l'eau.

Je ne dirai rien ici de la pintade et du cygne, car ces animaux sont infiniment rares dans le pays ; cependant ces derniers étaient autrefois très-abondans sur les rivières du Hainaut et de la Flandre. On en nourrissait des compagnies entières (1), et l'on chassait ce gibier, comme aujourd'hui nous chassons les canards sauvages.

Quant aux mouches à miel (*apis mellifica*, L.), elles sont l'objet d'une attention toute particulière; les cultivateurs instruits donnent à ces animaux un logement commode; ils étudient leurs habitudes, prévoyent les accidens dont ils sont menacés ou

---

(1) Avec des cérémonies que Legrand-d'Aussy a décrites fort au long.

atteints, et n'ont pas lieu de se repentir de leurs peines et de leurs sacrifices.

Les Gaulois s'occupaient déjà des abeilles : au moyen-âge, on négligea leur éducation ; mais à la renaissance des lettres, on s'occupa aussi des ruches. A la fin du dix-huitième siècle, on comptait neuf à dix mille ruches dans la Flandre, le Hainaut et le Cambrésis ; il n'y en a pas, maintenant, moins de douze à quinze mille.

§ II. Histoire naturelle proprement dite du Règne organique animal.

1.° MAMMIFÈRES.

Mammifères carnassiers.

FAMILLE PREMIÈRE. — *Chéiroptères* (ayant les mains changées en ailes).

LES CHAUVES-SOURIS COMMUNES OU VESPERTILIONS. (*Vespertilio,* Cuv. et Géoff.)

La chauve-souris ordinaire (1). (*Vespertilio murinus,* Lin.)

FAMILLE DEUXIÈME. — *Insectivores.*

LE HÉRISSON. (*Erinaceus,* Lin.)

Le hérisson ordinaire. (*Erinaceus europæus,*Buff.)

---

(1) Les chauve-souris sont des animaux nocturnes, qui passent l'hiver en léthargie ; elles se suspendent, pendant le jour, dans les lieux obscurs : leur portée ordinaire est de deux petits, qu'elles tiennent cramponés à leurs mamelles, même en volant.   (Cuv.)

Il a le corps couvert de piquans au-lieu de poils. A l'approche d'un de ses ennemis, il se roule en boule et présente de toutes parts ses piquans. On se servait autrefois de sa peau pour sérancer le chanvre. (Cuv.)

La Taupe. (*Talpa*, Lin.)

La taupe commune. (*Talpa europæa*, Lin., Buff.) La main de la taupe est tranchante à son bord inférieur; c'est l'instrument dont elle se sert pour déchirer la terre et pour la pousser en arrière; sa tête sert à soulever et percer la terre; son ouie est d'une finesse extrême. (Cuv.)

Famille troisième. — *Carnivores.*

1.° *PLANTIGRADES.*

Le Blaireau. (*Meles*, Storr.)
Le blaireau d'Europe. (*Ursus meles*, Lin.) Il se tient dans les hauteurs et dort tout l'hiver.

Les blaireaux sont à vie nocturne et à marche rampante.

2.° *DIGITIGRADES.*

Le Putois. (*Putorius*, Cuv.)

Le putois commun. (*Mustela putorius*, Lin.)
Les putois sont des animaux très-sanguinaires, et sont la terreur des poulaillers et des garennes.

Le Furet. (*Mustela furo*, Lin.)
Il est à l'état domestique.

La Belette. (*Mustela vulgaris*, Lin.)

Cet animal est aussi carnassier ; il se trouve dans les champs.

L'Hermine. (*Mustela erminea*, Lin.)

Sa peau est une des fourrures d'hiver les plus connues.

La Loutre. (*Lutra*, Storr.)

La loutre commune. (*Mustela lutra*, Lin.)
Cet animal se nourrit de poisson et fréquente les rivières.

Le Loup. (*Canis lupus*, Lin.)

Cet animal, qui ne montre pas un courage proportionné à ses forces, n'est heureusement que très-rare dans le pays ; il s'y rencontre par accident.

Le Renard ordinaire. (*Canis vulpes*, Lin.)

Cet animal, qui a des pupilles nocturnes, se creuse des terriers, et n'attaque que des animaux faibles ; il est assez commun.

Mammifères rongeurs, à clavicules.

1.° Campagnols ordinaires. (*Arvicola*, Lacep.)

Le Rat-d'Eau. (*Mus amphibius*, Buff.)

Comme tous les campagnols, il a la queue velue, et à-peu-près de la longueur du corps. Il habite au

bord des eaux, et creuse dans les terrains marécageux pour chercher des racines.

Le Campagnol ou petit Rat des Champs. (*Mus arvalis,* Lin.)

Grand comme une souris, il habite les trous
qu'il creuse dans les champs, et où il ramasse du
grain pour l'hiver; quelquefois il se multiplie excessivement et cause de grands dégats.

2.° Les Rats proprement dits. (*Mus,* Cuv.) (1).

La souris. (*Mus musculus,* Lin.)
Le rat ordinaire. (*Mus rattus,* Lin.)

L'Écureuil. (*Sciurus,* Lin.)

L'écureuil commun. (*Sciurus vulgaris,* Buff.)
Cet espèce d'animal vit sur les arbres, et se
nourrit de fruits. On remarque chez les écureuils
leur belle queue en panache, leurs yeux brillans et
vifs, leur légèreté et la vivacité de leurs gentils
mouvemens. L'écureuil est rare en Flandre.

Mammifères rongeurs, sans clavicules.

Le Lièvre. (*Lepus,* Lin., Cuv.)

Le lièvre commun. (*Lepus timidus,* Lin.)

Tout le monde connaît cet animal dont la chair

---

(1) Le genre *rat* a ses espèces fort nuisibles par leur fécondité,
et la voracité avec laquelle ils dévorent des substances de toute
nature.

noire est agréable, et le poil utile : il vit sobre et isolé, ne se terre point, couche à plate terre, se fait chasser en arpentant la plaine par de grands circuits. Il n'a pu être encore réduit en domesticité. (Cuv.)

LE LAPIN. (*Lepus cuniculus*, Lin.)

Cet animal, aussi élevé en domesticité, est à l'état sauvage très-gourmand, et si l'on le laissait faire, il excaverait bientôt tout un héritage. La fécondité du genre lapin est si grande, que, malgré les collets, les fusils et les piéges, les champs de colzat sont souvent encore rongés et ravagés par ces troupes dévastatrices.

Observation.

Les animaux appartenant à l'ordre des *pachidermes* et à celui des *ruminans* (*pecora*, Lin.), sont en petit nombre en Flandre, ceux qui sont élevés à l'état de domesticité sont mentionnés dans le paragraphe précédent.

2.º LES OISEAUX.

ORDRE I.er — *Rapaces* ou les *Oiseaux de proie.*

DIURNES.

Genre Faucon. (*Falco*, Linné).

Faucon ordinaire, ou Pèlerin. *Falco peregrinus*, (Lin.) — Le Faucon. (Buffon). 4. (1).

(1) Le chiffre qui se trouve après chaque espèce d'un genre indique ce qui suit :

Faucon hobereau. *Falco subbuteo*, (Lin.) — Le Hobereau. (Buff.) 1.

Faucon Émerillon. *Falco OEsalon*, (Lin.) Le Rochier. (B.) 1.

Ses jeunes de l'année.... L'Émérillon (B.) 1.

Faucon Cresserelle. *Falco Tinnunculus*, (Lin.) — la Cresserelle. (B.) 1.

Aigles, proprement dits.

Aigle Jean Leblanc *Falco brachydactylus*, (Wolf.) — Le Jean Leblanc. (B.) 4.

Autours.

Autour ordinaire. *Falco palumbarius*, (Lin.) — L'Autour. (B.) 4.

L'Épervier. *Falco nisus*, (Lin.) — l'Épervier. (Buff.) 1.

Milans.

Milan Royal. *Falco milvus*, (Lin.) — le Milan Royal (B.) 4.

Buses.

La Buse changeante. (Viellot. Nouv. Dict.) *Falco buteo*, (Lin.) — la Buse. (B.) 1.

Buse boudrée. *Falco apivorus*, (Lin.) — La boudrée. (B.) 1.

Le N.º 1, les oiseaux qui restent toute l'année dans les environs.
Le N.º 2, ceux qui s'éloignent du pays pendant l'hiver.
Le N.º 3, ceux que l'on ne voit que l'hiver.
Le N.º 4, les oiseaux étrangers que l'on voit quelquefois.

Genre Chouette. (*Strix* Linné).

Chouettes, proprement dites.

Chouette Hulotte. *Strix aluco*, (Lin.) — La
Hulotte. (B.) 1.

La femelle qui est rousse. — Le Chat-Huant.
(Buff.) 1.

Chouette Effraie. *Strix flammea*, — l'Effraye
ou Fraisées. (B.) 1.

Chouettes-Hibous.

Hibou brachiote. *Strix brachitos*, (Gm.) — La
Chouette ou grande cheveche. (B.) 1.

Hibou, Grand-Duc. *Strix bubo*, (Lin.) — Le
Grand-Duc. (B.) 4.

Hibou, Moyen-Duc. *Strix otus*, (Lin.) — Le
Hibou ou Moyen-Duc. (B.) 1.

ORDRE II.e *Omnivores.*

Genre Corbeau. (*Corvus* Linné).

Corbeau noir. *Corvus corax*, (Lin)—Le Corbeau.
(B.) 4.

Corneille noire. *Corvus corone*, (Lin.) — La
Corbine ou Corneille noire. (B.) 1.

Corneille mantelée. *Corvus cornix*, — La Corneille
mantelée. (B.) 3.

Le Freux. *Corvus frugilegus*, (Lin.) — Le
Freux ou Frayonne. (B.) 3.

Le Choucas. *Corvus monedula*, (Lin.) — Le
  Choucas. (B.) 3.

La Pie. *Corvus pica*, (Lin.) — La Pie. (B.) 2.

Le Geai. *corvus glandarius*, (Lin.) — Le Geai.
  (Buff.) 1.

Genre Casse-Noix. (*Nucifrugus*, Brisson).

Le Casse-Noix. *Nucifrugus caryocatactes*, (Bris.)
  — Le Casse-Noix. (B.) 4,

Genre Jaseur. (*Bombycivora*, Temminck).

Le Jaseur. *Bombycivora garrula*, (Temminck).
  — Le Jaseur de Bohême. (B.) 4.

Genre Rollier. (*Coracias*, Linné). Il n'en paraît pas.

Genre Loriot. (*Oriolus*, Linné).

Le Loriot. *Oriolus galbula*, (Lin.)—Le Loriot. (B.) 2.

Genre Étourneau. (*Sturnus*, Linné).

Étourneau vulgaire. *Sturnus vulgaris*, (Lin.)
  — Étourneau ou Sansonnet. (B.) 1.

Genre martin. (*Postor* Temm). Il n'y en a pas.

ORDRE IIIe *Insectivores.*

Genre Pie-Grièche. (*Lanius*, Linné).

Pie-Grièche grise. *Lanius excubator*, (Lin.) — La
  Pie-Grièche grise. (B.) 1.

Pie-Grièche écorcheur. *Lanius collurio*, (Briss.)
  — l'Écorcheur. (B.) 1.

Genre Gobe-Mouche. (*Muscicapa*, Linné).

Gobe - Mouche à collier. *Muscicapa abicollis* , (Temm.) — Gobe-Mouche à collier ou de Lorraine. (B.) 4.

Genre Merle. (*Turdus*, Linné).

Merle noir ou commun. *Turdus merula* , (Lin.) — Le Merle , (B.) 1.

Merle Draine. *Turdus Viscivorus* , (Lin.) — La Draine. (B.) 4.

Merle Litorne. *Turdus pilaris* , (Lin.) — La Litorne ou Tourdelle. (B.) 3.

Merle Grive. *Turdus musicus* , (Lin.) — La Grive. (Buff.) 3.

Merle à plastron. *Turdus torquatus* , (Linné). — Merle à plastron blanc. (B.) 4.

Genre Cincle. (*Cenclus*, Bechstein).

Cincle plongeur. *Cinclus aquaticus* , (Bechst.) — Merle d'eau. (B.) 3.

Genre Bec-Fin. (*Sylvya*, Latham).

Ire SECTION. — *Riverains*.

Bec-Fin Rousserolle. *Sylvia turdoides* , (Meyer). — Rousserolle ou Grive des roseaux. (B.) 2.

IIe SECTION. — *Silvains*.

Bec - Fin Rossignol. *Sylvia luscina* , (Lath.) — Rossignol. (B.) 2.

Bec-Fin à tête noire. *Sylvia atricapilla*, (Lath.)
— La Fauvette à tête noire. (B.) 2.

Bec-Fin babillard. *Sylvia curruca*, (Lath.) — La
Fauvette babillarde. (B.) 2.

Bec-Fin rouge-gorge. *Sylvia rubecula*, (Lath.)
— Le Rouge-Gorge. (B.) 2.

Bec-Fin gorge-bleue. *Sylvia suecica*, (Lath.)
— La Gorge-Bleue. (B.) 2.

Bec-Fin rouge queue *Sylvia phœnicurus*. (Lath.).
— Le Rossignol de murailles ou rouge queue.
(Buff.) 2.

Bec-Fin à poitrine jaune. *Sylvia hippolais*, (Lath.)
— La Fauvette de roseaux. (B.) 2.

Bec-Fin pouillot. *Sylvia trochilus*, (Lath.) — Le
Pouillot ou le Chantre. (B.) 2.

Bec-Fin véloce. *Sylvia rufa*, (Lath.) — La petite
Fauvette rousse. (B.) 2.

Roitelets.

Le Roitelet triple-bandeau. (Tem.) *Sylvia igni-capilla*, (Brech.) — Le Roitelet. (B.) 1.

Troglodytes.

Troglodyte ordinaire. *Sylvia troglodytes*, (Lath.)
— Le Troglodyte. (Buff.) 1.

Genre Traquet. (*Saxicola*, Bechstein).

Traquet motteux. *Saxicola ananthe*, (Becht.)
— Le Motteux à vitrec, cul blanc. (B.) 2.

Traquet tarier. *Saxicola rubetra*, — Le Tarier.
(Buff.) 2.

Traquet pâtre. *Saxicola rubicola*, (Becht.) — Le Traquet (B.) 2.

Genre accenteur. (*Accentor*, Bechstein). Il n'y en a pas.

Genre Bergeronette. (*Motacilla*, Linné).

Bergeronette grise. *Motacilla alba*, (Lin.) — La Lavandière. (B.) 2.

Les jeunes avant la fin de l'été. La Bergeronette grise. (Buff.) 1.

Bergeronette jaune. *Motacilla bœrula*. (Lin.) — La Bergeronette jaune. (B.) 1.

Bergeronette de printemps. *Motacilla Flava*, (Lin.) — La bergeronette de printemps. (B.) 1.

Genre Pipi. (*Anthus*, Bechstein).

Pipi farlouse. *Anthus pratensis*, (Bech.) — Le Cujelier.) B.) 2.

Pipi des buissons. *Anthus arboreus*, (Becht.) — La Farlouse. (B.) 2.

ORDRE IV.e — *Granivores.*

Genre Alouette. (*Alauda*, Linné).

Alouette des champs. *Alauda arvensis*, (Lin.) — l'Alouette ordinaire. (B.) 2.

Genre Mésange. (*Parus* Linné).

Mésange charbonnière. *Parus major*, (Lin.) — La grosse Mésange ou Charbonnière. (B.) 1.

Mésange petite Charbonnière. *Parus ater*, (Lin.) — La petite Charbonnière. (B.) 1.

Mésange bleue. *Parus cœruleus*, (Lin.) — La Mésange bleue. (B.) 1.

Mésange à longue queué. *Parus caudatus*, (Lin.) — Mésange à longue queue. (B.) 1.

Genre Bruant. (*Amberiza*, Linné).

Bruant ordinaire. *Emberiza citrinella*, (Lin.) — Le Bruant (B.) 1.

Bruant proyer. *Emberiza miliaria*, (Lin.) — Le Proyer (B.) 2.

Bruant de roseaux. *Emberiza schœniculus*, (Lin.) — Ortolan des roseaux. (B.) 2.

Bruant ortolan. *Emberiza hortulana*, (Lin.) — l'Ortolan. (B.) 4.

Genre Bec-Croisé. (*Loxia*, Brisson). Ne s'y voit pas.

Genre Bouvreuil. (*Pyrrhula*, Brisson).

Bouvreuil commun. *Pyrrhula vulgaris*, (Brisson). — Le Bouvreuil. (B.) 1.

Genre Gros-Bec. *Fringilla*, Illiger).

Gros-Becs, proprement dits. (Cuv. rég. anim.)

Gros - Bec commun. *Fringilla coccothraustes*. (Temm.) — Le Gros-Bec. (B.) 2.

Gros - Bec Verdier. *Fringilla chloris*, (Temm.) — Le Verdier. (B.) 1.

Moineaux, (Cuvier).

Gros-Bec moineau. *Fringilla domestica*, (Lin.) — Le Moineau. (B.) 1.

Gros-Bec Friquet. *Fringilla montana*, (Lin.) — Le Friquet ou Moineau des champs. (B.) 1.

Pinsons. (Cuvier).

Gros-Bec Pinson. *Fringilla cœlebs ,* (Lin.) — Le Pinson. (B.) 1.

Gros - Bec d'Ardennes. *Fringilla montifringilla* — (Lin.) Le Pinson d'Ardennes. (B.) 3.

Linottes et Chardonnerets. (Cuvier).

Gros-Bec Linotte *Fringilla canabina ,* (Lin.) — La Linotte ordinaire. (B.) 1.

Gros-Bec Chardonneret. *Fringilla carduelis* (Lin.) — Le Chardonneret. (B.) 1.

ORDRE V.ᵉ *Zygodactyles.*

Genre Coucou. (*Cuculus* ; Linné).

Coucou Gris , ou d'Europe. *Cuculus canorus ,* (Lin.) — Le Coucou. (B.) 2.

Genre Pic. (*Picus*, Linné).

Pic - Vert. *Picus viridis ,* (Lin.) — Le Pic - Vert. (Buff.) 2.

Genre Torcol. (*Yunx* , Linné).

Torcal ordinaire. *Yunx torquilla ,* (Lin.) — Le Torcol. (B.). 4.

ORDRE VI.ᵉ — *Anisodactyles.*

Genre Sittelle. (*Sitta* , Linné).

Sittelle Torchepot. *Sitta europæa ,* (Lin.) — La Sittelle ou Torchepot. (B.) 1.

Genre Grimpereau (*Certhia*, Cuvier).

Le Grimpereau d'Europe. *Certhia familiaris*, (Lin.)
— Le Grimpereau. (B.) 1.

Genre Huppe. (*Upupa*, Linné).

La Huppe. *Upupa epops*, (Lin.) — La Huppe.
(Buff.) 4.

ORDRE VII. — *Alcyons*.

Genre martin-Pécheur. (*Alcedo*, Linné).

Martin - Pécheur Alcyon. *Alcedo ispida*, (Lin.)
— Martin-Pécheur. (B.) 1.

ORDRE VIII.e — *Chélidons*.

Genre Hirondelle. (*Hirundo*, Linné).

Hirondelle de cheminée. *Hirundo rustica*, (Lin.)
— Hirondelle domestique. (B.) 2.
Hirondelle de fenêtres. *Hirundo urbica*, (Lin.)
— Hirondelle à cul blanc ou de fenêtres. (B.) 2.
Hirondelle de rivage. *Hirundo riparia*, (Lin.)
— l'Hirondelle de rivage. (B.) 2.

Genre Martinet. (*Cypselus*, Illiger).

Martinet de muraille. *Cypselus murarius*, (Temm.)
— Martinet noir ou grand Martinet. (B.) 2.

Genre Engoulevent. (*Caprimulgus*, Linné).

Engoulevent ordinaire. *Caprimulgus europœus*,
(Lin.) — l'Engoulevent. (B.) 4.

(346)

ORDRE IXe. — *Pigeons.*

Genre Pigeon. (*Colomba*, Linné).

Pigeon ramier. *Colomba palumbens*, (Lin.) — Pigeon ramier. (B.) 2.

La Tourterelle. *Columba turtur*, (Lin.) — La Tourterelle. (B.) 2.

ORDRE X.^e — *Gallinacés.*

Genre Tétras. *Tétrao*, (Linné). Ne se voit pas.

Genre Perdrix. (*Perdrix*, Latham).

Perdrix grise. *Perdrix cinerea*, (Lath.) — Perdrix grise. (B.) 1.

La petite Perdrix de passage. (Buff.) *Tetrao damascena*, (G.) — 4.

Perdrix rouge. *Perdrix rubra*, (Briss.) — La Perdrix rouge. (B.) 4.

La Caille. *Perdrix coturnix*, (Lath.) — La Caille. (Buff.) 2.

ORDRE XIe — *Alectorides.*

Ces sortes d'Oiseaux, Perdrix de mer, ne se voient que rarement au-delà des côtes de Dunkerque, ils ne doivent parconséquent pas être cités ici.

ORDRE XIIe — *Coureurs.*

Genre Outarde. (*Otis* ; Linné).

Outarde barbue ou grande Outarde. *Otis tarda*, (Lin.) — l'Outarde. (B.) 4.

Genre Court-Vite. *Cursorius*, (Lath.) Ne se voit pas.

ORDRE XIII.ᵉ — *Gralles ou Échassiers.*

Genre Pluvier. (*Charadrius*, Linné).

Pluvier doré. *Charadrius pluvialis*, (Lin.) — Le Pluvier doré. (B.)ç ·

En plumage d'été. — Le Pluvier doré à gorge noire. (B.) 4.

Pluvier guignard. *Charadrius morinellus*, (Lin.) — Le Guignard. (B.) 3.

Grand Pluvier à collier.*Charadrius hiaticula,* (Lin.) — Le Pluvier à collier. (B.) 3.

Petit Pluvier à collier. *Charadrius minor*, (M.) — Le petit Pluvier à collier. (B.) 4.

Genre Vanneau. (*Vanellus*, Brisson).

Vanneau huppé. *Vanellus cristatus,* (M.) — Le Vanneau. (B.) 3.

Genre Grue. (*Grus*, Cuvier).

Grue cendrée. *Grus cinerea*, (Bechst.) — La Grue. (Buff.) 4.

Genre Cigogne. (*Ciconia*, Briss.)

Cigogne blanche. *Ciconia alba*, (Briss.) — La Cigogne blanche. (B.) 3.

Genre Héron. (*Ardéa*, Linné).

Héron cendré. *Ardea cinerea*, (Lath.) — Le Héron Huppé. (B.) 1.

Héron aigrette. *Ardea egretta*, (Lin.) — La grande Aigrette. (B.) 4.

Héron grand Butor. *Ardea stellaris ,* (Lin.) — Le Butor. (B.) 1.

Les jeunes du Héron Crabier. *Ardea ralloïdes ,* (Scop.) — Le petit Butor. (Briss.) 1.

Genre Avocette. *Recurvirostra ,* Linné).

Avocette à nuque noire. *Recurvirostra avocetta ,* (Lin.) — l'Avocette. (B.) 4.

Genre Courlis. (*Numenius ,* Brisson).

Courlis d'Europe. *numenius arquata ,* (Lin.) — Le Courlis. (B.) 3.

Genre Bécasseau. *Tringa ,* Brisson).

Bécasseau cocorli. *Tringa subarquata ,* — Alouette de mer. (B.) 3.

Bécasseau canut, ou Maubèche. *Tringa cinera,* (Lin.) — La Maubèche grise. (B.) 3.

Ses jeunes... La Maubèche. (B.) 3.

Les jeunes de l'année du Bécasseau combattant. *Tringa pugnax ,* ainsi que la femelle adulte. — Chevalier varié et commun. (B.) 3.

Genre Chevalier. (*Totanus ,* Bechstein).

Chevalier gambette. *Totanus calidris ,* (Bech.) — Le Chevalier aux pieds rouges. ('B.) 3.

Genre Barge. (*Limosa ,* Bech.)

Barge à queue noire. *Limosa melanura ,* (Leisler). — La barge commune. (B.) 3.

Genre Bécasse. (*Scolopax*, Illiger).

Bécasse ordinaire. *Scolopax rusticola,* (Lin.) — La Bécasse. (B.) 3.

Bécassine ordinaire. *Scolopax gallinago*, (Lin.) — La Bécassine. (B.) 3.

Bécassine sourde. *Scolopax gallinula,* (Lin.) — La Sourde. (B.) 3.

Genre Rale. (*Rallus*, Linné).

Rale d'eau. *Rallus aquaticus,* (Lin.) — Le Rale d'eau. (B.) 1.

Genre Poule d'Eau. *Gallinula*, Lath.)

Poule d'Eau ordinaire. *Gallinula ochropus*, (L.) — La Poule d'Eau. (B.) 1.

ORDRE XIV. — *Pinnatipèdes.*

Genre Foulque. (*Fulica*, Brisson).

Foulque macroule. (Temminck) *Fulica atra,* (Lin.) La Foulque ou Morelle. (B.) 1.

Genre Grèbe. (*Podiceps*, Lath.)

Grèbe huppé. *Podiceps cristatus,* (Lath.) — Le Grèbe cornu. (B.) 3.

Jeunes de l'année et de deux ans. — Grèbe huppé. (Buff.) 3.

Jeunes de Grèbe cornu ou Esclavon, *Podiceps cornutus,* — Le petit Grèbe. (B.) 3.

Une autre variété du même. — Le petit Grèbe huppé. (B.) 3.

Les jeunes du Grèbe castagneux. *Podiceps minor,*
(Lath.) — Grèbe de rivière, ou castagneux.
(Buff.) 3.

ORDRE XV. — *Palmipèdes.*

Genre Hirondelle de mer. (*Sterna,* Linné).

Hirondelle de mer; pierre garin. *Sterna hirundo,*
(Lin.) — Hirondelle de mer. (B.) 2.

Hirondelle de mer, épouvantail. *Sterna nigra,*
(L.) — l'Hirondelle de mer à tête noire, ou
épouvantail. (B.) 2.

Avec les jeunes de l'année. — Guiffette. (B.) 2.

Genre Mauve. (*Larus,* Linné).

Grandes espèces, ou Goélands.

Goéland à manteau noir. *Larus maximus,* (Lin.)
— Le Goéland noir-manteau. (B.). 3.

Ses jeunes..... Le goéland varié ou grîsard (B.) 3.

Petites espèces, Moettes.

La Moette rieuse ou à capuchon brun. *Larus fuscus,*
(Lin.)—Moette rieuse et variétés d'âges. (B.) 3.

Genre Stercoraire. *Leistris.* (Illiger.) Ne se voit pas.

Genre Pétrel. (*Procellaria* Linné).

Pétrel tempête. *Procellaria pelagica,* (Linné).
— l'Oiseau de tempête. (B.) 4.

Genre Canard. (*Anas,* Linné).

I.ere SECTION. — *Oies.*

Oie vulgaire ou sauvage. *Anas segetum,* (Gmel).
l'Oie sauvage. (B.) 3.

Oie rieuse où à front blanc. *Anas albifrons*, (Lin.)
— l'Oie rieuse. (B.) 4.

II.e Section. — *Cygne.*

Cygne à bec jaune ou sauvage. *Anas cygnus*, (Lin.)
— Le Cygne sauvage. (B.). 3.

III.e Section. — *Canards proprement dits.*

Canard sauvage. *Anas boschas*, (Lin.) — Le Canard sauvage. (B.) 3.

Canard chipeau. *Anas strepera*, (Lin.) — Le Chipeau ou ridenne. (B.) 3.

Canard souchet. *Anas clypeata*, (Lin.) — Le Canard souchet, ou le rouge. (B.) 3.

Canard sarcelle d'été. *Anas querquedula*, (Lin.)
— La Sarcelle commune. (B.) 3.

Canard sarcelle d'hiver. *Anas crecca*, (Lin.) — La
petite Sarcelle. (B.) 3.

Canard millouin. *Anas ferina*, (Lin.) — Le Canard
millouin. (B.) 3.

Le Canard millouinan. *Anas marilla*, (Lin.) — Le
Millouinan. (B.) 4.

Canard Garrot. *Anas clangula*, (Lin.) — Le
Garrot. (B.) 3.

Canard morillon. *Anas fuligula*, (Lin.) — Le Morillon et le petit Morillon (B.) 3.

Genre Harle. (*Mergus*, Linné).

Harle huppé. *Mergus serrator*, — le Harle huppé,
ou à manteau noir. (B.) 3.

Harle piette. *Mergus albellus*, (Lin.) — Le petit
Harle huppé, (B.) 3.
La femelle et les jeunes. — La Piette femelle. (B.) 3.

Genre Plongeon. (*Colymbus*, Latham.)

Plongeon imbrin. *Colymbus Glacialis* , (Lin.)
— l'Imbrin , ou grand Plongeon. (B.) 3.

On peut ajouter à cette liste méthodique, les
oiseaux suivans.

1.° Chevêche , soulcie , épeiche , petite épeiche ,
qui restent toute l'année dans les environs.

2.° Biset et variétés , alouette huppée , guimette ,
rale de terre , marouette ; qui s'éloignent du pays
pendant l'hiver.

3.° Sizerin , tarin , alouette pipi, traine buisson,
huitrier, cormoran, pilet, macreuse, double macreuse, bièvre, mouette à trois doigts *id.* aux
pieds bleus , *id.* aux pieds rouges , petit plongeur,
plongeon cal marin , canard siffleur ; oiseaux que
l'on ne voit que l'hiver.

4°. Grand montain, aigrette bihorreau, grande
barbe rousse, cravant bernache, tadorne, petrel-
puffin ; petit guillemot , macareux ; oiseaux
étrangers , amenés seulement par accident.

Pour les personnes qui ne sont pas familiarisées
avec la classification que nous venons de tracer,
nous avons jugé à propos de donner un résumé
de la liste des oiseaux , avec les lieux qu'ils habitent,
(d'après M. Bottin).

Oiseaux fixes ou résidans.

La perdrix grise ; la tourterelle ; l'épervier, que l'on trouve partout ; les buses, qui fréquentent les plaines cultivées ; le hobereau, qui chasse aux allouettes ; la cresserelle, le plus commun des oiseaux de proie, qui attaque les oiseaux, les souris ; le mérillon ; le hibou, petit duc, dans les bois ; la hulotte, idem ; le chat-huant, idem ; l'effraie, dans les clochers et vieilles tours ; la chouette, dans les rochers et vieux murs ; la pie-grièche, oiseau très-cruel, vivant d'insectes et de petits oiseaux, et ne craignant pas les gros ; la pie qui détruit le gibier dans les campagnes ; le corbeau ; la corneille ; la corneille à mantelet, sur les bords de la mer et dans les champs ; le geai, dans les bois ; la grive, idem ; le loriot, qui suspend son nid aux bifurations des arbres ; l'étourneau, qui apprend à siffler des airs et à parler ; le gros bec d'Europe ; le verdier dans les bois ; le bouvreuil commun, qui voltige l'hiver dans nos jardins ; le moineau franc, dans les villages et villes ; le friquet ou moineau des bois ; le pinson, dans les campagnes ; le pinson d'Ardennes, dans les grands bois ; la linotte commune, dans les champs ; la linotte des vignes ; le chardonneret, sur les bords des marais, parmi les chardons dont il aime la graine ; le proyer, dans les marais ; le tarin, dans les forêts : il produit, avec le serin, des mulets très-

23

estimés pour leur chant; la mésange à tête noire,
dans les bois; idem à tête bleue; la mésange à
longue queue, laquelle a la queue plus longue que
tout le corps; la mésange des marais; la farlouse,
dans les prés; le motteux, dans les champs; le
rossignol; le rossignol de murailles; le roitelet, le
plus petit des oiseaux d'Europe; le troglodyte,
presque aussi petit que le roitelet, le long des
haies et buissons; la lavandière ou hausse queue,
sur le bord des eaux; la fauvette, qui chante fort
bien dans les buissons; la fauvette à tête noire,
idem; l'engoulevant, qui ne vole que la nuit,
comme les chouettes; le taquet, sur les buissons;
la sittelle, qui grimpe verticalement comme les
oiseaux grimpans; la huppe; le martin-pêcheur;
le pivert; le coucou, dont la femelle pond dans le
nid d'un autre oiseau, après en avoir dévoré les
œufs : il est si familier dans cette contrée, qu'il
fréquente jusqu'aux arbres des jardins et remparts;
le héron, qui niche sur les plus hauts arbres et
fréquente les viviers et les étangs; l'aigrette, dont
les plumes, belles et soyeuses, servent à faire des
panaches pour les femmes; le guignard, dans les
champs; le pluvier à collier; le vanneau, dans les
marais : on en élève de privés dans les jardins, pour
la destruction des vers; le combattant; la bécassine, dans les marais; le chevalier aux pieds rouges; le râle d'eau, dans les grandes herbes, le long
des eaux stagnantes; la poule d'eau; la morelle,
dans les marais; le pierre garin, commun sur nos

côtes; la guifette; la mouette tachetée, sur nos côtes; le morillon; la macreuse; le garot; la sarcelle, dans les marais; le cormoran des bords de la mer.

Oiseaux de passage.

La caille, qui revient tous les ans des côtes d'Afrique; l'outarde grande, un des plus gros oiseaux de l'Europe, et excellent gibier, qui, des plaines de la Pologne et de l'Asie, passe quelquefois dans ce pays pendant les hivers rigoureux; l'outarde petite, plus rare que la précédente; l'ortolan, oiseau très-délicat, qui passe en automne; l'alouette du Nord, si commune en hiver sur les bords de la mer; la bergeronnette jaune, si bonne à manger, qui passe en juin par troupes, affectionne les marais et les bois, et aime à suivre les troupeaux de moutons; la fauvette d'hiver, qui arrive en automne pour passer l'hiver chez nous, et chante si bien; les diverses espèces d'hirondelles; le becfigue, oiseau délicat à manger, qui passe en troupes en novembre et février, et aime les marais; le rouge-gorge en automne, rare dans ce pays; la cigogne, qui vit de reptiles et de poissons, et niche de préférence sur les clochers et les cheminées; le pluvier doré, qui passe en automne dans les marais; la bécasse, bon gibier; le courlis ordinaire, sur les bords de la mer; le râle de terre, dans les champs, où il revient au printemps avec les cygnes; le cygne

23*

sauvage; les canards sauvages, qui volent en troupes formant le triangle; le castagneux, en hiver, sur toutes les eaux, etc.

3.° REPTILES.

Parmi les sauriens, il y a les lézards proprement dits : ces animaux sont très-nombreux dans le pays.

Les espèces confondues sous le nom de *lacerta agilis* par *Linnæus*, sont le vert piqueté, le vert à deux raies, le vert brun des souches, le gris des murailles, et le gris des sables.

Les ophidiens ou serpens sont rares pour les espèces; mais les individus que nous voyons dans le pays sont très-multipliés, surtout au mont des Récollets, près Cassel.

J'ai rencontré la couleuvre à collier, *coluber natrix, L.* Elle est dans les prés et eaux dormantes, où elle vit d'insectes et de grenouilles.

On a une telle peur des serpens dans le pays Flamand, que, loin de se servir de cette espèce comme aliment, ainsi que cela se fait dans plusieurs provinces, on la fuit avec horreur : on fait de même des espèces suivantes, quoique aucunement nuisibles.

La couleuvre verte et jaune (*col. atro-virens*).

La lisse (*col. austriacus* Gm.).

Et la vipérine (*col. viperinus*), mais plus rare que les précédentes.

La vipère commune (*col. berus*, L.), est on ne peut plus rare.

Parmi les batraciens (quatrième ordre des reptiles), on a :

1.° La grenouille commune ou verte (*rana esculenta*, L.), qui incommode en été par la continuité de ses clameurs nocturnes, et qui fournit un aliment sain et agréable, mais peu goûté par les flamands, qui sont toujours dans la crainte de manger des crapauds.

2.° La grenouille rousse (*rana temporaria* L.), qui va sur terre et coasse beaucoup moins.

3.° Le crapaud commun (*rana bufo* L.), qui se tient dans les lieux obscurs et étouffés, et passe l'hiver dans les trous qu'il se creuse.

4.° Le crapaud des joncs (*rana bufo calamita*, Gm.), qui répand une odeur empestée de poudre à canon. Il ne saute point du tout, mais court assez vîte et grimpe aux murs.

5.° Le crapaud à ventre jaune (*rana bombina*, Gm.), qui se tient dans les marais.

6.° La salamandre terrestre (*lacerta salamandra*, L.), qui est toute noire, à grandes taches d'un jaune vif. Elle se tient dans les lieux humides, et se retire dans les trous souterrains. Sa queue est ronde.

7.° La salamandre aquatique (*triton*, Laurenti). Il y en a plusieurs espèces ou variétés. La marbrée, la ponctuée, la palmipède se voient dans les eaux; on sait qu'elles ont la queue comprimée verticalement.

4.° POISSONS.

Nous allons citer seulement les poissons d'eau douce qui se rencontrent dans les rivières de la Flandre.

Le cinquième ordre des poissons, ou celui des *malacoptérygiens abdominaux,* donne les espèces suivantes :

1.° La truite (*salmo fario*, L.), dans les ruisseaux dont l'eau est claire et vive.

2.° Le brochet (*esox lucius*), poisson vorace et des plus destructeurs, mais dont la chair est agréable et de digestion facile.

3.° La carpe vulgaire (*cyprinus carpio*, L.), qui s'élève dans les rivières, les étangs : elle est généralement d'un bon goût.

4.° La carpe à cuir ou reine des carpes (*cyprinus rex cyprinorum*), dont les écailles sont grandes ; nue par places.

5.° Le barbeau commun (*cyprinus barbus*, L.), très-commun dans les eaux claires et vives.

6.° Le goujon (*cyprinus gobio*, L.); il vit en troupe dans les eaux douces.

7.° La tanche vulgaire (*cyprinus tinca*, L.), qui n'est bonne que dans certaines eaux.

8.° Là brême commune, bon poisson, fort abondant, et qu'on multiplie aisément.

9.° Le meûnier (*cyprinus dobula*, L.), espèce d'able (poisson blanc).

10.° La chevance, autre espèce d'able.

11.° La loche franche (*cobitis barbatula*, L.), commun dans les ruisseaux.

12.° La loche d'étang (*cobitis fossilis*) : elle se tient dans la vase des étangs ; c'est pourquoi elle sent la vase.

13.° La loche de rivières (*cobitis tœnia*, L.), qui se tient dans les rivières entre les pierres : elle est peu recherchée.

L'ordre des poissons *malacoptérygiens apodes* donne le grand genre anguille (*murœna*, L.).

L'anguille vulgaire (*murœna anguilla*, L.), quoique indigeste, est d'un goût généralement estimé.

L'ordre des *malacoptérygiens subbrachiens* donne la lotte commune ou de rivière (*gadus lota*).

L'ordre des *acanthoptérygiens* donne : 1.° la perche commune d'eau douce (*perca fluviatilis*, L.);

2.° Le chabot commun (*cottus gobio*, L.), qui est dans les ruisseaux ;

3.° L'épinoche (*gasterosteus aculeatus*, L.).

On rencontre aussi l'alose, le cavin, la cobite des fossés, l'écalot, le flayer plat, l'opelle, le percot, le pocquelet, la roche, la thievenne, la vandoise, la venue, etc.

5.° MOLLUSQUES ET ANIMAUX ARTICULÉS.

Je ne mentionne les mollusques et les animaux articulés, que pour citer les espèces suivantes.

Il existe cinq à six sortes de limaces (*limax*,

Lam.), que l'on rencontre à chaque pas dans les temps humides.

Parmi le grand nombre des escargots proprement dits, on a le grand escargot (*helix pomatia*), qui est commun dans les jardins : quoique d'une excellente nourriture, on le dédaigne en Flandre.

Puis la livrée, ou petit escargot des arbres (*helix nemoralis*), qui nuit beaucoup aux espaliers dans les temps humides.

Les sangsues, dont il existe en Flandre une variété de grandeur considérable, sont abondantes dans les eaux dormantes. Tout le monde connaît la sangsue médicinale (*hirudo médicinalis*, L.), si utile instrument pour les saignées locales.

La sangsue des chevaux (*hirudo sanguisuga*, L.), d'un noir verdâtre, y existe aussi ; sa piqûre est quelquefois dangereuse.

6.° INSECTES.

Espèces de papillons trouvés aux diverses époques de l'année 1823, et liste des insectes les plus remarquables du département du Nord.

Avril.	Mai.
Le papillon du choux.	Le papillon blanc veiné de vert.
Le céphale.	Le coridon.
La petite tortue.	La grosse tête.
Le collier argenté (aux bois).	La sésie vitrée.
La phalène y grec.	La phalène solitaire.
Le damier (aux bois).	L'aurore.
La belle dame (sur des rochers).	L'argus bleu.
Le myrtil.	L'argus bronzé.
	L'argus vert.

Juin.

Le satyre.
Le vulcain.
La carotte.
Le tristan.
Le sphinx du troène.
Le sphinx de la vigne.
La phalène tigre.
La patte étendue (sur des bois blancs).
Le grand nacré (dans les prairies).
Le petit nacré.
Le manteau-royal (sur des bois blancs).
Le processionnaire.
La filipendule (dans les prés).
Le moine (sur des chênes).
La queue fourchue (sur des bois blancs).
Le sphinx corne de cerf.
Le gazé.
Le moro-sphinx (dans les prés).
Le sauci.
La phalène persillée.
La tête de mort.
La phalène mouchetée (au bois).
Le deuil.
La feuille sèche.
Le porte-queue du prunier.

La livrée.
Le tabac d'Espagne.
La citronelle rouillée.

Juillet.

La phalène gorge de perdrix.
La phalène zig-zag (sur des ormes).
La noctuelle liknée du chêne.
Le bombix cossus.
Le mars.
Le papillon gamma.
Le porte-queue du chêne.
La grande tortue.
Le paon de nuit.
Le sphinx du prunier.
La feuille-morte.
La lunulle (sur une haie).
La martre.
La veuve.
L'hépiale du houblon.

Août.

La phalène hibou.
Le carmin.
Le sphinx du peuplier.
Le tithymale.
Le paon de jour.
Le miroir, etc.

Nous avons pris les termes dont on se sert dans le commun langage français pour ces papillons, leur classification n'étant pas assez scientifique dans cette liste pour les désigner autrement.

Autres Insectes.

INSECTES DE TERRE.

Les plus marquans sont le grand cerf-volant, rare, excepté dans les grandes forêts; le nasicorne

ou le moine, qui habite les couches et les creux
des arbres pourris; l'émeraudine, insecte charmant
et rare ici, d'un vert d'airain doré, qui ne repose
que dans le sein des roses et des pionnes; le hot-
tentot, dans la bouze de vache, commune ici,
très-rare dans l'intérieur de la France; la famille
des dermestes, si funeste aux bibliothèques, vêtemens et boiseries; les buprestes; le scarabée onc-
tueux; le capricorne vert d'eau, à odeur de rose;
la variété unicolore pourpre doré des cicindelles;
la grande cantharide verte; le staphilin de quinze
à dix-sept lignes de long; le perce-oreille, long de
douze lignes; la blatte, amie des cuisines et des
fours; les variétés de la magnifique lepture; le
scorpion terrestre, rare; les variétés de teigne de
terre et d'eau; la demoiselle; la guêpe; la mouche
à pompe droite, très-belle ici.

INSECTES D'EAU.

Les principaux sont : la grande hydrophile de
seize à vingt lignes de longueur; le ditique; le
tournique, géomètre des eaux; la punaise ou
nayade, qui est très-grande dans cette contrée; le
scorpion linéaire, très-commun dans les marais
du département du Nord; le scorpion-mouche, si
riche en couleurs; le scorpion ovale; le cousin,
très-importun dans ce pays humide; l'éphémère,
qui ne dure qu'un instant, est ici d'une grande
beauté; le pou et la puce d'eau, très-beaux dans

les marais du département; la monode ou per-
roquet d'eau; le binode, grand, dans ce pays,
de trente lignes : il est heureusement rare ici, étant
cruel, carnivore et infatigable dans la poursuite de
sa proie, etc.

CHAPITRE SECOND.

BOTANIQUE ET GÉOLOGIE.

> Des fleurs, des minéraux, il exalte, il extrait,
> Et l'âme aromatique et le pouvoir secret.
> Il cueille au sein des bois ces plantes salutaires,
> De vie et de santé, riches dépositaires.
>
> DELILLE.

§ I. Botanique du Mont - Cassel et de ses environs.

Plus de 1,600 espèces de plantes indigènes forment la Flore du Nord ; mais nous n'en citerons qu'à-peu-près 716, plus particulières à l'arrondissement d'Hazebrouck, c'est-à-dire :

    26 Plantes de montagnes et côteaux.

    203 De la plaine, des chemins et lieux incultes.

    116 Des prairies et marais.

    71 Aquatiques.

    300 Des bois et bosquets.

Nous ne nous sommes pas occupé d'étudier ces nombreuses espèces de sphéries, de ménaspores, de philobolesnides, de théleboles, de rhizomorphes, etc., appartenant à la botanique corpusculaire ; nous avons même négligé de citer les cryptogames d'échelons plus élevés ; à cet effet, le lecteur pourra consulter avec avantage la Cryptogamie du département du Nord, de M. de Mazières, qui en offre plus de 5oo. Les savans ouvrages de MM. Lestiboudois et Roucel, sur les végétaux du Nord de la France, sont aussi à voir.

Nous nous contentons de citer ici le nom des plantes trouvées dans le pays, réservant à un autre temps la publication d'une monographie détaillée.

Le système de Linné nous a paru préférable pour la classification de ces plantes, parce qu'il laisse un moins grand nombre de lacunes que la méthode naturelle dans la formation des flores partielles ; néanmoins nous devons en convenir, ce système, si philosophique d'ailleurs, présente des inconvéniens d'un autre genre, qui font que la plupart des botanistes français surtout, le négligent depuis long-temps.

Ces inconvéniens, que le tableau ci-contre fera bien sentir, consistent particulièrement dans l'éloignement forcé de certains genres et familles qui, par leurs analogies naturelles, devraient se trouver rapprochés les uns des autres.

Ceci étant, nous avons jugé utile de joindre à notre liste botanique, d'après le système sexuel, une espèce de tableau d'indication, dans le but de faciliter les recherches de ceux qui se trouvent familiarisés seulement avec la méthode de M. de Jussieu. Ils n'auront qu'à chercher ces familles dans la place qu'elles y occupent; et chacune de ces familles donnera un renvoi aux classes et ordres de Linné, dans lesquels se trouvent les plantes des environs de Cassel. Quant à ceux qui voudront avoir une idée du nombre des familles naturelles comprises dans chaque classes et ordres de cette liste, ils pourront facilement satisfaire ce désir ; car dans chaque division et subdivision du système, j'ai eu soin de ranger les plantes par famille, et selon leur place respective. Le nom de la famille se trouve placé à la tête des genres qui lui appartiennent.

Tableau selon la Méthode dite naturelle, indiquant les Classes et Ordres de Linné qui font partie de chaque Famille en particulier renfermant des Plantes du Nord de la France.

PLANTES ACOTYLÉDONES.

Algues.
Champignons.
Hypoxilons.
Lichens. } cryptogamie.
Hépatiques.
Mousses.
Lycopodiacées..

PLANTES MONOCOTYLÉDONES.

I.re DIVISION. — PLANTES MONOCOTYLÉDONES CRYPTOGAMES.

Fougères. — Cryptogamie.
Équisctacées. — Cryptogamie.

Naïades. . . . . $\left\{\begin{array}{l}\text{Monandrie monogynie.}\\ \text{—} \quad \text{digynie.}\\ \text{Tétrandrie tétragynie.}\\ \text{Monœcie monandrie.}\\ \text{—} \quad \text{diandrie.}\end{array}\right.$

II.ᵉ DIVISION. — PLANTES MONOCOTYLÉDONES PHANÉROGAMES.

Étamines sous le pistil.

Aroïdes. . . . . $\left\{\begin{array}{l}\text{Hexandrie monogynie.}\\ \text{Monœcie polyandrie.}\end{array}\right.$

Typhacées.   —   Monœcie triandrie.

Souchets ou cypéroïdes. . $\left\{\begin{array}{l}\text{Triandrie monogynie.}\\ \text{Monœcie triandrie.}\end{array}\right.$

Graminées. . . . . $\left\{\begin{array}{l}\text{Diandrie monogynie.}\\ \text{Triandrie monogynie.}\\ \text{—} \quad \text{digynie.}\\ \text{Monœcie triandrie.}\end{array}\right.$

Étamines attachées au calice.

Asparaginées. . . . . . . $\left\{\begin{array}{l}\text{Hexandrie monogynie.}\\ \text{Octandrie tétragynie.}\\ \text{Diœcie hexandrie.}\end{array}\right.$

Joncées.   —   Hexandrie monogynie.

Alismacées. . . . . $\left\{\begin{array}{l}\text{Hexandrie polygynie.}\\ \text{Monœcie polyandrie.}\end{array}\right.$

Colchicacées.   —   Hexandrie trigynie.

Liliacées.   —   Hexandrie monogynie.

Narcissées.   --   Hexandrie monogynie.

Iridées.   —   Triandrie monogynie.

Étamines attachées sur le pistil.

Orchidées.   —   Gynandrie diandrie.

Hydrocharidées. . . . . . $\left\{\begin{array}{l}\text{Ennéandrie hexagynie.}\\ \text{Polyandrie monogynie.}\\ \text{Diœcie enneandrie.}\end{array}\right.$

PLANTES DICOTYLÉDONES.

Apétales à étamines insérées sur le pistil.

Aristolochées.   —   Dodécandrie monogynie.

Apétales à étamines attachées au calice.

Laurinées.   —   Ennéandrie monogynie.

Polygonées. . . . . {Hexandrie trigynie.
Octandrie trigynie.

Arroches. . . . . {Pentandrie digynie.
Décandrie décagynie.

Apétales à étamines attachées sous le pistil.

Amaranthacées. . . . . . {Pentandrie digynie.
Monœcie pentandrie.

Plantagynées. . — Tétrandrie monogynie.

Monopétales à corolle attachée sous le pistil.

Lysimachies. . . . . {Diandrie monogynie.
Tétrandrie monogynie
Pentandrie monogynie.

Pédiculaires. . . . . {Diandrie monogynie.
Didynamie angyospermie.

Jasminées. . . . . {Diandrie monogynie.
Polygamie diandrie.

Verbénacées. . . . . . . {Diandrie monogynie.
Didynamie angyospermie.

Labiées. . . . . {Diandrie monogynie.
Didynamie gymnospermie.

Scrophulaires. . . . . . . {Diandrie monogynie.
Didynamie gymnospermie.

Solanées. — Pentandrie monogynie.
Borraginées. — Pentandrie monogynie.
Convolvulacées. — Pentandrie monogynie.

Gentianées. . . . . {Pentandrie monogynie.
— digynie.

Apocynées. — Pentandrie monogynie.

Monopétales à corolle attachée au calice.

Bruyères. — décandrie monogynie.
Campanulacées. — Pentandrie monogynie.

Monopétales à corolle sur le pistil, anthères réunies.

Sémi-flosculeuses. — Syngénésie égale.

Flosculeuses. . . . . . . {Syngénésie égale.
— superflue.
— frustranée.

Radiées. . . . . {Syngénésie égale.
— superflue.
— nécessaire.

Monopétales à corolle sur le pistil, anthères distinctes.

Dipsacées.	—	Tétrandrie monogynie.
Valerianées.	←	Triandrie monogynie.
Rubiacées.	—	Tétrandrie monogynie.

Caprifoliacéés. . . . . . . { Tétrandrie monogynie.
Pentandrie monogynie.
— digynie.

Polypétales à étamines sur le pistil.

Ombellifères.. . . . . . . { Pentandrie digynie.
— trigynie.

Polypétales à étamines attachées sous le pistil.

Renonculacées. . . . . . { Pentandrie pentagynie.
Polyandrie monogynie.
— pentagynie.
— polygynie.

Papavéracées. . . . . . . { Polyandrie monogynie.
Diadelphie hexandrie.

Crucifères. . . , ... { Tétradynamie siliculeuse.
— siliqueuse.

Capparidées. . . . . { Pentandrie tétragynie.
— pentagynie.
Dodécandrie trigynie.

Érables. . . . . { Heptandrie monogynie.
Octandrie monogynie.

Millepertuis.	—	Polyadelphie trigynie.
Vinifères.	—	Pentandrie monogynie.

Geraniées. . . . . { Décandrie pentagynie.
Monadelphie décandrie.

Malvacées.	—	Monadelphie polyandric.
Berbéridées.	—	Hexandrie monogynie.
Tiliacées.	—	Polyandrie monogynie.
Polygalées.	—	Diadelphie octandrie.
Cistées.	—	Pentandrie monogynie.

Caryophyllées. . . . . . { Tétrandrie tétragynie.
Pentandrie trigynie.
— pentagynie.
Décandrie trigynie.
— pentagynie.

24.

Polypétales à étamines attachées au calice.

Joubarbes.	{ Pentandrie pentagynie. { Décandrie pentagynie. { Dodécandrie dodécagynie.
Saxifragées.	{ Octandrie tétragynie. { Décandrie digynie.
Cierges. —	Pentandrie monogynie.
Portulacées.	{ Triandrie trigynie. { Décandrie digynie. { Dodécandrie monogynie.
Onagraires.	{ Diandrie monogynie. { Octandrie monogynie. { Monœcie polyandrie.
Lythraires. —	Dodécandrie monogynie.
Rosacées.	{ Tétrandrie monogynie. { Dodécandrie digynie. { Icosandrie monogynie. { — digynie. { — pentagynie. { — polygynie.
Légumineuses. —	Diadelphie décandrie.
Térébinthacées. —	Monœcie polyandrie.
Rhamnoïdes. —	Pentandrie monogynie.

Fleurs apétales unisexuelles.

Euphorbiacées.	{ Dodécandrie trigynie. { Monœcie tétrandrie. { Diœcie ennéandrie.
Thérébinthacées. —	Monœcie monandrie.
Urticées. . . . . , . .	{ Monœcie tétrandrie. { Diœcie triandrie. { — pentandrie. { Polygamie tétrandrie.
Amentacées.	{ Pentandrie digynie. { Monœcie polyandrie. { Diœcie diandrie. { — pentandrie. { — octandrie.
Conifères. —	Monœcie monandrie.

Liste Systématique des Plantes des environs de Cassel.

CLASSE Ire. — MONANDRIE.

Monogynie.

(Naïades). Hippuris vulgaris.

Digynie.

(Naïades). Callitriche verna.
   — autumnalis.

CLASSE II. — DIANDRIE.

Monogynie.

(Lysimachies). Utricularia vulgaris.
(Pédiculaires). Véronica officinalis.
   — serpyllifolia.
   — chamœdris.
   — teucrium.
   — scutellata.
   — beccabunga.
   — anagalis.
   — arvensis.
   — agrestis.
   — hederœfolia.
(Jasminées). Syringa vulgaris.
(Verbénacées). Ligustrum vulgare.
(Scrophulaires). Gratiola officinalis.
(Labiées). Lycopus europœus.
   Salvia pratensis.
(Onagraires). Circœa lutetiana.

Digynie.

(Graminées). Anthoxantum odo-
   ratum.

CLASSE III. — TRIANDRIE.

Monogynie.

(Souchets). Cypérus flavescens.
   Criophorum polystachia.
   — angustifolia.
   — gracile.

(Souchets). Schœnus mariscus.
   — cespitosus.
   — fluitans.
   — lacustris.
   — sétaceus.
   — sylvaticus.
(Graminées). Nardus stricta.
   Agrostis spica-venti.
   — stoloniféra.
   — canina.
   Aira aquatica.
   — cespitosa.
   Alopécurus agrestis.
   — geniculatus.
   — pratensis.
   Arundo calamagrostis.
   — phragmites.
   Avena sativa.
   — fatua.
   — sterilis.
   — orientalis.
   — elatior.
   — pratensis.
   Briza tremula.
   Bromus giganteus.
   — squarrosus.
   — secalinus.
   — mollis.
   — sterilis.
   — pinnatus.
   — sylvaticus.
   Cynosurus cristatus.
   Dactylis glomerata.
   Festuca elatior:
   — fluitans.
   — heterophylla.
   — duriuscula.
   Holcus mollis.
   — lanatus.
   Hordeum murinum.
   — secalinum.
   — vulgare.
   — distichon.
   Lolium perenne.
   — temulentum.
   — multiflorum.

(Graminées). Lolium tenue.
   Melica cœrulea.
   Panicum verticillatum.
   — viride.
   — crus-galli.
   — sanguinale.
   — dactylon.
   Phalaris canariensis.
   — arundinacea.
   Phleum pratense.
   Poa bulbosa.
   — pratensis.
   — annua.
   — nemoralis.
   — angustifolio.
   — aquatica.
   — compressa.
   Secale céréale.
   Triticum œstivum.
   — hybernum.
   — repens.
   — unilatérale.
(Iridées). Iris pseudo-acorus.
   Crocus vernus. (Var.).
(Valerianées). Valeriana officinalis.
   — dioïca.
   Valerianella olitoria.

Trigynie.

(Portulacées). Montia fontana.

CLASSE IV. — TÉTRANDRIE.

Monogynie.

(Naïades). Potamogeton natans.
   — fluitans.
   — heterophyllum.
   Potamogeton lucens.
   — perfoliatum.
   — densum.
   — crispum.
   — pectinatum.
   — pusillum.
(Plantaginées). Plantago major.
   — media.
   — lanceolata.
   — coronopus.
(Lysimachies). Globularia vulgaris.

(Dipsacées). Dipsacus sylvestris.
   — laciniatus.
   — pilosus.
   Scabiosa arvensis.
   — succisa.
   — columbaria.
(Rubiacées). Asperula arvensis.
   — odorata.
   — cynanchica.
   Galium palustre.
   — uliginosum.
   — mollugo.
   — verum.
   — aparine.
   — spurium.
(Caprifoliacées). Cornus sanguinea.
(Cariophyllées). Sagina procumbens.
   — apetala.
(Rosacées). Alchemilla aphanes.
   Sanguisorba officinalis.

CLASSE V. — PENTANDRIE.

Monogynie.

(Lysimachies). Anagalis cœrulea.
   — arvensis.
   — tenella.
   Hottonia palustris.
   Lysimachia nummularia.
   — nemorum.
   — vulgaris.
   Primula officinalis.
   — elatior.
   — auricula.
   Samolus valerandi.
   Datura stramonium.
   Hyosciamus niger.
   Nicotiana tabacum sativum.
   Solanum dulcamara.
   — villosum.
   — nigrum.
   — tuberosum.
   Verbascum nigrum.
   — Thapsus.
(Borraginées). Anchusa officinalis.
   Cynoglossum officinale.
   Lithospermum arvense.
   Lycopsis arvensis.
   Myosotis annua.

(373)

(Borraginées).Myosotis perennis.
Pulmonaria officinalis.
Symphitum officinale.
(Convolvulacées). Convolvulus sepium.
— arvensis.
(Gentianées). Chironia pulcella.
Menyanthes trifoliata.
(Campanulacées).Campanula trache-
lium.
— rapunculoïdes.
— persicifolia.
— rapunculus.
— rotundifolia.
— speculum.
Phyteuma spicata.
(Caprifoliacées). Hedera helix.
Lonicera caprifolium.
— periclymenum.
— xilosteum.
(Vinifères). Vitis vinifera.
(Rhamnoïdes). Evonimus europœus.
Rhamnus frangula.
— catharticus.
(Cistées). Viola odorata.
— palustris.
— canina.
— tricolor.

Digynie.

(Arroches). Atriplex patula.
— hastata.
— hortensis.
Beta vulgaris (Variet).
Chenopodium polysper-
mum.
— glaucum.
— murale.
— hybridum.
(Amaranthacées).Herniaria glabra.
(Gentianées). Gentiana pneumo-
nanthe.
(Ombellifères). OEthusna cynapium.
Apium petroselinum.
— graveolens.
Bunium bulbocastanum.
Chœrophyllum sativum.
— sylvestre.
— tumulum.
Conium maculatum.

(Ombellifères). Daucus carota.
Eryngium campestre.
Heracleum spondilium.
Hydrocotyle vulgaris.
Imperatoria sylvestris.
OEnanthe fistulosa.
— phellandrium.
Pastinaca sativa.
Peucedanum salaus.
Pimpinella magna.
— dissecta.
Sanicula europœa.
Scandix pecten.
Selinum palustre.
— carvifolium.
Sium latifolium.
— augustifolium.
— nodiflorum.
(Amentacées). Ulmus campestris.

Trigynie.

(Caprifoliacées). Sambucus ebulus.
— nigra.
Viburnum opulus.
(Ombellifères). OEgopodium poda-
graria.
(Caryophyllées). Alsine media.

Tetragynie.

(Capparidées). Parnassia palustris.

Pentagynie.

(Capparidées). Drosera rotundifolia.
— longifolia.
(Cariophyllées)Linum usitatissimum.
— catharticum.
— radiola.
(Crassulées). Crassula rubens.

Polygynie.

(Renonculacées).Myosurusminimus.

CLASSE VI.—HEXANDRIE.

Monogynie.

(Aroïdes). Acorus verus.
(Asparaginées).Asparagus officinalis.
Convallaria majalis.
— biflora.
— polygonatum.

(Joncées). Juncus squarrosus.
— conglomeratus.
— effusus.
— articulatus.
— bulbosus.
Juncus bufonius.
— campestris.
— pilosus.
(Liliacées). Allium sativum.
— porrum.
— ascalonicum.
— vineale.
— ursinum.
— cepa.
— shœnoprasum.
Anthericum ossifragum.
Fritillaria meleagris.
Hyacinthus non scriptus.
— racemosus.
Ornithogalum umbellatum.
Tulipa sylvestris.
(Narcissées). Narcissus pseudo-
acorus.
(Berbéridées). Berberis vulgaris.

Trigynie.

(Alismacées). Alisma ranunculoïdes.
— plantaginea.
(Colchicacées). Colchicum autumnale.
(Polygonées). Rumex sanguineus.
— crispus.
— acutus.
— obtusi-folius.
— maritimus.
— patientia.
— aquatica.
— acetosa.
— acetosella

CLASSE VII. — HEPTANDRIE.

Monogynie.

(Erables). OEsculus hyppocastanum.

CLASSE VIII. — OCTANDRIE.

Monogynie.

(Erables). Acer campestre.

(Onagraires). Epilobium amplexicaule.
— molle.
— palustris,

Trigynie.

(Polygonées). Polygonum bistorta.
— amphibium.
— pusillum.
— persicaria.
— incanum.
— lapathifolium.
— convolvulus.

Tétragynie.

(Asparaginées). Paris quadrifolia.
(Saxifragées). Adoxa moschatellina.

CLASSE IX. — ENNÉANDRIE.

Monogynie.

(Laurinées). Laurus nobilis.

Hexagynie.

(Hydrocharidées). Hydrocharis mor-
sus-ranœ.

CLASSE X. — DÉCANDRIE.

Monogynie.

(Éricacées). Vaccinium myrtillus.
— oxicoccos.

Digynie.

(Saxifragées). chrysosplenium alter-
nifolium.
saxifraga granulata.
— tridactylites.
(Portulacées). Sclerantus annuus.

Trigynie.

(Caryophyllées). Arenaria trinerva.
— serpyllifolia.
— tenuifolia.
— rubra.
Stellaria graminea.
— holostea.

(375)

Pentagynie.

(Géraniées). Oxalis acetosella.
— corniculata.
— stricta.
(Caryophyllées). Agrostemma gi-
thago.
Cerastium vulgatum.
— Arvense.
— viscosum.
— aquaticum.
Lychnis flos-cuculi.
— dioïca.
— sylvestris.
Spergula arvensis.
— pentendra.
— nodosa.
(Crassulacées). Sedum album.
— acre.
— sexangulare.
— telephium.

Decagynie.

(Arroches). Phytolacca decandra.

CLASSE XI. — DODÉCANDRIE.

Monoynie.

(Aristoloches). Asarum europœum.
(Portulacées). Portulaca oleracea.
(Lythraires). Lythrum salicaria.

Digynie.

(Rosacées). Agrimonia eupatoria.
Sorbus domestica.
— Acuparia.

Trigynie.

(Capparidées). Reseda luteola.
(Euphorbiacées). Euphorbia dulcis.
— helioscopia.
— palustris.
— exigua.
— populus.

Dodécagynie.

(Crassulées).Sempervivum tectorum

CLASSE XII. — ICOSANDRIE.

Monogynie.

(Rosacées). Amygdalus persica.
Prunus cerasus.
— armeniaca.
— domestica.
— spinosa.

Digynie.

(Rosacées). Cratœgus oxyacantha.

Pentagynie.

Mespilus germanica.
Pyrus communis.
— malus.
Spirœa filipendula.
— ulmaria.

Ordre polygynie.

Fragaria vesca.
— sterilis.
Geum urbanum.
Potentilla argentea.
— reptans.
— anserina.
Rosa canina.
— arvensis.
— gallica.
— rubiginosa.
— alba.
— centifolia.
Rubus cœsius.
— fruticosus.
— corylifolius.
Tormentilla erecta.

CLASSE XIII. — POLYANDRIE.

Monogynie.

(Hydrocharidées). Nymphœa alba.
lutœa.
(Papaveracées). Chelidorium majus.
Papaver rheas.
— dubium.
— hybridum.
— somniferum.
(Tiliacées). Tilia europœa.
— sylvestris.

Trigynie.

(Renonculacées). Delphinium con-
solida.

Pentagynie.

(Millepertuis). Hypericum perforatum.
— humifusum.
— hirsutum.
— pulchrum.
— montanum.

Poligynie.

(Renonculacées).Anemone nemorosa
— sylvestris.
Caltha palustris.
Clematis vitalba.
Ranunculus hederaceus.
— aquatilis.
— flammula.
— lingua.
— ficaria.
— bulbosus.
— repens.
— acris.
— sceleratus.
— auricomus.
Thalictrum flavum.

CLASSE XIV. — DIDYNAMIE.

Gymnospermie.

(Labiées). Ajuga reptans.
Balotta nigra.
Betonica officinalis.
Clinopodium vulgare.
Galeopsis galeobdolon.
— ladanum.
Glechoma hederacea.
Hyssopus officinalis.
Lamium amplexicaule.
— purpureum.
— album.
Marrubium vulgare.
Melissa officinalis.
Mentha aquatica.
— rotundifolia.
— arvensis.

(Labiées).Origanum vulgare.
Scutellaria galericulata.
— Minor.
Stachys sylvatica.
— palustris.
— arvensis.
— statice.
— armeria.
Teucrium scordium.
— scorodonia.
— schamœdris.
Thymus serpyllum.
— acinos.

Angyospermie.

(Pédiculaires). Euphrasia officinalis.
— Odontites.
Melampyrum arvense.
— pratense.
Orobanche major.
Pedicularis palustris.
— sylvatica.
Rhinanthus crista-galli.
(Gattiliers). Verbena officinalis.
(Personnées).Anthirrinum cymba-
laria.
— spurium.
— elatine.
— linaria.
— minus.
— majus.
Digitalis purpurea.
Scrophularia aquatica.
— nodosa.

CLASSE XV. — TÉTRADYNAMIE.

Siliculeuse.

(Crucifères). Cochlearia officinalis.
— armoracia.
Draba verna.
Isatis tinctoria.
Myagrum sativum.
Thlaspi campestre.
— sativum.
— bursa-pastoris.

Siliqueuse.

(Crucifères). Arabis thaliana.

(377)

(Crucifères). Brassica oleracea
(varietates).
— campestris.
— napus.
— rapa.
Cardamine pratensis.
— hirsuta.
Cheirantus cheiri.
Erysimum officinale.
— cheiranthoides.
— barbarea.
— alliaria.
Raphanus sativus.
Sinapis nigra.
— alba.
— arvensis.
Sisymbrium sylvestre.
— amphibium.
— tenuifolium.
— sophia.
— palustre.
— nasturtium.

CLASSE. XVI. — MONADELPHIE.

Décandrie.

(Geraniées). Geranium dissectum.
— molle.
— robertianum.
— rotundifolium.
— cicutarium.

Polyandrie.

(Malvacées). Althœa officinalis.
— hirsuta.
Malva rotundifolia.
— sylvestris.
— alcea.

CLASSE XVII. — DIADELPHIE.

Hexandrie.

(Papavéracées). Fumaria officinalis.
— parviflora.

Octandrie.

(Polygalées). Polygala vulgaris.
— amara.

Décandrie.

(Légumineuses). Coronilla varia.
Ervum lens.
— hirsutum.
— tetraspermum.
Genista anglica.
Hedysarum onobrychis.
Lathyrus aphaca.
— sativus..
— pratensis.
— sylvestris.
— tuberosus.
— palustris.
— hirsutus.
Lotus corniculatus.
medicago lupulina.
— sativa.
— polymorpha.
— falcata.
Ononis spinosa.
Phaseolus nanus.
— vulgaris.
Pisum sativum.
Trifolium officinale.
— pratense.
— arvense.
— repens.
— procumbens.
Vicia cracca.
— sepium.
— sativa.
— faba.

CLASSE XVIII. — POLYADELPHIE.

Trigynie.

(Millepertuis). Hypericum quadran-
gulare.
— perforatum.
— humifusum.
— hirsutum.
— elodes.

CLASSE XIX. — SYNGÉNÉSIE.

Polygamie égale.

(Semi-flosculeuses). Chichorium intybus.

(Semi-flosculeuses). Chichorium in-
divia.
Cnicus oleraceus.
— palustris.
Crepis biennis.
— dioscoridis.
— virens.
Helminthica échioïdes.
Hieracium pilosella.
— auricula.
— umbellatum.
Hyoseris minima.
Lactuca sativa (varie-
tates).
Lapsana communis.
Leontodon taraxacum.
— hyspidum.
— autumnale.
— palustre.
Scorzonera hispanica.
— angustifolia.
Sonchus oleraceus.
— palustris.
Tragopogon pratense.
(Flosculeuses). Arctium lappa.
— majus.
Carduus marianus.
— lanceolatus.
— nutans.
— acaulis.
Curlina vulgaris.
Eupatorium canna-
binum.
Serratula arvensis.
— tinctoria.
(Radiées). Bidens tripartita.
— cernua.

Polygamie superflue.

(Flosculeuses). Artemisia vulgaris.
Filago arvensis.
— germanica.
Tanacetum vulgare.
Tussilago petasites.
— farfara.
(Radiées). Achillea ptarmica.
— millefolium.
Anthemis arvensis.
— nobilis sativa.

(Radiées). Bellis perennis.
Chrysanthemum leucan-
themum.
Doronicum plantagineum.
Erigeron acre.
— canadense.
Inula pulicaria.
— dysenterica.
Matricaria chamomilla.
— parthenium.
Senecio vulgaris.
— jacobea.
— paludosus.
Solidago virga-aurea.

Polygamie frustrande.

(Flosculeuses).Centaurea calcitrapa.
— nigra.
— jacea.
— cyanus.

Polygamie nécessaire.

(Radiées). Calendula officinalis.

Classe XX. — Gynandrie.

Diandrie.

(Orchidées). Ophrys nidus-avis.
— arachnites.
— loeselii.
— ovata.
Orchis bifolia.
— morio.
— mascula.
— conopsea.
— militaris.
— simia.
— latifolia.
— maculata.
Satyrium viride.
Serapias palustris.

Classe XXI. — Monoecie.

Monandrie.

(Naïades). Chara vulgaris.
— tomentosa.

(Naïades). Chara hispida.
(Cucurbitacées). Bryonia dioïca.
          Cucumis sativus.
(Conifères). Juniperus communis.
          Pinus sylvestris.

Dyandrie.

(Naïades). Lemna gibba.
    — trisulca.
    — minor.

Triandrie.

(Typhacées). Sparganium ramosum.
    — simplex.
    — natans.
    Typha latifolia.
    — angustifolia.
(Cypéracées). Carex dioïca.
    — pulicaris.
    — disticha.
    — vulpina.
    — muricata.
    — stellulata.
    — tomentosa.
    — pilulifera.
    — glauca.
    — hirta.
    — flava.
    — distans.
    — panicea.
    — pseudo-cyperus.
    — paludosa.
    — riparia.
    Carex remota.
    — paniculata.
    — pellescens.
    — patula.
    — vesicaria.
(Graminées). Zea maïs.

Tétrandrie.

(Euphorbiacées). Buxus semper-vi
               rens.
(Urticées). Morus alba.
    — nigra.
    Urtica dioïca.
    — urens.

Pentendrie.

(Amaranthacées). Amaranthus bli-
               tum.

Polyandrie.

(Aroïdes).   Arum maculatum.
(Alismacées). Sagittaria sagittifolia.
(Onagraires). Myriophyllum verti-
               cillatum.
    — spicatum.
(Térébinthacées). Juglans regia.
(Amenthacées).   Quercus robur.

CLASSE XXII. — DIOECIE.

Diandrie.

(Urticées).   Ficus carica.
(Amentacées). Salix vitellina.
    — alba.
    — caprea.
    — viminalis.
    — repens.
    — babylonica.
    — amygdalina.
    — incana.
    — aurita.
    — depressa.

Pentandrie.

(Urticées).   Humulus lupulus.
(Amentacées). Myrica gale.

Hexandrie.

(Asparaginées). Tamus communis.

Octandrie.

(Amentacées). Populus alba.
    — nigra.
    — tremela.
    — fastigiata.

Ennéandrie.

(Hydrocharidées).Hydrocharis mor-
               sus-rano.
(Euphorbiacées). Mercurialis annua-
    — perennis.

CLASSE XXIII. — POLYGAMIE.

Diandrie.

(Jasminées). Fraxinus ornus.

Tétrandrie.

(Urticées). Parietaria officinalis.

CLASSE XXIV. — CRYPTOGAMIE.

Fougères.

(Fougères). Asplenium scolopen-
drium.

(Fougères). Asplenium trichomanes.
— ruta muraria.
Lycopodium clavatum.
Osmunda regalis.
Ophioglossum vulgatum.
Polypodium vulgare.
— filix-mas.
— aculeatum.
Pteris aquilina.
Etc., etc.

On trouve dans ce département un grand nombre de cryptogames qui avaient échappé aux recherches des botanistes les plus laborieux , et qui ne sont décrites que depuis assez peu de temps par Persoon, Palisot de Beauvois, De Candolle, Vaucher et autres : telles sont, par exemple, quelques chantransia , des batrachospermum, des vaucheria , des evineum , des helotium , des ægerita , des peziza , des uredo, des æcidium , des trichia , des sternonites , des reticularia , des erysiphe , des sclerotium , et autres , dont les genres n'étaient pas même soupçonnés.

§ II. Calendrier floral, etc., pour la Flandre (d'après M. Bottin).

Janvier.

Dans ce mois on coupe et exploite le bois.

Vers le 19, fin de la coupe des arbres.

De là jusqu'au 30, commencement de la floraison de la perce-neige, du narcisse sauvage, de l'hépatique, de l'hellébore rose.

Février.

1. Semaille du cerfeuil.
2. On sème le persil.
3. Floraison du bois gentil.
4. Floraison du tremble.
5. Le peuplier blanc fleurit.
6. Fleur de l'hellébore hiémale.
7. Le laurier fleurit.
8. La galantine donne sa fleur.
9. Fleur de saule marceau.
10. Floraison du noisettier.
11. — du cornouiller mâle.
12.
13. Greffe en fente.
14. Le frêne commun fleurit.
15.
16. Fleur de l'hornithogale jaune.
17. Floraison de la bisaille.
18.
19. Labours des mars.
20. Départ des bécasses.
21. Départ des merles.
22.
23. Départ de la grive.
24. Semaille du tabac.
25.
26. Fleur du chèvre-feuille.
27. Départ des grizards.
28. Les canards, cignes et oies sauvages retournent dans le Nord.

Mars.

1. Feuillaison du chèvre-feuille.
2. — de l'aubépine.
3. — du saureau et du peuplier.
4. Floraison des anémones.
5. — de l'amandier.
6. Greffe en écusson.
7. Feuillaison du cochléaria.
8. Fleur de la drave des murailles.
9. — de l'amion-pourpré.
10. La renoncule sicaire fleurit.
11. Semaille des warats, ou fèves-fourrage.
12. Fleur du bouleau et des peupliers.
13. Floraison de l'abricotier.
14. On sème l'oliette.
15. Feuillaison du lilas.
16. Floraison des thuyas.
17. — des cyprès.
18. — de la violette.
19. — du pas d'âne.
20. Fleur de l'hyacinthe précoce.
21. Floraison du narcisse.
22. Les véroniques sont en fleur.
23. Valériane et pervenche en fleur.
24. Les groseillers sont en fleur.
25. On mange le pissenlit.
26. Les giroflées fleurissent.
27. Floraison de l'orme.
28. — de la primevère.
29. — du poirier.
30. On mange les petites raves.
31. Retour de la lavandière.

Avril.

1. Floraison de la jonquille.
2. — de la tulipe.
3. Le pécher est en fleur.

4. Plantation des arbres verts.
5. Le corbeau fait son nid.
6.
7.
8.
9.
10.
11.
12.
13. Le chant du coucou.
14. Asperges mûres.
15. Retour du rossignol.
16.
17. Floraison du cercis.
18. Hirondelles de cheminée.
19. Feuillaison générale des arbres.
20. Fleurs du lilas et du muguet.
21. Floraison de la jacinthe.
22. Papillon des teignes.
23. Arrivée de la fauvette.
24. Hirondelles de fenêtres.
25. Maronnier d'Inde, cerisier en fleur.
26. On mange la romaine.
27. Feuillaison de l'orme.
28. Floraison des pommiers.
29. Labours des jachères.
30. On plante le houblon.

Mai.

1. Fleur du cityse des Alpes.
2. Feuillaison du chêne.
3. — du mûrier.
4. Floraison du colzat.
5. — du robinia.
6. Pêche du maquereau.
7. Floraison de la pivoine.
8. — du syringa.
9. Chant de l'alouette.
10. L'épi du seigle paraît.
11. Greffe en couronne.
12. Apparition des hannetons.
13. Charansou des pois.
14. Floraison du sureau.
15. Fleur de l'aubépine.
16. — de la rose pompon.
17. Floraison du cyprès.
18. Retour de rales de genets et cailles.

19. Arrivée du loriot.
20. Sortie des orangers des serres.
21. Floraison du serpolet.
22. — du fraisier.
23. — du troène.
24. — de la rose.
25. — de la sauge.
26. Récolte de la luzerne.
27.
28.
29.
30.
31.

Juin.

1. Bouture des arbustes.
2. Le blé monte en épi.
3. Récolte du sainfoin.
4. Floraison du chèvrefeuille.
5. Greffe en approche.
6. Ponte du chardonneret.
7. Floraison du coquelicot.
8. — du tilleul.
9. — de la vigne.
10. Semaille de la camomille simple.
11. Floraison du froment.
12. — du barbeau.
13. On mange les petits pois.
14. Floraison du lys blanc.
15. Greffe à œil courant.
16. Récolte du trèfle.
17. Coupe des foins.
18. Tonte des moutons.
19. Fleurs des pommes de terre.
20. On mange les choux-fleurs.
21. Maturité des fraises.
22. — des artichaux.
23. Floraison du tulipier.
24. Apparition des cantharides.
25. Fleur du pied d'alouette.
26. Floraison du pavot.
27.
28. Floraison de la menthe.
29. Ébourgeonnage et tontures.
30. Premières cerises.

(383)

Juillet.

1. Récolte du lin.
2. Fleur du laurier rose.
3. On sème le colza.
4. Fleur de la capucine.
5.
6. Floraison de l'œillet.
7. Premières prunes.
8. Maturité des cerises.
9. Floraison de l'armoise.
10. Maturité des abricots.
11. Semaille du chanvre.
12. On récolte l'orge, dit sucrion.
13. Maturité de l'ail.
14. — des groseilles.
15.
16. Floraison de la clématite.
17. Récolte des seigles.
18.
19.
20. Floraison de la scabieuse.
21. Récolte du colza de l'autre année.
22. On mange les haricots verts.
23.
24.
25.
26.
27.
28.
29. Marcottes d'œillet.
30. Floraison du tabac.
31. Les melons grossissent.

Août.

1. Floraison de la camomille simple.
2. — du chanvre.
3. — du houblon.
4. — des tagètes.
5. Arrivée de la bécassine.
6. Semaille des navets.
7. Récolte des cornichons.
8. On fait la moisson.
9. Floraison de la balsamine.
10. — du magnolier.
10. Poire madeleine mûre.
11. Floraison de la belle de jour.
12. Fleur du barbeau musqué.

13. Floraison du jasmin blanc.
14. Premières pêches.
15. Fleurs de belles de nuit.
16. Floraison du thym.
17. Récolte des oguons.
18. Floraison de l'aster de Chine.
19. — du zinna.
20. Maturité des abricots.
21. Récolte des lentilles.
22. Maturité du maïs.
23. Récolte de l'oliette.
24. Floraison des reines-marguerites.
25. — des verges-d'or.
26. Maturité du calville d'été.
27. Floraison du myrte.
28. Récolte des prunes.
29. On mange les melons.
30. On récolte les grains de mars.
31.

Septembre.

1. Gentiane d'automne en fleur.
2. Récolte des avoines.
3. Maturité du beurré blanc.
4. Maturité de la pêche.
5. Récolte du sarrazin.
6. Récolte de l'orge dit Baillard.
7. Maturité du tournesol.
8. Récolte des haricots.
9. Floraison de la tubéreuse.
10. Maturité des noisettes.
11. On mange les cerneaux.
12. Récolte de la vesce.
13. Maturité des figues.
14. Jasmins d'Espagne, Valence, en fleur.
15. Floraison du lierre.
16. Départ du loriot.
17.
18. Récolte du millet.
19. Maturité du piment.
20. Récolte des citrouilles et potirons.
21. Floraison des queues de lion.
22. Floraison de la parnasse des marais.
23. Maturité du messirejean.
24.

25. Maturité du Saint-Germain.
26. On sème les blés.
27. On mange le raisin de treille.
28. Récolte de la crassane.
29. — des pommes.
30. Départ des hirondelles de cheminées.

Octobre.

1. Tendues des oiseaux de tous genres.
2. On repique le colza.
3. Effeuillaison du groseiller.
4. Récolte des noix.
5. On sème la mâche et les épinards.
6. Floraison du colchique d'automne.
7. Arrivée des merles.
8. — de la grive.
9. Maturité du beurré gris.
10. Fleur du topinambourg.
11. Cailles et râles de genets partent.
12. Départ des hirondelles de fenêtres.
13. L'amaranthe donne sa graine.
14. Récolte du houblon.
15. Arrivée du pigeon ramier.
16. Floraison du safran.
17. Effeuillaison du noyer.
18. Récolte du chanvre mâle (1).
19. Maturité des pêches automnales.
20. Récolte des pommes à cidre.
21. Mousses et lichens se développent.
22. Maturité des châtaignes.
23. Ognons de fleurs en caisses et en pôts.
24. Départ des allouettes du pays.
25. Passage du roitelet.
26. Arrivée des bécasses et des hupes.
27. Pêche du hareng.

28. Récolte du gland.
29. Maturité des pommes reinettes.
30. Récolte des derniers fruits d'août.
31. Passage des canards sauvages.

Novembre.

1. Passage des cignes sauvages.
2. Couches d'hiver en serres chaudes.
3. Couches de chicorée dans les caves.
4. Effeuillaison principale des arbres.
5. Arrivée de l'engoulevent.
6. Couches de champignons à la cave.
7. Récolte des nèfles.
8. Passage des oies sauvages.
9. Effeuillaison de la vigne.
10.
11. Premiers labours.
12. Coupe des bois.
13. Effeuillaison du mûrier.
14 — de l'orme.
15. Maturité des pommes d'api.
16.
17. Arrivée des grisards.
18. Semis des plantes hatives.
19. Floraison des criptogames.
20. On part de Dunkerque pour la pêche à la morue.
21. Effeuillaison de l'abricotier.
22. Plantation des arbres.
23.
24.
25.
26. Dans la dernière quinzaine on récolte les semences d'automne.
27.
28.
29.
30.

(1) Dans ce pays, comme dans beaucoup d'autres, on prend les individus femelles de chanvre pour les individus mâles.

Décembre.

1. Récolte des navets.
2. Récolte des turneps.
3. On transplante les arbres et arbustes.
4.
5.
6.
7.
8.
9.
10.
11.
12. Taille des arbres.
13. Le laurier thym montre ses boutons.
14. Mousses, algues en pleine vigueur.
15. Passage des pluviers dorés.

16. Rouge-gorge dans nos jardins.
17. On voit le rossignol de muraille.
18. Passage des vanneaux.
19. Floraison de l'hellébore noir.
20. Passage des chevaliers.
21. Bouvreuils dans nos jardins.
22. Floraison de l'hellébore jaune.
23. Traine-buisson dans les jardins.
24. On voit le rossignol de marais.
25. Floraison du mezereum ou bois gentil.
26. Passage des bécasses de mer.
27. Floraison du thlaspi.
28. Les moineaux se réfugient dans les greniers.
29
30.
31.

§ III. Recherches géologiques sur les environs de Cassel.

A l'époque où j'envoyai à la société savante de Lille (1825), pour être déposés dans le musée, des échantillons de mes découvertes géologiques de Cassel, avec la note sur la nature du terrain de cette montagne , telle qu'elle est imprimée dans la première partie de cet ouvrage, M. Poirier de Saint-Brice , ingénieur des mines , y envoya un savant mémoire sur la nature des terrains de tout le département du Nord : ce mémoire fut couronné. Le résultat de nos observations se trouve le même pour le sol de l'arrondissement d'Hazebrouck.

Je vais, d'accord avec ce savant géologue , faire la description du sol des environs de Cassel, pour compléter, par ce moyen, ce qui reste à dire sur son histoire naturelle.

On découvre à la surface du globe, et à partir de ses profondeurs accessibles aux hommes , divers terrains, que l'on a divisés , d'après leur nature propre , en cinq espèces , qui sont :

1.° Les terrains primitifs ou primordiaux.

Ils sont cristallisés et antérieurs à l'existence des corps organisés.

2.° Les terrains intermédiaires ou de transition. On y trouve déjà des débris de corps organisés.

3.° Les terrains dits secondaires , jusques et y

compris la craie : ils sont abondamment remplis de débris de corps organisés.

4.° Les terrains tertiaires, supérieurs à la craie.

5.° Les terrains d'alluvion ou d'attérissement, qui se sont formés des débris des précédens.

Dans l'arrondissement d'Hazebrouck comme dans le reste du département du Nord, les deux premiers terrains n'existent pas. Les terrains secondaires deviennent rares; les terrains d'alluvion se rencontrent plus fréquemment; et quand on arrive dans les environs de Cassel, on les voit prendre une grande épaisseur, et remplacer ceux secondaires, dont on ne trouve plus au-delà, la moindre trace à la surface du sol.

Terrains tertiaires.

La formation des sables et grès sans coquilles, est la seule appartenant à la classe des terrains tertiaires qui existent dans le département du Nord; elle s'y représente d'une manière uniforme sur des points différens. On la remarque recouvrant tout le calcaire fétide et le schiste argileux, et toute la craie. Elle forme, sur ces deux formations, de grands dépôts entièrement isolés et indépendans les uns des autres, mais dont les parties correspondantes sont les mêmes, et ont toujours une disposition analogue.

Ces dépôts de terrains tertiaires constituent quelquefois des collines assez élevées, ou bien ils remplissent de grandes excavations formées au milieu du terrain plus ancien qu'ils recouvrent.

Les sables quartzeux qu'ils renferment sont d'ordinaire très-purs et d'un très-beau blanc, et quelquefois colorés par des oxides de fer. Le grès, presque toujours dur et entièrement quartzeux, est à grains très-fins; il se présente parfois au milieu du sable, en couches horizontales assez continues; mais le plus souvent ces couches sont formées de gros blocs de grès séparés les uns des autres, peu éloignés, et disposés toujours horizontalement.

Terrains d'alluvion.

Le département du Nord présente sur toute sa superficie, différens terrains d'alluvion ou de transport, qui tous se rapportent aux plus récens, rangés sous la dénomination *d'alluvions modernes des plaines.*

Pour en donner une idée, M. Poirier de Saint-Brice en fait trois divisions, établies d'après la disposition qui leur est propre et la nature des terrains plus anciens qu'ils recouvrent.

Ces divisions sont :

1.° Terrains d'alluvion recouvrant par intervalle la formation de calcaire fétide et schiste argileux. Celui-ci n'existe pas dans l'arrondissement d'Hazebrouck.

2.° Terrain d'alluvion recouvrant par intervalles la formation de craie.

Une partie de l'arrondissement d'Hazebrouck en est couverte.

Il n'y est cependant pas continu; son épaisseur va souvent jusqu'à 12 et 15 mètres : ce sont des couches d'argile, puis au-dessous du sable plus ou moins pur, auquel succèdent encore quelquefois de nouvelles couches d'argile en partie sablonneuses. Sur quelques points, il n'existe aucun dépôt argileux, et l'on ne trouve que des couches de sable assez fin, dont le grain devient plus gros dans la profondeur. Ce terrain de transport est presque toujours recouvert par un mètre, et même souvent plus, d'une terre végétale, dont l'épaisseur et l'heureuse composition rendent si fertile le sol de cette importante portion du département.

Les argiles et sables de ce terrain alimentent de tous côtés de nombreuses fabriques de poterie de terre, tuiles et carreaux. Il est aussi éminemment propre à la fabrication des briques, dont on fait un si grand usage dans les constructions du pays, et qui suppléent à la terre à bâtir, que l'on ne trouve que sur quelques-uns de ses points. C'est la couche supérieure d'argile, mêlée avec de la terre végétale, que l'on emploie pour faire les briques : l'argile pure serait trop susceptible de se crévasser.

3.° Terrain d'alluvion continu, recouvrant la formation de craie. Ce dernier terrain commence dans l'arrondissement d'Hazebrouck, aux environs de Cassel, où il prend une très-grande épaisseur, et occupe au-delà toute la surface du sol sans

25*

interruption jusqu'à la mer. La formation de la craie doit se prolonger au-dessous ; mais elle ne se manifeste en aucun point de la superficie.

Le terrain d'alluvion dont il s'agit se compose en majeure partie d'un sable quartzeux, dont les couches horizontales sont de diverses couleurs, et renferment assez fréquemment des cailloux roulés. Ce sable est d'ordinaire un peu mélangé d'argile à la surface, ce qui le rend susceptible de quelque culture, surtout à force d'engrais : il fait aussi parfois place à des dépôts argileux qui ont, ainsi que le sable, une grande profondeur.

Il existe sur quelques points, au milieu des couches de sable, un grès ferrugineux de couleur brune, qui présente une sorte de stratification horizontale. Au mont Cassel, on trouve, outre ce grès, une autre roche arénacée, à gros grains, un véritable poudingue, dont le grès ferrugineux micacé est la pâte, et les noyaux sont des cailloux siliceux roulés, ou jaunes ou blanchâtres, parmi lesquels il en est plusieurs qui sont du quartz hyalin gras et translucide.

FIN.

NOTES EXPLICATIVES

POUR

LES CARTES GÉOGRAPHIQUES ET VUES

JOINTES A CET OUVRAGE.

(393)

Traduction française des Noms compris dans la Carte des Morins, etc., dressée d'après les Commentaires de Jules-César.

ADVATICI, Advatiques.

(Au moyen âge, le diocèse de Tongres.)

AMBIANI, Amiénois.

(Moyen âge, diocèse d'A-miens).
Ambianum, Amiens.
Duroico-regum, rue, *rodium*, Roye. *Teucera*, Tièvre (village).

ATREBATES, Atrebates.

(Moyen âge, diocèse d'Arras).
Nemetacum, Arras.

CALETI ou **CALETES**, peuple du pays de Caulx.

(Partie du diocèse de Rouen).

CANTII, **CANTES**, peuple d'une partie de l'Angleterre méridionale.

Dubris ou *Dubræ*, Douvres.
Londinum, Londres.

MENAPII, Ménapiens.

(La partie occidentale des terres de ce peuple, que nous voyons ici, comprenait le diocèse de Tournai).
Bruzziæ, Bruges. *Cortoriacum*, Courtrai. *Ganda*, Gand. *Tornacum*, Tournai. *Veroviacum* ou *Viroviacum*, Wervick.

MORINI, Morins.

(Diocèse de Terouane).
Castellum, Cassel. *Gessoria-

cum*, Boulogne. *Itius Portus*, Port-Iccius. *Portus super*, Ambleteuse. *Portus infer*, Étaples. *Minariacum*, Estaires. *Tervanna*, Terouane.

NERVII, Nerviens.

(Ancien diocèse de Cambrai).
Pons Scaldis, Escaut-Pont. *Valentimanæ*, ou *Fanum Martis*, Valenciennes. *Vodgoriacum*, Vandré.

REMI, le Rémois.

(La Champagne).
Arduenna sylva, partie de la forêt des Ardennes.

TOXANDRIE, Toxandrois.

(Habitans de la Zélande).

VEROMANDUI, le Vermandois.

(Diocèse de Noyon).
Augusta Veromanduorum, Noyon ou plutôt St.-Quentin. *Duronum*, Etrun (village). *Verbinum*, Vervins.

Fleuves.

Samara f., Somme.
Scaldis f., Escaut.

Fretum (détroit). { *Oceani. Gallicum. Britanicum. Morinorum.* } Pas-de-Calais.

SINUS BRITANNICUS, golfe de Bretagne ou Manche.

Explication des Lettres de renvoi du Plan de Cassel, de 1677.

A. Eglise collégiale de Saint-Pierre.

B. Église de Notre-Dame.

C. Ruines de l'église de Saint-Nicolas.

D. Le castel ou le château-fort, restauré en 1677.

E. Couvent et collége des Jésuites.

F. Hôpital et couvent des religieuses Augustines.

G. Hôtel de la cour de Cassel et de la magistrature de sa châtellenie.

H. Maison de ville.

I. Place du grand marché.

K. Porte d'Ypres.

L. Porte d'Aire.

M. Porte de Saint-Omer.

N. Porte Occidentale.

O. Porte de Bergues Saint-Winoc.

P. Maison et terrain de la confrérie des arquebusiers, dits de Saint-André.

Q. Terrain des arbalétriers de la confrérie de Saint-Georges.

R. Terrain de la confrérie du jeu de l'arc, dite de Saint-Sébastien.

Numéros de renvoi pour les Villes vues sur ce plan, au lointain, dans la direction nord.

1. Calais.

2. Gravelines.

3. Dunkerque.

4. Bergues.

5. Hondschoote.

6. Furnes.

7. Nieuport.

8. Dixmude.

Explication de la Carte du pays qui se voit de Cassel.

Dans la carte du pays qui se voit du sommet du mont Cassel, j'ai eu soin de mettre l'arrondissement d'Hazebrouck avec ses villages, petites routes, ruisseaux, etc., outre le détail qui se trouve dans le reste de la Carte, parce qu'il fallait ces renseignemens pour la statistique de cet arrondissement, que je traite dans la seconde partie, d'une manière spéciale.

Vers le sud-est de cette Carte se voit le territoire du département du Nord, là où il forme un col qui n'a que quatre kilomètres de largeur, et qui sépare le département du Pas-de-Calais du royaume des Pays-Bas, d'une part, et l'arrondissement d'Hazebrouck de celui de Lille, de l'autre part. C'était aussi à ce col qu'existait anciennement la séparation de la Flandre-Maritime ou Flamande de la Flandre-Française.

Dans tout ce qui se trouve en-dedans du premier cercle de la Carte, on a eu soin d'observer les positions et les distances géographiques respectives; seulement on a omis volontairement de citer les lieux d'un intérêt secondaire sous le rapport du point-de-vue de Cassel.

Les positions ne sont plus observées dans la *Rose indicatrice des Villes qui bornent l'horizon de Cassel.* Dans ce cercle, on n'a eu pour but que d'indiquer la direction de ces villes, et leur éloignement en ligne directe (à vol d'oiseau) se trouve marqué à côté de chacune d'elles.

On peut facilement, au moyen de cette Carte, découvrir une ville, en se servant d'une baguette droite, de la manière suivante :

Lorsqu'on est au haut de la montagne, si l'on place la carte dans sa position nord, et qu'on pose une baguette dont l'un des bouts touche à Cassel (centre) et l'autre à la ville que l'on veut découvrir, l'œil, en suivant cette direction, ren-contre nécessairement le point cherché; surtout quand le temps est calme et l'horizon serein. Cette méthode peut ser-vir aussi pour diriger convenablement une lunette d'ap-proche.

Je fais observer de nouveau qu'il faut saisir le soleil cou-chant ou levant, pour étudier le pays, soit à l'orient, soit à l'occident, c'est-à-dire, toujours en sens inverse de la posi-tion du soleil.

Voici un calcul intéressant pour la circonférence des deux cercles de la Carte :

En mesurant le cercle intérieur, du sud au nord, le dia-mètre a douze lieues, ce qui fait que le contour de sa circon-férence donne trente-sept lieues trois-quarts.

D'une autre part, en calculant que Douvre, en ligne di-recte, est distant de Cassel de vingt lieues, et en ajoutant vingt lieues pour compléter le diamètre du cercle extérieur, on aura quarante lieues de diamètre, qui donneront, pour le contour de sa circonférence, cent vingt-cinq lieues trois-quarts.

C'est sans doute une étendue immense de pays; mais elle ne peut être découverte toute entière à-la-fois : toujours l'une ou l'autre portion est cachée par une atmosphère nébuleuse ; les vents du nord et du nord-est sont ceux qui, en lavant davan-tage l'horizon, permettent le plus de découvertes.

Je dois faire remarquer aussi que dans la direction de Bailleul et d'Armentières, devrait se voir la ville de Lille, si elle n'était pas cachée dans un fond par des monticules qui se trouvent à la droite du mont des Cattes.

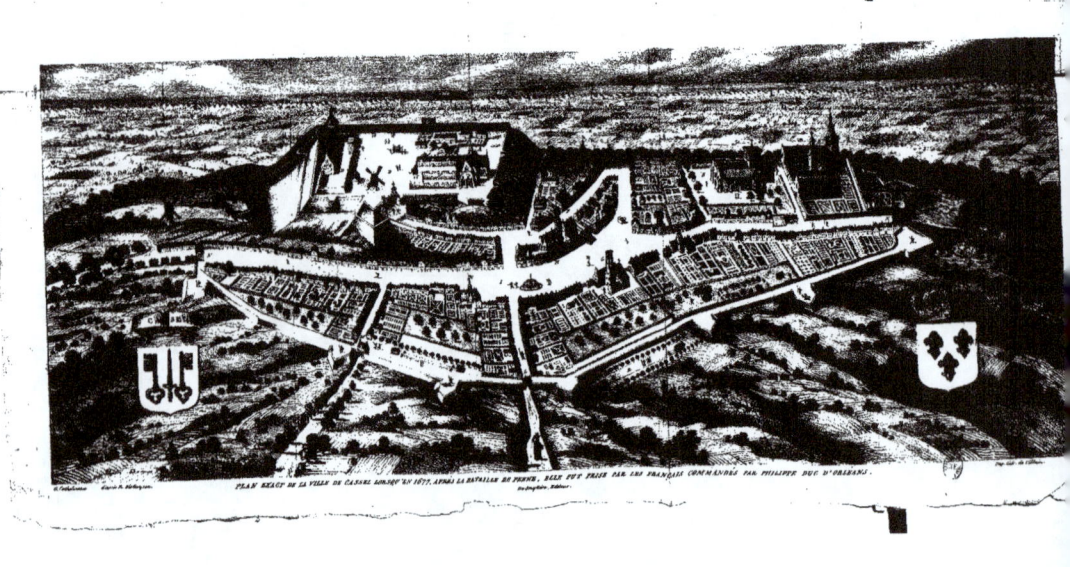

PLAN EXACT DE LA VILLE DE CASSEL LORSQU'EN 1677, APRÈS LA BATAILLE DE PESNE, ELLE FUT PRISE PAR LES FRANÇAIS COMMANDÉS PAR PHILIPPE DUC D'ORLÉANS.

VUE DE LA VILLE DE CASSEL, (CASTELLUM MORINORUM.) PRISE EN 1825, DU CHEMIN D'OXELAERE, AU BAS DE LA PARTIE MÉRIDIONALE DU MONT.

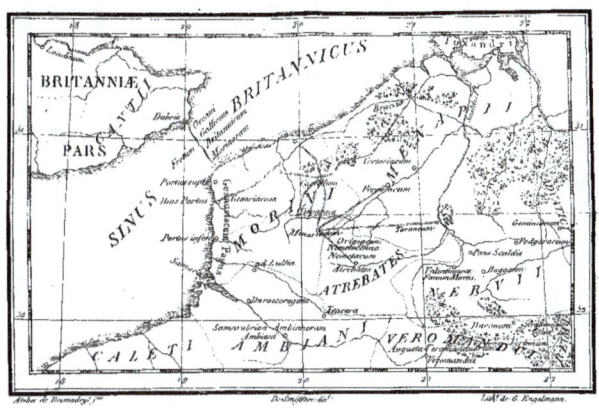

CARTE

d'une partie de la Gaule Belgique, (Belgica Secunda)
comprenant le pays

DES MORINS

et les Peuples qui l'avoisinaient du tems de Jules-César.

CARTE *et* ROSE
du Pays qui se voit du sommet du Mont Cassel, indicatrice des Villes qui bornent son horison.

MER DU NORD

DUNKERQUE

BELGIQUE

Métres.

Lieues de 25 au Degré

www.ingramcontent.com/pod-product-compliance
Lightning Source LLC
Chambersburg PA
CBHW050748030726
47505CB00002B/448